FLORET
READING

小花阅读

我们只写有爱的故事

青春阅读　幸得相见

大鱼

有爱的青春陪伴者

如果时光能够倒流，
我还是会
义无反顾地走向你。

duchong
xiao
qingmei

独小青梅宠

程亦清 著

duchong
xiao
qingmei

贵州出版集团
贵州人民出版社

程 亦 清

Cheng Yi Qing

小 花 阅 读 签 约 作 者

一个具有灵魂段子手的逗比少女，

经常扮演话题终结者。

喜欢看文，甜虐皆可，

日常沉迷二次元。

喜欢写生活气息多一点的故事，

希望自己的文字可以带给其他人共鸣。

作品：《她是小温暖》《初初见你的美丽晴天》

独宠小青梅
duchong
xiaoqingmei

前　言

我有一个梦想，不顾一切地想去实现它。

这是我写的第一个完整的故事。

它从最开始的一个几百字的构思变成一个十几万字的长篇，这过程仿佛像一场梦。

最开始的时候，就只有一个伪兄妹的设定一直在我脑子里徘徊。后来，我一边构思一边写的时候才发现，这个故事正随着时间一点一点地逐渐变得丰满，就连最开始毫无存在感的配角到最后都开始变得生动。

年少时期读过的第一本小说的题材就是伪兄妹，如今我写的第一本小说也是同样的题材，我仿佛感觉到一种天道轮回。

故事里面有很多情节都不够跌宕起伏，却处处渗透着深情。

那些爱情里的细枝末节都存在在男女主角的相知、相爱、相守间。

我一直都认为，一个有意义的故事一定要存在一个中心思想。

我为自己的故事定义的中心思想是陪伴和等候。

爱情本来就不是一朝一夕形成的，用小说里面我写过的一句话来表达就是——那是一种漫天堆积的尘埃，然后形成屹立不倒的山峰。

这个故事不够完美，它甚至有很多的缺陷。

最开始动笔写这个故事的时候，我每天都会收到修改的建议，看着大篇大篇的修改意见，我真的不知道如何下手去修改。

那种感觉就像陷入无边的大海，你找不到方向游不到尽头。

一开始故事写得特别温暾，还有描写时的文字沉闷感，这些都是我在写这个故事遇见的挑战。

写文这件事情我做的时间还不够长，对于一开始连短篇故事都写不好的我来说，要去完成一个具有完整故事构架的长篇小说，这真心是一件艰难的事。

好在我不断告诫自己，要坚持初衷。

好在我的主编一直都耐心地给我指导，帮助我一步步从困境中走出来。

我从来不是一个自信的人，无论是写文还是现实生活，但之所以能够坚持下来，真的是由衷地从心里扎根了一个梦想，而我想不顾一切地去实现它。

我能完成这个故事，真的很不容易。

感谢我自己不管怎样，都没有放弃。

感谢我的主编不厌其烦地为我指导。

人常说：千里马常有，而伯乐却不常有。

幸运的是，我不是千里马，却遇上了最好的伯乐。

2018 年夏

程亦清

Contents

目 录

独宠小青梅
duchong
xiaoqingmei

第一章

你的心思我全都懂

北方城市，九月午后的阳光依然炽热，公交车站前车辆来往的声音，依旧让人烦躁。

林意穿了一件无帽的米色卫衣，紧身的牛仔长裤衬托出修长的双腿。今天早上出来的时候，为了能够让自己显得精神一些，她特意绾了一个丸子头。

她提着保温桶在公交车站都等了十五分钟了，后背被骄阳晒出了一层薄薄的汗，额头两边的碎发也汗津津地黏在两侧，看起来有些狼狈。

去往公安局城北分局的公交车就只有一趟，而且每趟车的时间间隔是半个小时，林意等得有些烦躁了。

可是她必须要等，她要去给顾西琛送饭——为了她伟大的漫画事业。

手机在右边的牛仔裤口袋里振动，林意换一只手拿保温桶，然后用右手去掏牛仔裤口袋里的手机。

来电人是她的同事——申盈盈。

她按下接听键。

"昨天你怎么样啊？"申盈盈声音懒懒的，好像刚睡醒。

昨天下班的时候，林意被主编袁景叫进了办公室，然后对她新漫画的提案进行了否决。

林意回想当时袁景的话都恨得牙痒痒。

袁景淡淡地说："你这题材不行。还有，我只给你三天的时间，人设需要新颖有讨论点的。"

三天啊，还不如让她去死。

……

林意简单地抱怨了一下，申盈盈立马就炸了。

她哼道："就知道袁魔鬼又开始犯挑剔病了。"

"袁魔鬼"是申盈盈给袁景起的外号，只要吐槽的时候她一定会这么称呼。

吐槽完，她又安慰林意："相信姐姐，我掐指一算，你绝对可以逢凶化吉。"随后，她语气一转，沾上几分暧昧，"我总觉得袁主编对你要求那么严其实是有原因的，搞不好是他对你有意思，换着花样鞭策你，你看咱们公司哪个画手的点击率有你高？"

林意无语，故意无视了暧昧的部分："你这么说我怎么感觉自己其实就是棵摇钱树呢。现在摇钱树摇不出钱了，就要砍掉了。"

申盈盈继续说："但是最起码你还能成为摇钱树，别人在袁主编那儿连摇钱的价值都没有。"

林意叹了口气，坐在公交车站的椅子上，保温盒就放在腿上，她伸出莹白的手指抠了抠拽在手中的饭盒。

林意沮丧地说："我现在真的快被这个主编压榨得精神萎靡不振了，他只给我三天时间寻找新的题材，我没有把握可以在这么短的时间内完成。"

申<u>盈盈</u>在电话那头笑嘻嘻地道："以前他也总是给你期限，但是你每次不都是成功过关了。"

林意不知道该怎么继续这个话题，低头看向保温桶，蓝白相间的纹路，这还是她帮顾西琛买的。

的确，每次她都觉得自己会失败，但每一次也都能化险为夷，在最后的期限里做出满意的提案。

只是这一次她自己心生疲惫。网络漫画市场越来越大，题材不断被重复，她绞尽脑汁想到的也无非就是获取独具匠心的新题材，不然就只能是酒瓶装新酒、老梗画出新意。

显然前者很难，后者也不太容易。

申<u>盈盈</u>给她提建议："你可以去实地考察一下找找灵感。最近医生这个职业火啊，你可以挂个号去医院溜达一圈。"

林意笑道："我没病，挂什么号啊？"回头别因为扰乱医院秩序被保安赶出去，到时候就很尴尬了。

申<u>盈盈</u>苦口婆心地举例子给她听："这个时候就要发扬不要脸的精神，你看那些记者采集新闻素材不都是要伪装潜入各种各样的地方吗？"她想了一下接着提议，"或者你也可以去跳蚤市场、琴行、健身房这种地方多转转，这种地方人多，指不定碰见什么人和事就给你带来了不一样的灵感。"

林意笑，没错，她现在就是要去找灵感，只不过她去的地方是公安局。

应付完申<u>盈盈</u>，林意挂了电话，想起昨天顾西琛的那通电话……

昨天她下班晚，顾西琛最近也因为局里的案子忙得昏天黑地，昨天难得回家取几件衣服。两个人挤在卫生间洗漱的时候，顾西琛接了一个电话，让她瞬间有了灵感。

"那个案子要收尾了。"顾西琛和电话那头的人这么说，"明天嫌疑人审讯完只要录完口供就可以直接送去检察院了。"

只简单地说了几句话，顾西琛便挂了电话，林意却开始有了好奇心。

她脚下还踩着洗脚盆，双脚不停地来回搓。踌躇了很久，她还是没忍住好奇心，于是试探着问道："最近局里忙吗？"

"最近有个难办的案子。"顾西琛打开水龙头快速地洗了把脸。

"什么样的案子？"林意一脸的好奇。

"就是一个入室盗窃案，一伙人偷光一个有钱人家的保险柜。"顾西琛向她透露道。

盗窃？有钱人家？保险柜？

"然后呢？"看顾西琛没有要说下去的意思，林意连忙追问。

"什么然后？"顾西琛挑眉看她。

"就是这个案子啊。"林意急得都快抓他袖子了。

顾西琛看她一脸急切的样子，哼笑一声，一双黑沉沉的眸子就那么盯着她，许久后喉结滚动几下才吐出两个字："保密。"

林意气哼哼地板着脸从他身边挤过，出卫生间门的时候还回头对他做了个鬼脸："小气鬼！"

顾西琛笑，他做刑侦这么多年，看人也八九不离十，一看就知道这丫头心里的鬼主意。

林意是实在想不到新题材，才不得已来了这招——送饭。

堵车是每座城市都逃不了的难题。公交车晃悠了快一个小时，眼看着还有几站就到了，结果在十字路口又被堵住了。

林意有点崩溃。

几辆警车呼啸着像风一样疾驰而过，估计又是紧急出警。

等到警车过去后，公交车才再次启动转过了十字路口。

城北属于偏远的地区，城北分局刑侦队是这几年刚成立的，特别受上级重视，同时也拥有特别多年轻力量，属于重点培养的对象。顾西琛刚毕业就被分配到了这里。

她在公安局对面的公交车站点下了车。这是她第一次来这里，路口有点荒凉，两边除了有几家修车店之外没有别的店铺。

过了马路，林意在公安局门口登记好，就走了进来。

公安局不算大，里面的装修看起来很新，应该是做了翻新，墙底刷的红色油漆，与洁白的墙面形成鲜明的对比。可能是在外面晒的时间长了，林意一走进来就只觉身上带着的暑气一下子消散了。

靠窗户的这边墙壁上有一盆滴水观音，宽大的绿色叶子耷拉着，叶周开始泛黄，估计寿命不长了。

这里一点都不像电视剧里演的那样时不时有人被押着进来，也一点都不乱。这里的工作人员都身着警服在各自的岗位忙碌着，林意进来在这儿都站了一分钟，也没有人发现她。

目光扫了一圈没看到熟悉的人，林意慢慢地走到离她最近的一个女警面前。女警没有抬头，眼睛一直盯着电脑忙着敲敲打打。

林意试探地问：“您好。”

女警抬头，瞅了她一眼，皱了皱眉问：“你有什么事？”

“我找顾西琛。”声音不大，但是很清楚。

“谁？”女警的注意力还在电脑上，手上的速度没有丝毫放缓。

“顾西琛。”林意又说。

“他忙着呢。”撂下话，女警匆忙起身，拿起刚刚打印好的文件往里面走去。

林意愣了愣，既然说顾西琛在忙，就说明他肯定是在这儿，但是她又不敢打电话怕会影响顾西琛工作。林意决定等一等。

挨着门口的窗户底下有一排塑料长椅，林意坐着等了一个小时后，突然听到走廊另一头传来闹哄哄的说话声。

“案子总算告一段落了，累死我了。”

“一会儿找个地方先吃饭，大伙都饿了吧。”

"行，等西琛出来就去。"

"哎，你不是西琛哥的妹妹吗，你怎么在这儿？"

林意抬头看见了江涛。

江涛是顾西琛的搭档，和林意同岁。

林意知道江涛，是有一次她陪姜淑在商场购物，正好遇见有人在商场抢劫，当时来的警察就是顾西琛和江涛。

也就是那次之后，她知道了顾西琛有个搭档叫江涛。

"我来找我哥的。"林意的声音带着绵意，她等得都快要睡着了，"他在哪儿？"

江涛刚想回答就被人打断了。

"这是谁啊？"说话人年纪挺大了，语气中有点领导风范。

"头儿，这是西琛哥的妹妹，之前跟您提过的。"自从江涛见过林意之后，他总是提起顾西琛有个白净漂亮的妹妹，惹得局子里的同事都特别好奇。

汪民眯着眼睛打量着林意，像只老狐狸。

林意赶紧站起来，微笑问好。

"你长得和你哥可一点都不像啊。"汪民笑着说道。

当刑警的都是人精，鼻子灵，眼睛也毒。

看林意不说话，汪民笑了笑，告诉她顾西琛在审讯室做案件最后的收尾："顺着走廊往里走，第二间审讯室就是，你直接进去找就行。"

林意赶紧点头道了谢，然后抱着保温桶就往汪民示意的地方走去。

走廊不宽，仅容两人走过，能看见每一个窗台上都放着几盆植物，因为朝向不错，阳光可以透过窗户大片铺洒在狭窄的走廊通道上。审讯室在一楼最里面，有两间，林意不知道汪民说的第二间是从哪边数起。正踟蹰着，就听到其中一间传来声音。

虽然隔着厚重的铁门，但男人清朗而熟悉的声音还是传递到她耳朵里。

林意轻轻把门推开一道缝隙，透过缝隙，她看到了一个黑色身影。审讯室的灯光有点暗，微弱的光线把男人的身形勾勒得高大而挺拔。那个身影，林意一看就知道是顾西琛。

顾西琛身上的衣服还是那件简单的黑色夹克，下身穿同色长裤，匀称的双腿被包裹得修长。侧面看他的五官更加立体，脸部线条更加流畅。林意可以看到他说话时微微颤抖的喉结，心里一颤。

虽然顾西琛穿的是一件宽松外套，但是依旧可以看出体格健硕。林意知道他常年训练，离开警校之后，这种训练也不曾间断过。

不知不觉间，站在她面前的顾西琛已经是一个成熟的男人，不再是记忆里那个清秀的少年了。

顾西琛正在做收尾工作："这个案子的所有资料我刚才让小陈已经打印好了，明天上午押送嫌疑人的时候顺便一起带过去，直接交给负责这个案件的检察官。"

两个人又对着手里的资料简单探讨一下进度问题。

"去吧，之后和汪队交代一下进度，这个案子就可以结束了。"顾西琛拍了拍对方的肩膀。

那个人点头："知道了，哥。"

林意来不及退开，正好和迎面出来的人相撞，她掩着门偷窥被抓了个现场。

两人面面相觑，林意脸上一片燥热，赶紧指着屋内的顾西琛说："我找他。"

对方还是没让开，林意又赶紧补充："你们队长告诉我来这儿找他的。"仿佛这样才能证明自己是拿了准可证而不是偷窥。

对方一脸茫然，一句话没说，就被林意解释了一堆，感觉莫名其妙，随后就出去了。

见对方走了，林意松了口气，想起自己那此地无银的解释还是一阵臊得慌。

一抬眼，她就见顾西琛靠在门边望着她，一脸似笑非笑的样子。

林意白皙的脸上飞着淡淡的粉，更显柔嫩。她今天梳的丸子头也变得有些松散，摇摇晃晃地扎在脑后，散下来的碎发为她增添了一些小女人的性感。

看到顾西琛那晃眼的笑容，林意莫名有点窝火，这一路，算不上千山万水，可也耗了不长时间，结果他还笑。

笑个屁啊！

"你怎么来了？"顾西琛声音沉稳，带着隐隐的笑意。

他对于她的到来并不怎么惊讶，好像事先就预知到了一样。其实昨天这小妮子问东问西的，看她那一脸"找到题材了"的兴奋劲，他就知道今天她估摸着会上自己这儿来找灵感。

顾西琛很自然地接过她手里的保温桶。

林意摸摸耳垂，掩饰地撒了个小谎："姜姨怕你最近忙得忘记吃饭，让我来盯着你。"

顾西琛看她那心虚的样子，笑了笑，干脆把审讯室里面的内门给打开了，握着门把手对林意一偏头，示意道："进来吧。"

林意赶紧跟上去。审讯室的空间不大，但是被分为两个区域，中间被一片玻璃墙隔开，视野通透，左侧有一扇木质小门，是通往里面的唯一途经，里间只有一张木质长桌，配了四把椅子，应该是为录口供用的。

林意跟着顾西琛走进里间，顾西琛拉出一把椅子让她坐，自己坐到了林意对面。他把保温桶打开，依次拿出，最底层是米饭，其余两层都是菜。

"哇，还都是咱俩爱吃的。"顾西琛笑。

林意还在努力把看到的各设施记下来，听到他夸张的赞美得意一笑："菜是我点的，姜姨亲手做的。"

顾名常年做水果生意，只在过年时休几天，除了晚饭偶尔在家吃吃，其余的时间都在忙；顾西琛更是忙到昏天黑地，只有林意在双休的时候陪陪姜淑，平常姜淑都是一个人在家。

所以只要林意休息，姜淑一定会下厨做很多吃的。

为了满足姜淑，林意每次都会点很多自己喜欢的菜，然后陪她吃中餐。今天中午的菜就是林意点的，因为一早就计划要给顾西琛送饭，所以点了他爱吃的地三鲜，还有自己爱吃的锅包肉。为了能够在顾西琛这里多逗留一会儿，林意在家特地没怎么吃，出门的时候装了两人份的量。

她从家离开的时候，基本把饭桌上的这两个菜全扫到保温桶里了。

她一边给顾西琛讲，一边打量着屋子里的每个角落。视线移到玻璃上时，却是一片黑色，看不清外面的任何东西。

"真的看不见啊。"林意指着玻璃窗惊叹道。

她刚才在外面明明能看见里面的。

顾西琛边分盛饭菜边问："什么看不见？"

"看不见外面啊！"林意指着玻璃说，"我还以为电视演的都是骗人的呢。"

顾西琛看她那惊讶的模样，忍俊不禁，给她解释："这种玻璃叫镀膜单反玻璃，玻璃的一面镀了一层反光率高但是却能够透光的金属膜，就跟银色镜面的太阳镜的原理一样。这是审讯室专用材料。"

顾西琛说得头头是道，可林意一句也没听懂。不过下一秒，让她觉得更奇妙的是，她竟然在刚刚审过嫌疑人的桌子上吃饭。

顾西琛给她夹了一块锅包肉，米饭沾到酱汁便也变红了，她拿起筷子几口就吞了下去。等了这么久，她早就饿了。

林意从小吃饭就不安静，她一边吃一边絮絮叨叨地开始抱怨："这真的太远了，市中心堵也就算了，城北郊区也堵。"

顾西琛疑惑地抬了一下头，城北属于郊区，并且马路宽广，基本不会出现堵车现象。也许是刚刚执行完任务回来的时候，很多车都在

小独
青梅
宠

为警车让路造成的一时堵车。

"哎，对了，这么堵的路，你就是开车也过不去啊。"这个问题林意在车上的时候就怀疑了，现在正好是一个吃饭时刻的谈资。

顾西琛笑："谁说我走的和公交车的路线是一样的。"

公交车路线的规划是尽量满足乘客到达的目的地，所以会绕远一些。顾西琛开车从来都是走捷径，出了市中心走国道，基本二十分钟就能到城北公安局。

能被她这么抱怨，估计她这一趟堵车确实堵得够呛。

顾西琛瞟了瞟正吃着的林意，不由得好笑，昨天他在卫生间接电话，林意就一直大感兴趣地竖着耳朵听。他在刑侦队待了两年了，什么奸诈狡猾老练的犯罪分子没见过，就林意这只差写在脸上的心理诉求他是秒懂。

这丫头肯定是上自己这儿找灵感和素材来了，又怕他发现，于是打着送饭的幌子。但是在实打实看见她提着保温桶站在那儿的一瞬间，他本来柔软的心变得更软了。

林意忙着扒饭，根本没注意到顾西琛的目光。她额头两侧的碎发俏皮而随意，鼻子上有细密的汗珠，樱桃色的唇沾了红色酱汁看起来更色泽诱人……顾西琛在心里微微叹息，这小妮子越来越好看了。

他敲了敲饭盒，林意抬头，问："干吗？"

"快吃，我一会儿带你去转转。"顾西琛说。

嗯？

林意停下，立刻兴奋起来，她嘴里还有饭，说话含混不清："去哪儿啊？"

"附近转转。"顾西琛言简意赅。

林意今天来了个公安局半日游，把里面基本都转了个遍。

城北公安局面积不算大，一共两层。

一楼是大厅，有几台电脑和各种打印机器，大厅里面有很多木质

010

书柜，里面都是整齐的深蓝色文件夹；一楼还有两个审讯室，就是林意之前去过的。

二楼是刑警办公区，在没有案子需要出动的情况下，都是在此处办公。另外二楼有一个单独的屋子是用来休息的，床是上下两层的组装床，铁柱子接通上下两层，木板上只有一层很薄的被褥，就像大学宿舍一样。

不过城北刑侦队就十来个人，这样规模的办公区域，也足够用了。

晃悠了一个下午，顾西琛要送她回家。

林意挺惊讶："你今天这么早回家？"

顾西琛刚取完车钥匙回来，一手拎起桌子上的保温桶："今天收尾了，可以正点下班。"

林意点点头，没说话。

顾西琛低头看她，经过一天的折腾，小姑娘已经显出疲态，丸子头松松散散地顶在头上，像一朵蔫了的黑色玫瑰，碎发散下来毛茸茸地蓬松着，搭配着米色无帽卫衣让她整个人都显得很乖巧。

像一只安静的兔子。

"走吧。"顾西琛一手拎着保温桶一手牵过她，这动作像是练习过无数次般自然。

他以前总是这样牵着她，在乡下铺满夕阳的街道上，他牵着她幼小的手，生怕她走丢，两个人牵得很紧，往往都会牵出一手的汗……

顾西琛的车停在公安局后面，是一辆霸气的吉普，也是林意喜欢的车型。

其实最开始在车展的时候看中的不是这辆，顾名是个商人，喜欢精致体面的豪车，他拉着顾西琛在奔驰和保时捷之间反复比较。

林意并不喜欢轿车，她在一旁打量靠在墙边的黑色吉普。

顾名订了一辆奔驰，结果在提车那天，顾西琛开回来的是一辆黑色吉普。顾西琛对此的解释是，警察还是不要开那么豪华的车。

"上去吧。"顾西琛打开副驾驶的门。

林意一眼看到副驾驶座地上一块厚厚的深黑色地垫,毛茸茸的看上去就很舒服,她小心地踩上去。

顾西琛看着她的小动作,用还拿钥匙的那只手蹭了蹭鼻子,掩饰自己快要憋不住的笑意,故意打趣:"放心,我不介意你踩脏它。"

林意瞬间觉得好尴尬,抬头白他一眼:"哪有!"

等她坐稳,顾西琛替她关上车门,然后绕过车身往驾驶位上走。

在他绕过车身的短短几秒,林意透过挡风玻璃看着他,他走得很快,像一阵风一样。她的视线追着他,也像风一样。

顾西琛拉开车门坐上驾驶座,整个过程干净利落还带着点点帅气,林意的心扑通扑通跳。

车内毫无装饰,出厂时是什么样子现在就还是什么样子,除了林意脚底那块柔软的垫子,整个车里充满了男性的极简干净。

这就是男人和女人的差别。

林意轻轻踩了踩脚下的垫子,低头问:"你什么时候准备的?"

顾西琛淡淡地说:"刚刚。"

这垫子他早就买了,只不过一直没机会放到车里而已,刚刚他跑回办公室就是取这个垫子去了。

他买这垫子的原因是林意有一次坐他车的时候嘀咕了一句"要是有块毛茸茸的垫子踩就好了"。

有一次,他偶然看到就随手买了。

刚刚回办公室储物柜取垫子的时候,汪民还打趣他:"你小子什么时候讲究这个了?"

顾西琛舌尖顶了顶牙关:"难道我不能讲究一下?"

汪民眯着眼笑:"就因为是你,我才不相信。"

顾西琛的糙劲大家伙都知道,出任务一个月不刮胡子不洗脸的人有这心思？汪民才不相信。

顾西琛耸耸肩打算走。

汪民突然转移话题："那丫头是你什么人？"凭他多年刑警的触觉，顾西琛今天很不对劲。

顾西琛在刑侦队两年了，他长相俊朗，在局里做文职的许多小姑娘也存了不少心思，但他始终都不冷不淡的，虽不拒人千里之外，但是也绝对不热情，久而久之让不少姑娘都心灰意冷了。

但是他今天实在太热情了，而且看林意的眼神，啧啧，怎么看都不像是对妹妹会有的眼神。这俩人外貌没有一点相似的地方，姓氏也不同，汪民知道顾西琛的母亲并不姓林，这个不同姓氏的妹妹……不是亲妹妹，那就是顾西琛喜欢的姑娘。

"这丫头真是你妹？"汪民摸摸下巴，"长得和你可一点都不像。"

林意是瓜子脸，眉眼细长，鼻子微挺，因为皮肤白，有一种江南女子的味道。顾西琛是地道的北方男人特有的刚硬粗犷的气质，在警校这么多年，天天风里雨里的，越来越糙汉。

"头儿，你什么时候这么八卦了？"顾西琛笑，没给汪民继续八卦的机会就走了。

汪民笑着摇摇头，这小子，心思还是那么深。

进入市中心就开始有些堵了，虽然走国道会快很多，顾西琛还是选择了普通线路，其实也是出于私心，毕竟两人这样独处的时间的确不多。

等红灯的时候，顾西琛瞥了一眼副驾驶上已经睡着的人。晚上凉，所以顾西琛没有开车窗，车里的空气又有些闷，林意的脸上有些淡淡的红色。

也许是口渴了，林意无意识地舔了舔嘴唇，水润过的唇瓣瞬间变得有光泽。

顾西琛喉头紧了紧，一脸宠溺："真是……"

他忍不住伸手，粗糙的指腹擦过林意淡淡的粉嫩皮肤，触感带着几分潮意。他把车窗开下一些，又脱下自己的夹克外套盖在林意身上。黑色的宽大夹克正好裹住她，显得她更为娇弱白皙。

夜幕渐下，市中心的霓虹灯开始亮起，点燃了这座城市的灯红酒绿。

行驶了将近一个小时才到家，顾西琛把车停在露天停车位。这个小区的家用车库都是为普通私家车高度建造的，但是吉普车的高度要比这个常规高度还要高，因此，顾西琛每次都把车停在露天停车位。

林意在车子开进小区就已经醒了，人虽然醒了，但是神志还未清醒，因为刚睡醒的缘故，眼底还带着几分湿润，像被清水洗过一般迷蒙。

顾西琛停好车，转头看她："下车吧。"

他拿着保温桶下来，林意抱着盖在身上的衣服下了车，随即想还给顾西琛。

他直接伸手把衣服披在林意身上，还紧了紧领口："夜里风大，你刚睡醒，别着凉了。"

不知道是不是周围太安静了，安静到把顾西琛的声音都衬托得如此温柔，林意在那一刻有点晃神。

没有外套，顾西琛此时只穿着单薄的蓝色打底衫，宽阔的肩膀，流畅的脸部线条，都在夜色里更加清楚。自从顾西琛当了警察之后，身材好像更结实了，褪去了年少时期的稚嫩，现在的他充满了成年男人的稳重味道。

她就这样披着顾西琛的衣服跟在他后面，嗅了嗅鼻子，他衣服上淡淡的烟草味让她顿时有种安心的温暖。

这一天真是累了，林意吃完晚饭就早早回屋睡了。

周一，才进公司，申盈盈就挤过来打探她的进度。

林意手里忙着，眼睛都没抬，随口说："什么进度？"

"当然是漫画的进度了。"申盈盈不解，"你还有什么进度？"

林意想起那晚顾西琛给她紧衣服时的样子，他暗沉色的眼睛像是黑洞，吸引着她移不开眼……她脸上生出一阵燥热，赶紧甩甩头让自己别胡思乱想。

"正在画场景。"顾西琛带她参观了公安局之后，印象太深刻，她在画场景的时候简直就是如有神助，下笔有力。

"你找到新选题啦？进度挺快啊！"申盈盈替她高兴，"这次的漫画题材是什么？"

"警察。"林意问，"男主是个警察，破案推理题材，你觉得怎么样？"

"不错。"申盈盈点点头，"可是你最擅长的是言情，加入推理元素会不会有问题？"

"没事，我在我哥那儿听说……"林意一个没忍住直接说出来了。

"原来你早就有门路了，怪不得要画这个题材。"申盈盈很激动，兴奋地捏了个响指，"言情加推理，感觉你这次画得应该会很有看头，正好展现一下能力给袁魔鬼看看。"

"在公司呢，你小声点。"林意提醒她。

申盈盈浑不在意地撇撇嘴，下一秒她眼神突变，斜睨着看林意，一脸八卦兮兮的笑容。林意被看得有些不自在，身体不自觉地往后靠了靠，问："你这个眼神是什么意思？"

申盈盈眯着眼睛神秘兮兮："林意，我发现你现在很奸诈啊。"

林意已经习惯申盈盈随口的用词方式了："我怎么奸诈了？"

一阵花香袭来，申盈盈几乎是贴上来了："你去给你哥送饭那天，其实是找灵感去了吧。"见林意想辩解，她一副"不要狡辩我已看透"的表情戏谑道，"我让你打你哥主意的时候，你一脸正气地拒绝，结果自己还不是跑去了，还用送饭这种手段。小可爱，你现在小心思藏得挺深哦。"

对申盈盈充满颜色的大脑构造，林意已经不想多做解释了，她无奈道："还只是有了点想法，没确定呢。"

"那现在是确定了呗。"

林意点头："现在在画场景，主人公还没确定。"

"一个活生生的主人公每天在你眼前晃来晃去，身材还那么好，"申盈盈说着冲林意抛去一个暧昧的眼神，"你还有什么不确定的？"

除去申盈盈那带着颜色的形容，林意想了想，好像真的没有比顾西琛更合适的人设了，她对他的脾气习惯都很了解，这比凭空创造出来一个人设要清晰得多。

QQ上的聊天窗口在闪，林意打开，是袁景。

简单的一句话，让林意感受到扑面而来的森森寒意——

"林意，来一趟主编室。"

申盈盈也看到了，给她捏肩鼓劲："放轻松，你都已经有新选题了，不用怕他。"

林意有种自己要上台打拳击的感受，而她的对手是一个只是站在那里她都觉得无法呼吸的人。

林意站在主编室的门外深吸一口气，鼓起勇气敲门。

很快，里面传来平稳清淡的声音："进。"

袁景坐在黑色办公桌后，休闲款式的男士衬衫看上去质感很好，他今天没有系领带，领口两颗扣子被解开，露出光洁的喉结。林意走进去的时候，他仍专注在电脑屏幕上，在屏幕光的折射下，眼瞳黑得发亮。

如果不深度了解面前这个人的话，只是看着绝对是一种视觉享受。袁景给人的第一印象永远是儒雅清贵，但是熟悉他的林意知道，这副温和俊逸的皮囊下住着多么挑剔的灵魂。

"坐。"他声音平稳，甚至都没抬头，修长的手指在电脑键盘上飞速敲打，问得漫不经心，"最近是不是因为新漫画压力太大了？"

林意诧异，这压力还不是您亲自给的吗？

看她发愣着没回话，袁景停下动作，抬眸看过来，林意只觉一阵哆嗦。

他问："怎么了？"

"没有。"

袁景直视着她，面前的姑娘披着半长的黑发，低着头，发质看起来非常柔软，离得近的时候总有种想触摸的冲动。

"我给你的期限你没忘记吧？"他给了三个工作日的时间让她找新漫画提案。

终于说到正题上了，林意松了一口气："我一定会在期限内完成的。"

她的确找到了最好的题材，说这句话的时候也是胸有成竹。

"好。"林意那自信满满的小模样，只差握拳呐喊了，袁景有点想笑，眼底笑意渐生，"我就拭目以待了。"

接着对了一下进度，林意便出了主编室。

门一关上，林意像是被抽了骨头一般瘫软地靠在墙上。妈呀，每次见袁景都像是上了一次战场，好紧张！可是平时不是挑这里就是嫌那里的袁主编今天喊她进去竟然就是为了表达一下关心，这简直太惊悚了！林意立刻开始回忆这一段时间自己是不是有做错了什么而不自知的。

等她回去，申盈盈走过来，问："今天又说了什么？"

林意愣愣地回："什么也没说。"

"啊？"申盈盈不信，"按理说他肯定要给你点压力的。"

林意抬眼："为什么？"难道她就这么不受袁景的待见吗？

"我不和你说了嘛，袁主编是故意对你这么严格的。男人啊永远都是小学生的性格，越是对喜欢的女生越是装出一副凶狠的样子。"申盈盈一副什么都明白的样子，"你看每次我交提案的时候，不过就是不过，袁主编从来没给过我什么期限，也没给过我什么建议。可是对你，从时间到质量到题材到每一个细节，啧啧，简直就像拿着放大镜在找漏洞，如果说没一点别的心思我还真不相信。"

林意听到申盈盈这么一说，好像的确是这么回事，好像只有每次她被否了漫画提案之后袁景会给她一个完成的期限。

至于所谓的"另有心思"的言论，林意就当作听见一个笑话，过去了就算了。

袁景能对她有什么心思？

林意对申盈盈的脑洞有点无语，回了申盈盈一句"戏太多"就匆忙结束了这个话题。

认真工作起来，时间就像流水一样，到下班了林意还趴在桌上勾线条，全神贯注得忘记了时间。

申盈盈把满桌的化妆品都收到包包里，看林意没有要走的意思，问道："你今天又加班啊？"

林意手里动作未停："今天想把这个画完。"

上一个项目只剩几帧就可以完稿了，题材是校园漫，男女主角从校服到婚纱。这是林意半年之前的提案，当时这类题材还不算特别多，而网络连载向来就比较磨时间，所以这个漫画也连载了半年多了，如今接近尾声，林意还有点舍不得。

她本身就不是能三心二意的人，这也就导致她现在手里做着别的工作，还要想新的漫画提案，就有点分身乏术，自己也很难满意。所以从上个星期开始她一直都在加班，不过好在新漫画因为顾西琛已经有了具体的方向。

林意知道袁景并不是强人所难，她的提案如果真的不够优秀，为什么要给她勉强通过呢？

她当初毕业刚回到家乡面试的第一家就是漫娱乐，面试她的人就是袁景，他是漫娱乐工作室的主编。

漫娱乐公司主要做各类题材的漫画，同时分为两种方式投向市场。一种是有独立的画稿人可以做漫画单行本进行出版，另一种是网络漫画，公司的画手提交各类题材，通过了可以在网络连载。

林意做的就是网络漫画的部分。

林意承认，当时她面试的时候的确被袁景那副好皮囊给蛊惑了，以为拥有这样好皮囊的人，脾气也会不错，人也会好相处。

但事实证明，有句老话说得好——

知人知面不知心。

虽然袁主编的喜好和性格有点阴晴不定，但是公司整体的运作还有工作环境都还很不错。林意是一个不太喜欢适应新环境的人，在一个地方待习惯了就不想再去别的地方重新再来一次。

申盈盈把刚收拾好的包包放到桌子上，就打开了自己的电脑。

电脑亮了起来，蓝色的屏幕发出的光特别清冷，林意疑惑地问："你做什么？"

申盈盈叹了口气："我怎么舍得你自己一个人孤军奋战呢？"

她知道申盈盈想陪自己，可是她也不确定自己什么时候结束，并不想拖累申盈盈，便劝说："你快走吧，我还不知道几点结束呢。"

申盈盈摆摆手，颇有些自嘲："反正也没有男朋友，回去也是孤家寡人一个。"

"孤家寡人还不是你自己'作'的。"林意笑说。

申盈盈瞬间有点炸毛："姐妹你这样就不够意思了，怎么能专挑我痛处呢。"

林意笑得更欢了："好啦，我错了还不行。"

申盈盈的父母是政府机关单位的，家里有关系，也有钱。她做这份工作全是因为爱好，用她自己的话来说，她不想在家等着父母给安排相亲，然后从此走上相夫教子的生活，她想随心所欲。当然，未来碰见自己爱的人也会毫不犹豫地嫁给他。

申盈盈长得很漂亮，鹅蛋脸，波浪长发，追求者也不少，但她属于天真烂漫主义类型的人，竟然相信这世界上有一见钟情这种传说。所以在没遇见那个可以让她一见钟情的人之前，她只能单着了。

林意就比较现实一点，感情从来不是她奢求的东西。

虽说申盈盈的想法在这个年纪来讲是天真了点，但林意还是挺羡慕她有一份天真憧憬的心态，那么鲜活和生动。不像自己，谈过一次恋爱就已经开始疲惫了，明明是二十几岁风华正茂的年纪，对于感情的态度却已经像一个迟暮的老人，只能看见一片即将落下的残红。

申盈盈可以说是林意在公司最亲近的人，主要原因就是她们俩是同一天来公司面试的，也是一起办理的入职手续。人就是一种很有感知型的动物，会与自己一同经历同样事情的另一个动物，产生好感。

林意记得面试那天，只有她们俩。

那天，林意穿着干净的牛仔裤、白T恤、帆布鞋，马尾梳在后脑勺正方，一副青春大学生的样子。她坐在沙发上等待面试，没过多多久，就进来了一个着装很有特点的女孩。申盈盈穿着一身职业的包臀装，脚下踩着六厘米的高跟鞋，嘴唇红艳，波浪卷的长发像海藻一样。

她们俩就是当时公司面试的两道不同的风景线，看起来天差地别，最后却殊途同归。

面试完毕之后，申盈盈还跟她打了个招呼，说明天见。

林意很蒙，不明白她的意思，结果第二天真的就见了。林意瞬间就觉得她是一个漂亮的小巫婆。

熟悉了之后，林意有一次问申盈盈："你怎么知道我们俩会被录取的？"

申盈盈一脸无辜地答："我不知道啊。"

林意皱眉："那你当时和我说的明天见是什么个意思？"

申盈盈顿时乐了："我那是随口一说。"

林意无语。

本以为那样家庭教育出来的孩子本来就很会左右逢源，凡事也是再三揣摩，但是申盈盈不是，她就像盛开在世间的一朵艳丽雪莲花，虽然染尽凡尘，但依旧本真。

林意看了看身边的申盈盈，突然有点感慨。

林意的画稿就差最后一点就可以完成了，她看了看时间，已经晚上七点了。申盈盈看她总算抬头了，急忙抓住她不放。

"林意，你快来帮我看看，这个地方怎么继续下去？"申盈盈拽她的胳膊。

林意探过身子看向电脑屏幕，申盈盈现在画的是一个耽美类的漫画，这是她个人的爱好，林意不想做任何评价。

大致剧情就是一个男人怎么被另一个男人感动的故事。

现在故事进行到暧昧期了，同性之间的感情比异性之间的感情其实更难把握，申盈盈为此很烦恼。

林意对这个不感兴趣，给不了申盈盈什么意见，笑说："我可不知道男人们的爱情是什么样子的。"

她接着说："你在生活中找灵感吧。"

申盈盈苦恼道："哎呀，就得靠想象了，哪有那么多的案例给我当素材参考啊。"她愤愤不平，"现在的男人没结婚的肯定也有女朋友，适婚的男人如果没女朋友也没结婚，他很有可能是……"

林意对这方面不太懂，但是听申盈盈这么说又有点好奇："为什么是可能？那不就一定是了吗？"

申盈盈笑眯眯地摇了摇头："你真的是谈过恋爱的人吗？为什么

感觉你就是个什么都不懂的小白。"

林意白了她一眼："因为我是个女的好吗？"何况她只谈过一次恋爱，就一次已经伤得她失去了全部的热情。

申盈盈向她勾勾手指，她凑过去。

"因为这样的男人除了这种可能性之外，也有可能是那方面不行。"

林意瞪大了双眼，就像听见一个爆炸新闻："你怎么这么了解？"

申盈盈撇撇嘴："拜托，我画的可是耽美，能不了解这方面的事情嘛。"她鄙视林意一副大惊小怪的样子。

申盈盈接着语重心长地说："现在国家人口男女比例这么不协调，然后再排除一些有问题的，你说我什么时候才能一见钟情啊？"

林意毫不犹豫地打击她："你的一见钟情把这个概率又降低了。"

申盈盈瞪着圆圆的眼睛，有些俏皮地伸出三根手指说："你说现在的男人就满足三个要求都那么难。"

林意抬了抬眼皮，问："哪三个啊？"

申盈盈一边说一边按回自己伸出的三根手指头："直男、长相干净、不 low，就那么难吗？"

林意听着她说，咧嘴笑出了声。

不过，她笑完了之后突然意识到，刚刚申盈盈那番对男人的分析，让她想到了顾西琛也到了适婚的年龄，却一直没有女朋友——天啊，他该不会是……

他到底是哪种呢？

林意想着想着眼睛都睁大了，申盈盈看见她这个样子问她怎么了，她摆手说没什么。

她希望自己只是多想了。

袁景从办公室出来时就看见林意在出神想事情的一幕，他站那儿看了一会儿，薄唇轻抿。他走过去，脚步沉稳有力。

"袁主编，还没走呢？"申盈盈先看到袁景，站起来的同时用手捅了一下认真想事情的林意。

林意也跟着站起来。

"嗯。"袁景的声音淡淡的。

"还没吃饭吧，一起去吃？"袁景看着林意发出邀请，只不过林意垂着眼睛没看到，反倒是申盈盈注意到了。

"袁主编说要请吃饭，林意你去不去？"

林意想了一下拒绝道："不如你跟着去吧。"随后又对袁景说，"我还没画完，主编您先去吃吧。"

林意可不想在下班时间还要忍受袁景带来的紧迫感。

有一种人尽管他并没有做什么，但是只是站在那儿，都给人一种紧迫感和压迫感。袁景对于林意来说就是那一种人。

听到拒绝，袁景的脸上也丝毫没有任何波动。

"那不行，我还是陪你吧。"听到林意拒绝，申盈盈也不去了，"主编，我们还是先赶画稿，您先去吃饭吧。"

袁景点头。

"那给你们俩点外卖吧，别饿着肚子工作。"不容拒绝的口气，袁景拿出手机点了外卖，然后说，"一会儿就到了，我先走了。"说完就离开了。

袁景一走，申盈盈就和林意抱怨："你有没有发现袁魔鬼很独裁啊，是不是当领导的都这样？"

林意知道她没说完，继续听着。

"他竟然都不会客气地问一句我们俩喜欢吃啥。"

林意听着她的抱怨，扎进最后一幅漫画里面。

因为是晚上，送餐的速度比较慢，外卖到的时候，林意刚好画完最后一个画面，最后写上"完"，之后保存。

申盈盈遇上瓶颈了就不想画了。因为饿了，整个人有气无力地趴在桌子上玩手机，连话都不说了。

晚上八点的写字楼，夜色早已经笼罩了每个角落，只有办公桌上的台灯发出一小片光芒。

有人按门铃，办公室的门是要刷卡才能进的，外人只能按门铃呼叫里面的人给开门。

申盈盈早就饿得不行了，取到了外卖，两人打开包装，砂锅米线的香味扑面而来，瞬间催动了早已经饥饿的胃。

米线是清汤的，没有辣椒。林意年少岁月的夜宵基本就是它，而和她一起吃夜宵的人也已经陪她度过了好些春夏秋冬。

她最近好像总是能想到顾西琛，难道真的是因为自己要画他的缘故吗？

因为真的很饿，所以不一会儿两个人就吃完了。

吃饱了之后，申盈盈所有的细胞就又开始活跃了，她开始八卦袁景。林意已经习惯了申盈盈八卦时自说自话的模式，对于这种情况，她不予理睬。

"我怎么都觉得袁主编是对你有意思呢？"申盈盈一副看透了的样子，贼兮兮地看着林意。

林意听到这句话的时候差点没把手里的手绘笔弄折了。

内容太惊悚，需要点消化时间。

"你疯了吧。"林意停下手中的笔，转过头看向申盈盈，"这话你可别乱说。"

申盈盈阐述自己的猜想："刚刚袁主编说吃饭的时候一直在盯着你，那眼神充满了期待。"她继续提出疑惑，"还有就是，你不觉得太巧了吗？怎么偏偏订的外卖就是你最喜欢吃的砂锅米线。"

她说得头头是道，俨然化身成破案的小侦探。

林意脑子里已经开始脑补：申盈盈像动漫里的柯南一样开始慢慢地转身，然后指向所有人说："真相只有一个。"

……

"你听没听我说啊？"申盈盈推她。

林意笑着说："我听着呢。"

申盈盈继续刚才的话题："凭我的第六感，袁主编好像真的对你有意思。"

林意根本不信："好啦，你是不是电视看多了，自己一个劲地在那儿脑补什么？"她质疑，"袁主编会喜欢我，除非他疯了，要不就是我疯了。"

申盈盈还想说什么，林意赶紧截住了她的话："我的大小姐——"她点了点自己手腕上的表问，"还要不要下班了？"

话题虽被终止，但林意一想到申盈盈的猜想还是忍不住一身冷汗。

袁景怎么可能对自己有意思？

这实在是太吓人了。

两人出了写字楼时已快九点了。

九月中旬的北方，晚风开始逐渐渗透凉意，林意穿着米色的无帽浅棉外套，被冷风穿透，不禁打了个冷战。砂锅米线的味道还留在唇齿中，被冷风一吹，味道好像更浓郁了。

申盈盈嘴里念叨着："好冷啊。"然后拽紧大衣的两侧，说，"我送你回家吧。"她说话的声音都被冷风吹得有些颤抖了。

申盈盈家离得远，为此，她父母给她配了一辆车，红色的甲壳虫。

"你快点回去吧，我家离得近。"林意的家的确很近，坐公交车只有三站。

林意催促申盈盈赶紧走，申盈盈冻得快透心凉了，也不再坚持："那行，我先走了啊。"说完就往停车场去了。

和申盈盈告别后，林意去了最近的公交车站。秋冬时期，公交车的晚班车时间会有所调整，林意看了一眼手表，心想还能赶上末班车。

晚上的公交车里空荡荡的，林意坐在最靠后的窗户旁。

街道冷清又寂静，行人不多。

夜晚会放大一个人的情绪，她透过车窗看着近处的灯火，有点感慨，这是曾经让她无比想逃离的城市，兜兜转转，最终还是来到这儿。

第二章

不解风情的小丫头

　　林意住在市中心的一个商业小区里，虽没到寸土寸金的地步，但普通的家庭也是绝对买不起这个地段的楼盘。

　　房子是顾西琛的父母买的，也是她的养父母。

　　他们住在顶层，十六楼。

　　这一层是复式结构，有一百二十平方米，还带有小阁楼，阁楼有两个房间。

　　林意拿钥匙开门。

　　"林意回来了？"

　　女人的声音是从厨房里传过来的，林意直接走到厨房。

　　厨房是开放式的，厨具很齐全，姜淑作为一个全职家庭主妇，厨房是第一战场。

　　姜淑以前是有工作的，她和顾名在乡下开了一家小型水果店。顾名负责外面进货到处跑,姜淑负责店里的生意。后来顾名的生意越做越大,水果店也不开了,直接跑货签订单,注册了一家水果批发的公司,直接供货。

姜淑没有事情做,顾名就让她在家待着,久而久之就成了全职主妇。顾名买房子那年,林意还在外面上大学,她放假回家姜淑就拉着她逛街买各种家居用品。厨房那套奶锅就是林意选的,因为她有喝牛奶的习惯,姜淑不想让她喝超市的牛奶,所以买了一套奶锅,每天都打新鲜的牛奶热了再喝。

林意看见姜淑正在热牛奶,白色的液体在奶锅里咕嘟咕嘟地冒泡,奶香已经开始随着液体升温从锅盖的缝隙中溢出。

姜淑穿着深紫色的棉质睡衣,拿着长勺在奶锅里慢慢搅动。

"您怎么还没睡?"林意说话都带着几分哆嗦。

面前的女人已经五十多岁,虽然家庭条件好了以后开始保养,但还是抵挡不住岁月在脖子和眼角留下的痕迹。

林意觉得年老并不是一件需要隐藏的事情,反而是一个值得珍惜的过程,就像此时此刻她多想也能亲眼看见自己亲生母亲年老的样子。可是她只记得母亲三十岁的样子,年轻漂亮,像一幅永恒的画,永远停留在那里。

"最近每天都回来这么晚,是不是工作太多了?"姜淑盖上锅盖,却留了一个缝隙,防止牛奶因为温度太高而溢出来。

"没有。"她最近的确有点累,不过她从来不在家里念叨工作上的事情,她怕姜淑为她担心。

姜淑嘴里念叨:"工作重要也没有身体重要。"从糖罐里用长勺舀出两勺加进牛奶里。

林意喜甜,所以每次姜淑热牛奶都会加点糖,这样喝起来味道更好,还能去一些牛奶淡淡的膻味。

关火,姜淑把牛奶倒进玻璃杯,林意随即伸手去拿,被姜淑拍了一下"爪子"。

姜淑瞋了她一眼："细皮嫩肉的也不怕烫伤。"

林意是地地道道的北方姑娘，却长了一副南方姑娘细皮嫩肉的皮囊，稍用点力抓一下，白皙的皮肤上立刻就出现恐怖的红印。

林意认为自己长得这么白，和从小喝牛奶有关系。这是小时候就养成的习惯，以至于总被顾西琛取笑，说她这么大了还不能断奶。

林意笑嘻嘻地撒娇："您不是舍不得我不让我碰了嘛。"说着还把头靠在了姜淑的肩膀上蹭了蹭。

姜淑捏捏林意的脸蛋，笑嗔："就知道撒娇，你现在耍赖的本事和你哥差不多了。"

林意心里忽然过电般一阵酥麻，随即有一种感动直冲头顶。这些年，姜淑从未把她当成外人，一个母亲会给予孩子的，她从不吝啬。

"你都多大了，还跟小孩似的。"清朗干净的男性声音打断了林意的撒娇。

顾西琛靠在厨房门口，双手抱胸似笑非笑地盯着靠在姜淑肩上的林意。女生个子高，为迁就姜淑特意斜弯着腰，发丝柔软，巧笑嫣然。

看得他心里一软。

目光落在她穿的外出服上，他眉心一凛，问："又加班啦？"

林意靠在姜淑身上冲他做了个鬼脸："晚上加了会儿班。"

姜淑故意将东西放得乒乒响，佯装生气道："你俩一个两个都不回家，晚饭天天我和你爸吃。"语气里都是对俩不着家的熊孩子的埋怨，"明明是一家四口，每次吃饭的时候都冷冷清清，也不知道我的菜都给谁做的。"

顾西琛赶紧赔笑："最近忙完了一个案子会休息几天，从明天开始一定回家陪您吃饭好吗？"

事实证明，女人多大年纪都是要哄的，顾西琛只是哄了一句，姜淑就没了脾气。

"你俩吃饭了吗？"

"我和同事在公司一起吃过了。"林意说。

"吃完回来的。"顾西琛说。

姜淑催促道:"行了行了,时间不早了,你俩去睡觉,别站我面前碍眼。"说着就出了厨房。

林意端起牛奶小口小口地慢慢抿,顾西琛走近她,她不由得抬眼去看他。

他穿着一件黑色夹克,留着干净利落的短发,也许是职业缘故,总觉得他有股别人没有的精神气。

林意舔了舔杯口,有点烫。

顾西琛看着她的小动作,瞬间笑了:"还不断奶。"

这个事情他已经取笑过不止一次了,林意习惯了。

"最近怎么总加班?"

林意从上周开始一直就在加班,好几次两个人都是差不多的时间到家,然后挤在一起洗漱。

"最近有个着急完结的项目,不过我今天已经全画完了,明天就不用加班了。"她一边说着一边用舌头试探着舔杯里的牛奶。

顾西琛的头微微向她靠近,嗅了嗅鼻子,问:"晚上吃夜宵了?"

两个人相处多年,早就有了十足的默契。林意自然知道他说的是什么,不过他鼻子也太灵了,都说做刑警的人眼观六路耳听八方,她觉得面前站的不是一个人而是一只警犬。

汪汪。

"噗——"林意被自己的脑洞给逗乐了,刚喝进去的一小口牛奶被喷了出来。

"啧啧!"顾西琛看着她嘴唇上白色的奶液,直接用手帮她擦去,下手温柔,嘴里却是满满的嫌弃,"你脏不脏?"

林意的唇被擦过之后有些泛红,她瞪着大眼睛看着顾西琛,他好像瘦了。

"你多吃点饭。"她没头没脑地来了一句。

顾西琛笑了:"怎么着都比你吃得多,下次还加班就打电话给我。"

林意不解："打电话给你干吗，你又不能替我画画。"一口气喝完牛奶，就向二楼走去。

留下顾西琛一个人在厨房叹息。

这个不解风情的小丫头。

阁楼的结构很简单，两个卧室紧连着，卧室对面有一个卫生间。上楼的楼梯是深棕色纯木材质，当时还是林意和顾西琛去挑的。卖楼梯的老板还把他俩误以为是装新房的新婚夫妻，林意窘到不行，连忙向老板解释那是她哥，反倒是顾西琛并没有多在意，只是一笑了之。

顾西琛和林意都住在阁楼，林意在推开自己房门之前听见顾西琛说："下次加班打电话给我，我去接你。"

他的确不能替她画画，但是他能接她下班。

林意觉得顾西琛最近对她有点殷勤，但是她想不通为什么。

亮着的电脑屏幕上是她最新漫画的试稿，男主眉峰俊朗，林意在下笔的时候特地反复修改了很多遍，漫画人物的脸形一定要瘦长才好看，尖尖的下颌，硬挺的鼻子。常规的漫画男主头发一定要是长短适中，不然就是长发，就像花样男子那种风格，但是这次林意画的是干爽利落的短发，男主整个形象都是整洁干净的。

画稿上的男主穿着黑色的夹克衫外套，林意瞅着瞅着感觉这件衣服好像在哪儿见过，脑子里闪现那天顾西琛回家穿的那件外套。

"进度怎样了？"申盈盈刚从茶水间回来就看见正盯着电脑发呆的林意，"哟，你这男主真心不错啊。"

林意还没从神游的世界里缓过来。

申盈盈双手抱胸，一只手还捏着咖啡杯，淡淡地问："西琛哥有这么帅吗？"

林意惊讶了，转头看她。

申盈盈站在她身后，瞅着电脑上的画稿目不转睛。

她今天是一身很干练的打扮，黄色休闲衬衫掖在紧身的包臀裙里，显得腰十分细，脚下踩着的六厘米高跟鞋带着女王气势，砖红色口红衬得她皮肤光洁如雪，配上披肩的波浪鬈发，整个人性感又妩媚。

"西琛哥原来这么帅啊。"申盈盈啧啧称赞。

申盈盈只见过顾西琛一面，还是那次林意和她逛街的时候碰巧遇上的。当时顾西琛他们正忙完收队，两人在商场简单打了个招呼，申盈盈才知道林意有个不同姓的哥哥，但是林意向来不爱提这件事，申盈盈也就没多问。

林意内心挺震撼的，没想到就见过一面，申盈盈竟然还能记得顾西琛。

她好奇地问："你怎么看出来就是我哥的？"

申盈盈扬了扬下巴："看你这画的人物就知道了。"她的语气笃定，"从来没看过你画的男主这么好看的，你以前画的都是常规男主，看起来都差不多，这次就连人物的衣角我都觉得不一样。"

有什么不一样的？不就是普通的黑色夹克？

林意扶额，她明明只借鉴了顾西琛穿的夹克。

林意用笔点了点电绘板，笑："你就夸张吧。"

申盈盈没趣地扭身回自己的座位。

林意的视线回到电脑屏幕上，其实自己心里也是有些惊颤的。她在做人设绘制的时候，并没有想着参考谁，但是只有一面之缘的申盈盈竟一眼认出是她哥，她虽然否认可是内心仍吃惊不小，同时也承认自己在这个新人设上下的功夫确实比其他的更多。

画完试稿部分后，林意就发送到了袁景的邮箱。她坐在座位上等回复的时候，内心那叫一个忐忑，那种感觉就像上了断头台，刽子手迟迟不落刀。

唉，焦灼。

"还没来信呢？"申盈盈画累了想休息一会儿，抬头就看见林意捏着笔，在电绘板上来回地蹭。

林意抬头，语气蔫蔫："没呢。"

申盈盈蹬一脚，直接带着滑轮椅滑到林意身边，安慰她："放宽心，绝对没问题。"

林意撇撇嘴："你对我怎么这么有信心？"

申盈盈捏住林意带着点肉肉的脸，逗她："当然了，你可是主编亲自鞭策出来的画手，全公司最硬气的。"

林意被她逗乐了，这时电脑上QQ来了信息。

林意的注意力回到电脑上，申盈盈也凑着小脑瓜过来。

是袁景。

对话框里的回复言简意赅：每周一期，国庆节后正式连载。

"总算过了。"林意松了口气，压在心头的巨石像被一下子掀开，整个人都放松下来。

"我就说吧，瞧把你紧张的。"申盈盈拍了拍她肩膀，然后话锋一转，"对了，国庆你有安排了没？"

每年国庆，林意都没有安排，不是在家画画就是打游戏，她是一个货真价实的宅女。

林意想都没想："没有。"

申盈盈左右看看，突然神秘兮兮地凑过来："我听说今年公司要组织外出旅行。"

林意侧过头，问："你听谁说的？"

"张艳说的。"申盈盈伸手看了看自己刚修的手指甲，继续说，"我听她说前几天袁主编让她安排。"

张艳是公司的人事，申盈盈和她有一个共同的爱好就是购物，所以每次林意拒绝申盈盈的邀请，她就和张艳结伴去购物。

林意挺诧异，去年国庆公司准备的节日礼品是超市购物卡，她还和顾西琛去超市购物买了一大堆吃的。当时她还和顾西琛说，希望下次国庆的时候公司能发一张面值大一点的超市购物卡，五百块钱根本就不够花，因为这事顾西琛还笑她来着，说她是个小吃货。

没想到今年直接变成旅行了，旅行可不是她喜欢的项目。

"据说地点还没定。"申盈盈说，"但是旅行的事情基本是定下了，张艳还说，旅行福利是袁主编向公司提议的。"

人事部负责公司的招聘以及大大小小的杂事，既然张艳都说了，那旅行的安排是八九不离十了。

不过听说是袁景提议的，林意还是有点惊讶，他不太像是喜欢和许多人一起去旅行的那种人。

"好啦，去哪儿都无所谓了。"

对于林意来说去哪儿真的无所谓。

难得新项目通过，林意心情大好，而且国庆后才开始正式连载，所以她假期有大把的时间可以利用。

终于可以不用加班了，林意吐了口气，收拾东西准备回家。

刚和申盈盈笑笑闹闹地走出电梯，透过写字楼的旋转玻璃门，林意就看到一辆熟悉的黑色高大的吉普车停在对面。

公司附近的停车位紧张，对面的街边可以临时停一下，这辆巨大的显眼的吉普车很快就吸引了众多目光。

林意和申盈盈匆匆告别，双手抓紧胸前挎包细细的黑色带子，然后跑着出了写字楼。她跑到对面，街道两边的杨树已经开始落叶，地上泛黄的叶子还没来得及清扫，踩上去微软。

吉普车车窗紧闭，林意贴着车窗往里看。

咦！人不在？去哪儿了？

"你这是要偷车吗？"身后传来男人沉稳的声音，带着笑意。

林意心里一紧，转过身。

顾西琛穿了一件休闲黑色外套，里面是一件深蓝色羊绒衫。他常年短发，没有刘海，两鬓的头发极短，整张脸在夕阳下俊朗且轮廓分明。

"你怎么来了？"林意问。

"我不是说要来接你来着吗？"顾西琛正在拆手上的香烟，将拆下来的塑料封口扔进右手边的垃圾桶里。

大概刚是去买烟了，林意想，她撇撇嘴："你不是说让我打电话嘛。"

顾西琛拆了包装后没抽，直接把烟揣在外套的兜里，笑着伸手揉了揉林意的发顶："那你也没打啊。"

林意嫌弃地躲开，他身上有股淡淡的烟草味，从她的鼻端一直吸入心脏。只要在他身边，她就感觉周围的空气就都变成了他的味道。所幸，她并不排斥。

顾西琛也不再逗她："妈让我来接你，她心疼你最近总加班，让我今天务必按时带你回去。"

林意一听是姜淑嘱咐的，不知怎么心里有块石头就落了下来。

她最近有点害怕顾西琛对她的好，这样会让她不自觉地就开始多想。

天色渐暗，随着夜幕降临，起风了。

林意感觉到有点冷，下意识地缩了一下脖子。

顾西琛替她拉开车门，催促道："上车吧。"

到家的时候，姜淑已经做好饭了，难得顾名也在家。

姜淑正把菜端上桌，看见刚进家门的顾西琛和林意，立刻高兴道："回来了。"

顾名正在看电视新闻，主持人在热闹地推荐国庆出行热门旅游景点。

林意放下包，连忙进厨房帮姜淑的忙："姜姨，我来帮你。"

姜淑把鱼香肉丝盛在盘子里，撒上香菜，满意了，嘱咐林意道：

"你盛饭吧，可以直接吃了。"

林意蹲下从壁橱里拿出四个碗，放在琉璃台上，起身便看见顾西琛不知什么时候进来在盛饭，四个碗都装满了。林意想要接过来，顾西琛大手一展直接把四碗饭全端在手上了。

林意看了看自己的手，又看了看顾西琛的手。

顾西琛的手掌很大，五指修长，因为拿着碗，手指蜷曲形成弯曲的弧度，林意感叹着，手大的好处就是可以两只手拿四碗饭。

"吃饭了。"走在前面的顾西琛发现林意还愣在那儿，转身叫她。

林意赶紧跟上。

电视上的新闻还没播完，姜淑起了话头："我和你爸商量，这次十一来一次全家旅行，你俩有没有想去的地方？"

不等他们说话，姜淑先问顾西琛："最近局里不忙吧？"

顾西琛扒饭，语气含糊："不忙，案子结束了。"

姜淑高兴了，然后冲左侧的顾名抱怨道："这次说什么都不能不去啊，你都忙多少年了，也该歇歇啦。"

顾名正在夹菜，语气里都是妥协："好，我跟老陈商量一下，把工作往后推推。"

老陈是顾名这些年做水果生意时认识的伙伴，两个人搭档多年，生意最困难的时候跑了很长时间的批发，后来一起注册了水果批发公司。公司走上正轨之后，两个人都是公司的负责人，没有孰重孰轻之分。

林意陪姜淑去找顾名的时候碰见过老陈一次，是个很谦和的叔叔，即使发达富裕了依旧是朴素的样子，没有什么老板的架子。

顾名也一样，即使这几年又是买车买房，但是一切都是为了家人能生活得更好，而自己却从来不招摇。

林意一直都觉得顾名是一个合格的丈夫和父亲，她很羡慕顾西琛，从小就羡慕。但是她也确确实实在享受着如同顾西琛一样多的来自父母的宠爱。

姜淑确定了顾名和顾西琛的情况，却没有问林意。

林意抬起头，轻轻问："姜姨，你怎么不问问我呢？"

姜淑淡淡地说："因为你每年国庆都宅在家里，所以我不用问。"

顾名大笑着说："小意，你看你姜姨多了解你。"

顾西琛跟着附和："我记得你去年国庆好像在家打了七天游戏对吧。"他勾唇，"所以你觉得有问的必要吗？"

林意窘，自己真的有那么宅吗？

姜淑接着说："林意想去哪儿玩？"

顾西琛塞了口饭，插话："妈，你问她真的没必要。"

林意斜眼瞪顾西琛：这叫什么话，什么叫没必要？

姜淑也斜眼看顾西琛："那我问你。"

顾西琛耸了耸肩："问我也没必要，我一向不太关心旅行这种事情。"

"南方的旅游景点都不错，而且南方很暖和。"姜淑看向顾名，提议，"不像我们这边早晚都已经开始冷了。"

顾名说："你定吧，反正孩子们也不太在意，你决定好了告诉我们一声就行。"

林意把目光投向坐在自己对面的姜淑，她知道，姜淑这么热衷旅行这件事情，无非就是一家人太久没有好好在一起了，哪怕就像今天晚上一家四口聊天吃饭，对于姜淑来说有时候都是一种奢侈。

林意突然有点心酸，姜淑的孤独，她能感觉得到。

"我前些日子看新闻说杭州西湖、湖南凤凰古城都是好去处。"姜淑继续着旅行的话题。

林意心里一紧，一声不吭地用力握住筷子，却有种抬不起来的感觉。下一秒，一双筷子夹着锅包肉，落在林意的碗中。

她听见顾西琛说："赶紧吃饭。"

声音很沉，她在这声音里稳了神。

饭后，林意洗完澡在房间画画。

她在画场景，脑海中出现那天在公安局看到的画面，书柜上整齐排列的深蓝色文件夹、坐在电脑前打印文件的女警察文员、审讯室里玻璃监控墙等等都在脑海中还原，林意一点点细致地勾画在电脑中。

缝隙中有一个男人的身影，黑色上衣、流畅的下颌线条透过门缝被收入眼帘。

她凝视自己画的场景，只是一个缝隙，都可以看出里面人的刚硬和俊朗。

她真的把主人公画活了，她甚至觉得顾西琛就是在漫画里走出来的一样，连衣角飞扬的弧度都是那么鲜活生动。

林意看了一眼时间，十点半。

她下楼喝水，路过顾西琛的卧室，门没关，人不知道去了哪里。卧室的格局很简单，一眼就能看到全景。

床铺整洁干净，深蓝色的四件套，靠床的书桌上堆着各种心理学书。林意的目光扫到对面书柜上，是全套《七龙珠》。

她走过去随意抽了一本，内容是悟空婚后的生活。

她刚搬进顾家的时候，顾西琛就有这个漫画，当时还没有完结。后来更新到悟空要结婚的时候，林意还觉得很惊讶，于是问顾西琛：悟空不护送唐僧去取经，为什么还能结婚？

林意记得当时顾西琛一个劲地笑，就是不解释。

后来她好奇也看了整套《七龙珠》后才知道，此悟空非彼悟空。

因为顾西琛，她也迷上了动漫和漫画，后来大学学了动漫设计，现在又开始职业漫画生涯。

有些事情真的讲不清楚，从一开始仿佛就有了定律。

她目光再扫过去，《火影忍者》《海贼王》，都是一整套一整套的，只不过有的完结后成为一个时代结点，有的依旧在继续冒险。

林意把手里的《七龙珠》随手塞进书柜，下了楼。

她踩着拖鞋下楼，走到转角楼梯处听见姜淑的声音，不由自主收了脚步。

"那就这么决定了。"

"妈，你真的不再考虑一下吗？"

是顾西琛的声音。

林意一直觉得顾西琛的声音很有穿透力，就像荒原上的一声惊雷，不管周遭的环境是怎样的，都能够重重砸进她的耳朵里。

"你不是说让我不要问你吗，我决定了你还有意见了。"姜淑说。

"我没有意见。"顾西琛的声音如夜色般沉稳，"就是让您好好再考虑一下，毕竟旅行的地方那么多。"

"没有意见就不要发表言论了，再说了还有什么好考虑的，定下来就要准备旅行要带的东西了。"姜淑说。

林意脑海中浮现了某种猜测，她抓着楼梯扶手的手指不禁紧了几分。

她深吸一口气，然后继续往下下楼梯。

"怎么都没睡呢？"林意问。

顾西琛闻言转头。她穿着长袖长裤的淡黄色棉质睡衣，在客厅暗黄色壁灯的照耀下，仿佛与灯光融为一体。

"我下楼抽烟正好碰见妈。"顾西琛给她解释。

姜淑身体不好，顾西琛抽烟从来不在屋子里，都会跑到一楼的阳台通风口抽。

林意没问旅行相关的事。

姜淑却主动说："我们一家人去凤凰古城吧，古城山清水秀的，还有少数民族。"

猜测成真了，林意心想。

顾西琛盯着林意，黑眸里暗色涌动。

林意愣了几秒，然后笑着说了一声"好"。

姜淑看林意神色有点疲惫，拉过林意的手，敛眉语重心长又开始新一轮保养的传授："是不是又打算熬夜画画了？女人过了二十五岁就容易衰老了，熬夜会加速。"

林意笑了笑："姜姨，我马上就二十五岁了。"

姜淑也笑了，感慨："一晃都这么大了，该找男朋友了。"

林意闻言，心里一紧。

坐在沙发上许久没说话的顾西琛神色一暗，他直起身说："时间不早了，该睡了。"

姜淑的注意力被转移，想起自己的美容觉时间过了，立刻站起来："睡觉，睡觉。"

"好。"林意答道。

姜淑回了房间，林意去倒水，顾西琛跟了过去。

林意抬眼，看向靠在琉璃台上的人，问："你怎么还不去睡？"

"你要是不想去，我去和妈说一声。"顾西琛站在灯下，厨房白炽灯撒下来的莹白光亮照在他头顶，根根竖立的发茬更黑了，他的眼睛在灯下晦暗不明。

林意仰头喝完剩下的水，把杯子冲洗干净放回橱柜，淡淡地反问："谁告诉你我不想去的。"

她承认她知道旅行的地方是凤凰古城的那一刻，心里的确有些抗拒。因为去凤凰古城，很大可能要在长沙转车。而长沙是她大学生活了四年的城市，也曾是她想留下来的城市。

但是再怎么抗拒，她也绝对不想拒绝姜淑，因为她分得清现在最重要的是什么。

那些早就该忘记的回忆，她不在意。

顾西琛直起身，靠近林意，手抚在她的头发上。林意的头发半长不短，平时也不太爱打理，总是毛毛糙糙地梳起来，因为不喜欢吹头发，她总是在洗澡之后披着，让头发自然干，顾西琛摸着还是感觉到潮潮的。

"干吗啊？"顾西琛最近的行为越来越怪异了，她都快不认识他了，虽说这样的触碰以前也经常有，但是那都是逗她玩的，现在顾西琛的神色这么沉稳安静，她反而觉得不正常。

"你要是觉得辛苦。"顾西琛淡淡地说，"就和我说。"

林意瞅着他，室内的灯光有些暗，让顾西琛俊朗分明的轮廓都变得温柔起来，他眉头紧蹙，黑色的双眸透着安抚和心疼，眉眼间全是柔和。

毕业那年是她最辛苦的一年，那是她第一次在成年之后展现那么脆弱的样子，她趴在顾西琛的怀里哭了整整一个晚上。事情过去很久了，现在想起来也不觉得特别扎心，只是还有一些淡淡的伤感。

毕竟是曾经想要驻扎的一座城，毕竟是一段曾经放在内心深处的感情。

"知道了。"林意说，"哥，谢谢你。"

这个称呼她以前从来不叫，后来一直很谨慎地叫。

对于林意不参加公司国庆旅行活动的事情，第一个多毛的就是申盈盈，她就像唐僧一样一个劲地在林意耳边念经。

"你为什么不去啊，你不去我该多孤单啊？"这是申盈盈第一百零一次念叨这个问题。

林意停下画笔，扶额叹了口气："姐姐哎，您不累吗？"

申盈盈就像打了鸡血一样，凑过来晃晃林意拄在办公桌上的胳膊："林妹妹，你不能扔下我一个人啊，我会无聊死的。"

这称呼让林意瞬间觉得自己是从天上掉下来的。她摇了摇头，抿唇笑了，心想，自从她做了职业的画稿人，她的脑洞的确是越来越大了。

申盈盈就和林意最能闹得开，没有林意陪她，她还真会无聊。

林意放下手中的笔，侧头看向旁边的申盈盈，正色道："'表哥'，这次恕妹妹我真的不能陪你了。"

申盈盈甩开林意的胳膊，哼了一声："重色轻友。"

林意笑说："你才是那个'色'吧，还说重色轻友。"她又重新拿起笔。

玩笑开够了，申盈盈也转了话题，用胳膊肘轻轻捅了一下埋头画画的林意："哎，有个事问你。"

林意头都没抬，淡淡地问："什么事情？"

"上次来接你的人是谁啊？"申盈盈神秘分分地问。

林意没反应过来："谁啊？"

"就是那辆吉普啊。"

"我哥。"林意说。

"啊，是西琛哥啊。"申盈盈的语气暗了下来。

林意听她这语气不太对，怎么一听到是顾西琛就不那么兴奋了呢？

"我还以为是哪个追求你的帅哥呢。"申盈盈说。

林意嗤笑一声："你想太多了，咱不说远的，就咱们公司，清一水的女同事，我上哪儿接触帅哥去。"

林意抬一下头，目光扫视一下办公区，扬了扬下巴，给申盈盈一个眼神，让她自行体会。

漫娱乐主要输出漫画，这类行业主要以女性居多，这男女的比例真的就像一个失守的天秤，一个劲地倾斜。

"谁说的，公司有男同事就在打你的主意。"一提起这个事情，申盈盈又来劲了。

林意的心思还在画画上，所以也没深想，随口就问了一句："谁啊？"

问出口之后，她觉得不太对，想起上次申盈盈一而再再而三的暗示，她连忙转过头，手里还捏着画笔，修长洁白的手指直接指向申盈盈，拦住她要脱口而出的话："你别说。"

申盈盈暧昧地眨眨眼睛，笑盈盈地看着林意，她知道林意已经猜出来她要说的是谁了。

申盈盈虽然没谈过什么正儿八经的恋爱，但她毕竟是个女生，所谓旁观者清，她看出的端倪没有十分也有八分。袁景对于林意几乎是变态式的严厉，可是这样的严厉成就了林意占着公司画手成绩第一的位置。

漫娱乐公司的网络画手没有一个点击率可以超过林意，这就是证据——袁景对林意特别上心的证据。

"你别再说了，我心里都快发毛了。"林意知道这不可能是真的，但是申盈盈提的次数多了，她心里还是不舒服。

一个人三番五次地提示一个你无法接受的事情，那种惊悚的感觉可想而知。

"好啦，我不说了。"申盈盈拿起杯子喝了一口咖啡，话题又转了回来，"你真的要去湖南那边旅行啦？"

听到这个地名，林意心里还是有些触动。有些东西就像烙印一样，它随着时间开始愈合，不会再疼了，但是再去重新看的时候，烙印已经磨不去了。

"嗯。"林意淡淡地答应，手里的画笔已经停下了。

张艳在下班之前统计各个部门对公司十一旅行的出席情况。明天开始正式放十一长假，公司的旅行安排在放假后的第三天，而林意明天早上就要启程去长沙。

她想起今天早上在茶几上看到的那四张飞往长沙的机票，神色暗了下来。

和她神色同样暗淡的还有坐在主编室里面的袁景。

残阳透过百叶窗映射在黑色的办公桌上，电脑的屏幕有些暗，旁边的多肉植物长得很饱满，肉嘟嘟的，小小的石头盆栽已经快要承载不下逐渐茂盛苗壮的枝干。袁景坐在办公椅上，手里抓着鼠标，细长的中指轻轻摩擦鼠标上的轮轴。

屏幕上打开的文件，是刚刚在下班之前收到人事部传来的关于国庆假期公司旅游出行的各部门的人员出席名单。

他坐在办公椅上，眼波流转，目光扫了很多遍，在网漫原创部那一栏始终没有看到他想要看到的名字。

袁景将身体往后重重靠过去，双手用力地搓了把脸，深深地叹了口气。

窗外残阳如血。

人更落寞。

同一时间，城北公安局里的顾西琛正在准备节假前案子的最后收尾工作。

前几天的入室盗窃案基本可以圆满结束了，接下来就是走司法程序，警方已经把案件的所有文件资料和采集到的证据呈给了检察院。

"这几天可以轻松一下了，十一你们都有什么安排啊？"问话的是刑侦队里面的老警员了，叫周成。

"头儿，您有什么安排没？"周成问。

汪民正在穿外套，随手紧了紧系在裤子上的皮带："能有什么安排啊，在家陪老婆和孩子呗。"

稍微上了年纪的人说话都是老气横秋的，言语里都是生活中最朴实的样子。

"咱们刑侦组的不搞个活动吗？"周成问。

刑侦队一群大老爷们，忙起来又是昏天黑地的，娱乐活动的确是少得可怜。

汪民拿起车钥匙，指着还在收拾东西的江涛："那小子要回家。"然后转过身又指着同样准备走的顾西琛，"这小子要家庭旅行。"最后再看向周成，"你觉得还有必要搞活动吗？"

江涛嘻嘻地笑，顾西琛神色未变，周成叹了口气，然后看向顾西琛又问："西琛怎么突然要去旅行了？"

顾西琛关了电脑，淡淡地回答："家里安排的。"随后拿起桌子上的文件，简单打了声招呼，"头儿，我先走了。"

汪民点点头说："去吧。"

顾西琛急匆匆下了二楼。

"哎，你们有没有发现这两天他走得特别早？"周成摸摸下巴说道。

江涛也跟着附和："对啊，哥这两天走得都特别早，好像急着去找人。"

周成神秘兮兮地说："有猫腻。"刑警的直觉还是有的。

汪民打了周成的脑袋瓜一下，然后劝道："早点回家吧。"摇摇头，笑眯眯地就走了。

顾西琛下了楼，把手里的资料交给小陈，嘱咐道："这个资料你回头记得复印两份，一份留着存档，一份记得给头儿送去，检察院那边已经送过去，就不用再送了。"

小陈点点头说："我知道了。"

顾西琛说："麻烦你了，我先走了。"

顾西琛去取车，他显然有些着急，步子迈得又大又急，转动钥匙的动作都显露出微微的急迫。

今天比预计的时间要晚了一些，这几天他一直都在接林意下班，城北离得远，所以他每次都尽量正点下班，然后提高车速，每次他到的时候都能看到林意在写字楼正门等他。

然而，今天因为入室盗窃案的原文件交到检察院而导致局里忘记备份了，而这个案子是他主手办理的，所有的流程他最清楚，所有的文字材料和图片证据都存在他的电脑中，所以为了整合这些资料，他今天晚了将近半个小时下班。

顾西琛一手打着方向盘，一手摸出手机调出通讯录，大拇指在手机屏幕上按着，然后按下拨号键。

手机一直是通的，却没人接。顾西琛目光直视前方，左手打着方向盘，不禁皱眉，踩油门的脚不自觉地向下压。

另一边，林意坐在主编室的椅子上如坐针毡，她低着头，双手放在腿上，两只手的食指不自觉地来回绕圈圈，好在办公桌够大够高，坐在她面前的袁景看不见她紧张时的小动作。

现在已经是下班时间，林意之前收拾东西准备下班的时候却被袁景叫进了办公室。袁景气场太强大了，林意在他手底下工作一年了，也没学会如何接受和适应袁景带给她的无形压迫。

她明知自己没做错任何事情，但还是不由自主地感到紧张。

"我想简单和你沟通一下新作品的事情，毕竟假期过后就要开始正式连载了。"袁景的声音很低沉，在安静的室内仿佛有了回荡的气息。

林意闻言微微抬起头看向他。面前的男人穿着得体修身的白衬衫，可能是为了放松一下，解开了领口的两颗扣子，露出了精致的锁骨，脖颈的线条蜿蜒起伏，惹人遐想。

不得不承认，袁景是一个精致的男人。

白衬衫很提升一个人的气质，但是因为样式朴素简单，并不是所有人都能够穿出特有的气质。林意只看过两个人穿白衬衫可以有这种感觉，一个是面前的袁景，另一个是顾西琛。

但是由于工作的原因，顾西琛很多年没穿过白衬衫了。

袁景抬手拿起咖啡杯，抿了一口："其实警察这个题材已经不算是特别新颖了。"

林意心里腹诽，那你让我过了又是什么意思？现在过了又开始挑毛病了是吗？这不是存心找事吗？

此时此刻，林意面色平静，心里却早就有一个焦躁的小人在咆哮了。

"不过你这次的人物关系还是挺有意思的，还有细节处理得很好。"袁景一边说着一边滑动手里的鼠标，眼睛看着电脑屏幕，给她一一举例出来，"比如女主去给男主送饭找灵感，女主在门缝里偷看男主。"

袁景又说："现在新题材难寻，能打动漫画读者的就是情节里蕴含的细节，你这个漫画里我看到了具有真实感受的细节之处。"

林意心想，能不细吗，那都是她自己的事。

袁景从电脑里抬头，把目光投向面前的林意。女孩穿着最普通的套头无帽卫衣，粉色的衣服把整个人都衬托得俏皮可爱。常年不施粉黛的脸，依旧是白嫩光滑，像剥了皮的鸡蛋。因为室内不太流通的空气，她双颊微微泛红，似打了淡淡的一层腮红，为白净的脸上添上一抹风采。

办公室里的落地窗很宽阔，正好给予了残阳钻进来的机会，橘红色的光线打在林意身上形成了光圈，整个人都是温润的。

袁景看得有点愣神，不自然地咳了一声。

他说："放心吧，这次不是给你压力的，是鼓励你。好好画，冲破你以往的点击率。"

林意是公司点击率最高的画手，至今成绩无人能破，很多同事都打趣林意，说她自己的纪录只有自己能破，都在期待她的新作品上线之后的成绩。

听了袁景的话，林意总算落下忐忑的心，但她还是忍不住腹诽：袁主编啊，烦请您说话能不能一下子说完整了，这样大喘气很容易让人心脏病发作啊……

林意点点头："那您还有其他事情吗，没有的话我先下班了。"她心里记挂着别的事，不知道顾西琛没接到人的话，是不是已经走了？

袁景的神色突然有点紧张。

林意还在想着顾西琛，她现在只想赶快走人，完全没有发现面前人的变化。

袁景突然说："公司旅行名单上我没有看到你的名字。"

林意愣了一下，没想到袁景会提起这个事，一时之间没反应过来怎么回答："那个其实是……"

"你要是忘记了，我会交代人事把你补上。"袁景好心地说。

"其实不是的。"

袁景抬起疑惑的目光。

林意解释道："其实是家里组织了家庭旅行，所以公司的旅行我就没报名。"

原来是这样。

袁景神色暗淡了几分。

他抿了一口咖啡，用小动作掩饰自己："好好陪家人吧，这的确值得珍惜。"

他说这话的时候带着几分落寞和无奈，林意听出来了，不过她不好奇，每个人都有自己不为人知的故事，不愿为外人道说，不愿为外人窥探。

这是值得保护的，没有人比她更懂得。

"袁主编。"林意良久才说话，"假期愉快。"

袁景点头，声音平淡："你也是。"

林意关上主编室的门，里面的空间瞬间就少了一丝温度，袁景靠向椅背，整个身体开始放松下来。

他闭上眼睛，用手捏住自己的鼻梁轻轻地揉，眼睛的酸涩开始减轻。良久，他自嘲又无奈地笑了一声。

袁景轻轻地睁开眼睛，侧过身看向落地窗外的天地。夜幕渐渐降临，天空是朦胧的暗青色，最远方的一片天空中还有一丝丝光线，像黑暗世界中唯一的光亮，穿透云层投向大地。

　　林意是"飞"出写字楼的。

　　她记得自己上一次跑这么快还是高一那年的运动会，那时候她还没有被顾家收养，顾西琛和她一起参加学校的男女生混合四百米接力赛，她跑第三棒，顾西琛最后一棒，她用尽了此生最大的力气全力跑那一百米，因为她知道顾西琛就在前面，而她要将手里的接力棒交给他，她不想拖他后腿。

　　也不能拖他后腿。

　　她现在心急如焚，根本没有耐心等电梯，而是直接走了楼梯，十五层楼，所幸下楼并不浪费体力。

　　楼梯通道向来无人，暗淡的白色光线一层又一层地铺洒在叠交的楼梯上，林意一圈又一圈地转着，脚步越来越急，她甚至开始一步两三个阶梯地往下跳。

　　晚上七点，视野里的人和景象都披着一层淡淡的夜色，路边街口的小贩摊子的数量也是日渐减少，等到正式进入寒冷期的时候，街边只会充斥着萧索之意。

　　林意出了写字楼，没有看见熟悉的车，目光下意识地扫了扫周围，还是没有。林意掏出包里的手机，这才发现手机上有七个未接来电，全都是顾西琛。

　　最近一通是半个小时之前打的，林意连忙拨了过去。

　　只响了两声，电话就通了。

　　"喂。"周围的声音有些嘈杂，但顾西琛清朗的声音还是透过声筒清晰地传了过来。林意的直觉告诉她，顾西琛就在附近。

　　他在等她。

　　"你在哪儿呢？"林意随后解释说，"我今天被主编临时抓去办公室了，手机放在包里了，没带着。"

　　顾西琛买烟回来就看见林意站在写字楼的门口，一手拿着电话，一手挂在身前的包带上，低着头，右脚的脚尖随着她说话的频率轻轻点地。

她以前等他的时候也这样，无论是放学一起回家的时候她在班级外面等他，还是他在球场打球时她帮他抱着衣服在球场外面等他。

过去的岁月里，她一直在等他，后来不知什么时候开始她不再等他了。当自己意识到的时候，一切都已经尘埃落定，可后来命运多舛，他又重新拥有了一次机会。这一次，他想等她。

顾西琛听她解释这么多，忍不住自己的好心情，嘴角上扬，回答她："我在你后面。"

林意转头，看见顾西琛就在她身后十米远的距离。

那一刻，她有些恍惚，时光仿佛倒流了，他是记忆里那个穿着白色运动服的少年，而她是曾经怦然心动的少女。

她想，她的直觉是对的，顾西琛在等她。

顾西琛按掉电话，向林意走了过去。他依旧身着一身黑色，与袁景的气质白衬衫不同，顾西琛的黑色夹克带有一种桀骜的不羁。他就像一只难以驯服的黑色老鹰，因为好奇在林意这只安静的小黄鹂身边驻足停留，结果一留就是十几年。

"你要是没法确定我走没走，你就先回家呗，为啥还要等我？"刚走近，林意就对顾西琛说。

在顾西琛没到写字楼之前，他的确不太能确定，何况林意一直不接电话。当刑警的职业病就是——潜意识里希望不是发生什么危险的事情才好。

车离写字楼越来越近，十五楼的灯光依旧亮着，顾西琛这才确定了林意没走，不接电话肯定是事出有因。

因为是十一假期前一天，市中心的路段大多堵塞，很多路段基本处于半瘫痪状态，所以他只能把车停在别处了。

顾西琛等着等着太无聊了就去写字楼对面的小超市买盒烟，如果林意从写字楼出来，正好他能第一时间看到她。

就在他刚付完钱，走出小超市，他就看见一个粉色的身影从写字楼里面快速地冲了出来，随后就接到了林意打来的电话。

"饿不饿？"顾西琛直接问道。

林意小脸瞬间就暗淡了，声音又软又轻："饿了。"

顾西琛拽起她覆在皮包带上的小手就走。

夜晚的降温让手指变得冰冷，林意的手掌很小，握成拳头之后就会更小。以前她会和顾西琛比谁的手大手小，十几岁的时候差距还不明显，后来随着年龄的增长，顾西琛的手掌越发宽厚有力，她的手掌却依旧小巧白嫩，他的手掌可以包裹她整个握紧的小拳头。

"去哪儿啊？"林意看着顾西琛黑黑的后脑勺问。

顾西琛没转头，依旧拽着她走："吃饭去啊。"

"可是姜姨还在家等我们吃饭呢。"

"我打过电话了，说我们吃完再回去。"

"那你的车呢？"

"在饭馆停车位里停着呢。"

原来顾西琛什么都安排好了。

路灯已经亮了，林意一手被顾西琛牵着，一手拽着他夹克外套的衣角，跟在后面问："我们吃什么啊？"

顾西琛侧过头看了她一眼："吃你爱吃的呗。"

林意的眼睛被微亮的路灯折射出闪亮的光，她情不自禁地舔了舔嘴唇，脑海里已经想象得到食物在自己面前的样子了。

她加快脚步，直接挽上顾西琛的胳膊，兴高采烈地问："是吃火锅还是吃火锅？"

顾西琛哭笑不得，伸手揉了揉她的头："是砂锅啊。"那声"啊"拉了长音，无限宠溺。

路灯将两人的影子拉得很长，在这初秋的夜晚，变得异常温柔。

晚上这个时间段，又正逢假期，正是小吃店最热闹的时候，三几人结伴而行，或者小情侣手挽手出来约个会，享受这难得的惬意。

砂锅米线店里的人还不算太多，林意和顾西琛选了最靠窗户的位置，窗户外面的临时停车位就停着顾西琛的黑色越野吉普车。

高大的车型碾压了停在旁边的所有私家车，它像一个巨人，在一群小矮人面前形成高大的山峰。

老话常说，物随主人，果真不假。顾西琛就是一个山峰，无论是少年时期还是如今，他都是站在一定高度的，林意总是要抬一些头，再抬一些头，才能看见他。

"你收拾行李了吗？"林意吸入一口米线，口齿不清地问。

顾西琛抬眼，放下筷子，抽出一张纸巾递给林意，淡淡地说："有什么好收拾的，就去几天而已。"

林意接过纸巾，点点头："也是，带两件换洗的衣服就行。"说完又抬头，提醒顾西琛，"多带两件短袖，长袖穿一件就行，那边不比北方，热得要死，就是下雨的时候才会有点冷。"

林意一边说着一边吸米线："一会儿回去我告诉一声姜姨，不然依照姜姨的个性一定能收拾两大箱子的行李。"

顾西琛闻言，抬眼看向坐在自己对面的林意。林意认真地吃着米线，说话也是没经过大脑思考的，如果现在说的话细细地去品味回忆一番，就会知道轻描淡写的三言两句其实承载着过往的辛酸。

顾西琛没说话，林意专心吃着锅里的米线也没再吱声。

姜淑果然没睡，林意和顾西琛回家就看见正在收拾行李的她，一箱是衣服，还有一箱是杂物。

林意过去帮忙，看着装有毛巾牙刷的箱子哭笑不得。

林意说："姜姨，这些东西可以到那儿买新的，您拉一箱子生活用品反而不方便。"

姜淑捏着手里刚刚拿出来的香皂，叹气："这第一次出门，也不懂啊。"

林意将姜淑手里的香皂拿出来："我来帮您。"

姜淑立马站起来："好，你告诉我带些什么。"

顾西琛说："我也上楼收拾一下。"

姜淑点点头示意她知道了，顾西琛就上楼了。

林意把那一箱子生活用品都放回原处，然后先帮姜淑收拾衣服。内衣是基本的，至于外穿的衣服林意帮顾名和姜淑一人收拾了两件长袖。姜淑身体不好，林意查了最近湖南那边的天气，恐怕有雨，她在南方生活四年，在南方的生活习惯基本都懂，下雨的时候是阴冷的，湿气重，所以还给姜淑准备了一些暖宝宝和去湿贴。

林意收拾的大部分是短袖，南方很热，容易出汗，短袖基本是一天一换。

姜淑看着行李箱里面的夏装不禁皱眉："怎么带这么多夏天的衣服啊，现在晚上多冷啊？"

大部分的人都只知道南方暖和，很热，但是不知道究竟有多热。现在北方已经进入了早晚寒冷的状态，姜淑有这种认知并不奇怪，毕竟没亲身经历过谁也不知道具体的情况。林意来长沙的第一年，简直快要被热死了，每天除了上课就是在宿舍吹空调。

"姜姨，你相信我啊，我在那边生活了四年呢，现在那边特别热。"林意给她解释，"为了以防万一有下雨的情况，还是要带两件长袖的，但是不用带那种带绒的，因为那边的气温真比我们这儿高出很多。"

姜淑听她这么说瞬间就不再怀疑了。

林意帮姜淑收拾完行李后，自己也回房间收拾。她不想带太多东西，两条裤子，几件短袖、内衣，还有一件外套就可以了。

林意的头发有些松散，散落的碎发顺着白嫩修长的脖颈一路向下垂落。

她转身去衣柜取一条牛仔裤，转头看见靠在门口的顾西琛。她目光在他身上停顿了几秒，继续开始手里的动作。

"你都收拾好了？"林意一边叠衣服一边问。

顾西琛双手抱胸，靠在卧室的门框边缘，漫不经心地说："没啊，不知道带什么。"

他目光扫了一下她行李箱里面的衣服，不管是长袖还是短袖，都是无帽的。他若有所思地看着。

林意闻言停下动作，转头看他，眼珠子一转："反正你也说了，没什么可收拾的，就随便吧。"

顾西琛听完眉毛一挑，话锋一转："你这几天是不是进过我的房间？"

林意心里一紧，他怎么知道的？

"你还动了我的《七龙珠》。"顾西琛眼睛都没抬，接着说，"还是悟空结婚的那本。"

林意彻底放下手里的动作，抬起头看顾西琛。她本身叠衣服的时候就蹲在行李箱前面，一双黑白分明的眼睛，透露着某种情绪。

"你大学兼修的不是心理学吧。"林意憋着一股劲才问出这句话。她想起顾西琛桌子上的几本心理学的书瞬间不寒而栗，她觉得和顾西琛生活在一起，这是需要承受很大压力的。

顾西琛被她没头没脑的一句话问得愣神了，挑眉问："什么意思？"

林意把行李箱扣上，拍了拍手，一脸认真："我觉得你修的是透视眼。"

顾西琛没忍住，笑着给她解释："谁让你把我的书乱放的，我那是有排号的。"

原来是这样，林意撇嘴。她当时把书抽出来的时候也没注意，放回去也是乱塞的，所以肯定是放错了位置。

可怕的观察力。

　　林意把箱子立起来落在衣柜的旁边，箱子里没几件衣服，所以很轻。

　　顾西琛站在她身后，理所当然地说："我的衣服也装你的箱子里呗，我不想拿箱子。"

　　林意哼了一声："是不是顺便也帮你直接拎行李了。"

　　想拿她当免费的劳动力，门都没有。

　　顾西琛走过去，按住她的头揉了揉，笑道："小气鬼，我拿。"

　　头发被弄得更乱了，林意吹了吹挡在前面的碎发。顾西琛看她的小动作更开心了，伸手帮她把碎发别在耳朵后面，然后笑着说："懒。"

　　林意瞪他，她眼睛不大，瞪眼睛丝毫没有威慑力。

　　最后还是林意帮他简单收拾了几件衣服，最后全都塞进了自己的行李箱里，二十四寸的行李箱，装了两个人的衣物也没装满。

　　第二天清早，他们先是坐最快的高铁到达省会城市，随后又坐机场专线客车到达机场。

　　林意没坐过飞机，她畏高，所以大学期间来往全部坐的是火车。火车很慢，所以她基本都是假期的第二天才会到家，姜淑还为此抱怨了好几次，说她不早点回来陪自己，有飞机不坐非要坐那慢慢悠悠的火车。

　　林意每次都是听着，也不解释原因，然后下次还会坐火车回家。

　　还在等待检票的时候，林意就开始紧张了，手指不停地在身前打转，顾西琛取完登机牌回来就看见这一幕。

　　姜淑和顾名正在看旅游地图，商量着住宿的事情。

　　机场的天花板遮住了所有想要穿破而入的阳光，候机室翻来覆去的提示广播声，还有不停变换信息的电子屏幕，林意在这样的环境里，意识开始变得恍惚，耳朵在嗡嗡作响。

　　随着登机时间的接近，她的紧张逐渐泄露。

她以为她可以做到的，以为自己可以掩饰得很好的。

但是面临关口，她发现她还是不行。

这种感觉太辛苦了。

双脚明明踩在地上，她却觉得自己开始失重，好像踩在棉花上，借不到一点实力。

顾西琛办理完行李托运后直接坐在她身边，左边的位置一下子被填充得很满，林意感觉到他身上的味道和气息在包裹自己，紧张的心跳开始有了一点放慢的节奏。

"实在不行，你就掐我。"顾西琛说。

林意抬头，眼睛里有氤氲，声音软软的，带着哭腔。她说："那你不是得疼死啊。"

她畏高这件事情只有两个人知道，一个是已经去世的奶奶，还有一个就是顾西琛。

"比起疼，你不害怕才重要。"顾西琛淡淡地说。

顾西琛的座位和林意挨着，他特地坐在了靠窗的位置上，用身体挡住了窗户。

林意无意识地搓手，手背已经被搓得泛红了。

顾西琛拉过她的手，与她十指交错。

"害怕就用力抓紧我。"他的声音又淡又轻，却有稳定心神的力量。

飞机开始在跑道上缓缓滑行，机身微微颤动，林意感觉心脏在下一刻就要破膛而出，眼眶里已经盛着水润，只要轻轻眨眼就会滑落。

她不敢闭眼睛，闭上眼之后脑海里便开始翻滚可怕的记忆，可是睁着眼睛又实在接受不了此时内心的恐惧。

飞机起飞了。

林意死死压着喉咙里即将冲破而出的尖叫。

下一秒,眼前有温暖兜头罩下,眼睛被一双宽厚粗糙的大手挡住了,随着另一只手牵引的力量,她的头被微微引导向一个方向靠去。她下意识地用力攥紧他的手,跌入到一个温暖的怀抱。

同时,那些记忆像潮水一样,汹涌而来。

独宠小青梅
duchong
xiaoqingmei

第三章
失去世界却遇见你

十一岁的林意和奶奶一起生活，因为那一年她同时失去了父母。

林意生活在北方小城的普通工薪家庭里。父母在陶瓷厂上班，每天按部就班地工作。好在厂子的待遇还不错，逢年过节有礼品，年底还有员工分红，所以林意在小时候也算是衣食无忧。

为了让林意受到更好的教育，父母在城里买了一套两居室的房子，面积不大，但是住一家三口还是绰绰有余。

后来，陶瓷厂越来越不景气，厂里的活儿不多，收入自然也就下来了。所幸，林意的母亲是一个勤俭持家的人，除了买房子花了一笔大钱之外，就没有过大的支出，一来二去，也攒下来不少。

在陶瓷厂工作已不是长久之计了，林意父母决定去做点小生意挣点钱。经过一番考察，林意的母亲决定进一些小饰品和服装，去城市的街边摆摊。

谁知道后来出了事。

那天是星期五，林意记得很清楚。

班主任在自习课的时候叫她出去，把她带到办公室。已经会察言观色的她什么话都没说，就静静等着。

那时她没长开，模样不算好看，眼睛偏小，内双眼皮，神色有点淡，看不出悲喜。

班主任说："一会儿我带你出去一趟。"

林意眨着眼睛问："您能说去哪儿吗？"

因为临近放学，她接着说："一会儿放学我妈妈会来接我，我不能离开学校。"

"老师带你去找妈妈。"班主任声音嘶哑，说话哽咽。

林意没再说话。

一直到医院，林意的情绪都很平静。

班主任让她在医院走廊的长椅上坐着，林意透过门上的玻璃看见班主任和里面的人在交流。

里面有很多人，有穿白大褂的医生、有警察，还有扛着机器的记者。

医院走廊洁白的墙壁，人群嘈杂的声音，浓重消毒水的味道，是林意那天所有的记忆。

作为死者的亲人，警察想让林意认尸，认尸之后才能走后序的流程，但是班主任拒绝了，这么大点的孩子要承受双亲同时惨死的悲剧，太残忍了。

最后，班主任联系了林意住在乡下的奶奶。

林奶奶年纪大了，经不起劳累，林意父母的身后事是陶瓷厂的一些朋友一起安排的。

林意没有看到父母的最后一面，那样悲惨的场面，任谁都不能承受，何况还是一个十一岁的孩子。班主任和奶奶商量后，就没有让林意踏入太平间。

有时候见不到，也算是一种好事。

办丧事那几天，林意没有哭，就像一个石像一样坐在灵棚里一动不动。有朋友来拜访行礼，她也视而不见。

"这是林家的孩子吗？"有人看着林意，在一旁议论。

"是啊，才这么点大，就没了父母，真让人心疼。"另一个人唏嘘。

"这孩子，我怎么看着有点不对劲啊。"

"怎么不对劲？"

"平常孩子遇上这种事肯定哭坏了，你看这孩子也太平静了。"

……

林意不哭不闹，一直安静地坐在一个位置上，不说话也不吃饭。

直到出殡的那天夜里，林奶奶来房间找林意，灵棚已经被拆卸，林意在房间里待着。

林意一直低着头，林奶奶低头去看，发现她泪流满面，却始终没有发出任何声音，唇色因为多日未进食而显得惨白，气色十分不好。

林奶奶把小小的林意拢在怀里，那么脆弱，仿佛只要轻轻触碰都会破碎。

林奶奶轻轻地抚着林意的头发，轻声说："哭吧，孩子，哭出来就好了。"

林意哭了整整一个晚上，把这几天在外人面前未曾流露的情绪，在这个夜晚全部发泄了出来。

有一种伤心是自伤，只有到面临决堤的那一刻，才会爆发。

林意的父母是被一辆大货车撞死的，这是林意后来在新闻报道上看到的。虽然图片打了马赛克，但是出事的时间还有死者的年龄都和自己父母的吻合。

林奶奶没告诉她事故的具体情况，也是不想她因父母的事情太过伤心，毕竟她还小。

林奶奶年纪大了，早年老伴因肺癌去世，现在一个人在乡下生活。她一辈子都生活在村子里，快节奏的城市生活不适合她，但是为了林意上学，她决定搬到城里住。

而林意却给奶奶看了自己早已准备好的退学申请。

林奶奶很诧异。

林意说："我想跟您去乡下生活。"

"可是孩子啊，你要上学，乡下的学校环境可没有城里的好。"林奶奶劝说。

林意却强调："我留在这儿也不会好了。"

林奶奶本来还想说什么的，结果因为林意这句"不会好了"给弄得没话说了。老一辈的人向来不讲究什么望子成龙或者望女成凤，只要能安稳地生活就是最大的幸福。

林奶奶想，林意的确需要一个新环境，而不是一个好环境。

城市里的生活固然繁华多姿，却充满很多未知性。她一个迟暮的老人也许根本无法保护自己的孙女，如果是这样还不如带着林意去乡下安稳度日，以求个平安。

思忖片刻，林奶奶点头同意了。

她带着林意去学校办了退学，班主任还好心相劝，说："林意这孩子学习向来不错，退学可惜了。"

林奶奶点点头说："这我也知道，我会给她在乡下找个好一点的学校。"

班主任说："再好的学校还是没有城里的学校教育质量强啊，要不您再考虑一下？"

林奶奶说："我知道您的意思，但这也是孩子自己的意见。何况我这身子骨，在城里也折腾不起，我想好好多活两年，多照顾这孩子两年，我不求她有个好的前途，只求她有一个安稳的人生。"

话已至此，班主任也不再说什么了，协助林奶奶给林意办了退学手续。

父母为她攒的那笔钱，她全部交给了奶奶。城里那套两居室的房子也通过中介给卖了。这两年，房子升值得特别快，所以卖了一个好价钱，比买的时候高出了三倍。

签卖房合同的那天，林意也在，林奶奶还问她是不是真的决定好了，毕竟这是父母留给她的。

林意简单地再次环顾了一下房子。这房子坐北朝南，是难得的好居所，窗台上的玻璃瓶子插着一束满天星已经完全干瘪。林意想，这是曾经可以享受天伦之乐的地方，如今却成了她不想再去面对的伤心地。

林意重重地点头，声音很小很软，但是很坚定，她对奶奶说："卖吧。"

林意的学习还算不错，乡下学校的学习压力也不大，所以对于学习这块她融入得还是挺快的。

但是她没有朋友，在学校都是一个人上课、吃饭、做题、放学。平常休息的时候，女孩子们都会结伴出去吃小吃，或者逛逛附近的集市，但是林意就自己一个人闷在房间里，不是发呆就是看书。

她本来就不擅交朋友，自从父母去世之后就变得更加沉默，林奶奶曾经怀疑过她是不是有点自闭，为此还带她看过医生，医生却说林意并没有自闭。

林意知道自己是正常的，却无法为自己的状态做任何解释。她现在是一个存在于时间缺口的孩子，她出不去，也进不来，除非有一个人出现可以拉她一把。

隔壁房间传来摔东西的声音，老房子的隔音特别差。林奶奶住的这所房子还是当年下乡的时候，政府给文青分配的，有几十年历史了，墙角都已经有了细微的裂缝,墙面泛黄。

"奶奶。"林意从自己的屋子里出来。

林奶奶拿起鞋柜上的编织袋子和零钱准备出门,听到林意的喊声停下动作:"小意,怎么了?"

"隔壁又有声音了。"林意说。

她来一个星期了,隔壁每天都会有摔东西的声响。

奶奶交代她:"隔壁住着精神不太好的阿姨,不管有什么声音都不要去管,要是瞅见不认识的阿姨,尽量躲着点走。"

林奶奶心里叹息,那女人疯了好久了也没人管,怪可怜的。

林奶奶说完就打开门。

"奶奶你去哪儿啊?"林意问。

"对面街上开了一家水果店,正在打折,我过去看看。"林奶奶转过头看林意站在那儿,笑着说,"跟奶奶去看看不?看看有没有卖你最喜欢的猕猴桃。"

林意咧开小嘴,眼睛眯成细细的缝,说:"那我要熟透的。"

林奶奶笑说:"好。"

对面街口新开了一家水果店,今天是正式营业的日子。经营水果店的是一对夫妻,他们是这儿的老住户了,前几年做的小本生意都不怎么挣钱,今年把店铺改良重新装修了一下,做起了水果生意。

林奶奶经常帮衬着那对夫妻,久而久之,关系也亲密起来。

水果店门口两侧放着两个红色的大花篮,上面还贴着祝福语,鞭炮的红色碎纸片铺了一地,像是红色的地毯,踩上去也是软绵绵的。

"您来了。"老板娘姜淑热情好客,长相温柔。

林奶奶笑着说:"今儿不是开业嘛,我肯定要过来捧个场的。"

姜淑笑道:"以前您也总是捧我们场。"

林奶奶谦和道:"都是乡亲,街前街后的,能帮点是一点。"

姜淑应和:"对对,您说得对。"目光转到林意身上,不由得好奇,

"林婶，这是您家孩子？"

林奶奶把林意往身前带一带："我孙女，刚过来的，以后和我一起生活。"老人家说话一语双关，解释了情况，也带过了不想说的起因。

"有没有猕猴桃啊，我孙女爱吃，最好是熟透的。"林奶奶把话引到了别处。

"有。"姜淑赶紧搬出了一个小纸壳箱子，"这是没开业之前进的一批货，正好捂得都熟透了，您捏捏，特别软。"

林奶奶拿起一个捏了捏，的确很软，已经全熟了。

姜淑从旁边的桌子上抽出一个红色的塑料袋子，然后拿起猕猴桃就往袋子里装，装了一袋子。

林意笑嘻嘻地接过姜淑手里的猕猴桃，林奶奶把包里的零钱掏出来。

姜淑推辞说不用了，林奶奶硬是把钱塞到了她的手里。

"你家孩子呢？"林奶奶一边拉编织包上面的拉锁一边问。

"出去玩了。这不是放假嘛，整天整天在外面瞎玩，也不回家。"姜淑说。

"男孩嘛，爱玩正常，等长大了就顾家了。"林奶奶说，"小顾总是跑外，你一个女人也着实辛苦了。"

姜淑没说话。

林奶奶接着说："行了，不妨碍你做生意了，我带孙女先回家了。"说着就带着林意走出水果店。

姜淑说了一句"您慢走"。

老人步履蹒跚，跟在身边的小女孩抱着满满一袋子猕猴桃，在残阳的照应下，形成一幅画卷。

夕阳西下。

刚回家就听见隔壁传来一阵噼里啪啦的声音。林意抬头示意奶奶，林奶奶让她别说话，手上的钥匙刚插进钥匙孔里，就听见女人询问的声音——

"你多大了？"

这是冲着林意问的。

林意循着声音侧过头，面前的女人头发有些杂乱，像错综复杂的野草，黑色发丝不规则地披在肩上，身上穿的黄色衬衫也是皱皱巴巴的，像是刚从一场厮杀中逃脱出来。

林意想起这几天隔壁总是摔东西的声音，眉头皱了皱。

没等她说话，林奶奶便说道："周莹，你赶快回家吧。"林奶奶声音很沉，难得严肃。

"回家？"周莹脸色很沉，还有些无奈，"婶啊，你说我还有家吗？"

"你说的这是什么话？"林奶奶斥责。

林意印象里的奶奶一直都是一个比较慈祥的老人，对人对事都是热情的，很少有冷言冷语。

周莹已经完全转了心思，开始打量起林意，好奇地问："婶，这孩子多大了？"

林奶奶意识到不太对劲，神色紧张起来，把林意往身后拽了拽，紧锁眉头，声音冷漠："这是我孙女，多大和你也没关系。"说完转动钥匙开了门把林意往屋里推，转过身对周莹冷声道，"周莹，好好过日子吧，别每天在家作了。"

关上门，留下一室的清冷和一个掩面的女人。

"奶奶，那个是不是隔壁的阿姨啊？"林意蹭到奶奶的腿边软着声音问，"就是每天在家都砸东西，您还说她精神不太好的阿姨？"

林奶奶觉得为了林意的安全问题，还是有必要说出来的。刚刚周莹的状态很明显把林意当作她的闺女了，如果她发起疯来可能会对林意有所伤害。

林奶奶叹了口气："林意，你听奶奶说。"

林意瞪着眼睛听着。

"隔壁阿姨有个和你差不多大的女儿。"

林意认真听着，老人的声音很温润，就像说睡前故事一样的温柔。

"但是她丈夫和女儿扔下她跑了。"林奶奶提起这还是有些痛惜的，"她现在精神状态很不好，所以你一定要离她远一点，奶奶怕她会伤害到你。"

林意很听话地点了点头。

自从林意搬过来和自己住之后，老人家一直在想办法让周莹远离孙女。周莹丈夫抛弃了她，从此，她的精神开始不正常，她女儿也是早早就辍学跟着社会上的小青年不知道跑哪儿去了，因此她的精神状态更不好了。

所以林奶奶很担忧，林意和她女儿同岁，害怕她哪天精神不对劲会伤害到林意，已经失去父母的孩子，不能再让她置身于一个随时可能会发生危险的地方。

"她虽然精神状态不好，但是她没伤害过其他人，警察肯定不管这个事情。"姜淑一边用抹布擦摆放水果的架子，一边说。

"那精神病院呢？"林奶奶坐在门口的小板凳上，双手紧握，手掌和手心都是粗糙紧皱的线条。

"精神病院需要家属出病人精神状态的证明。"姜淑在水盆里洗涮抹布，"她的家属都不知道去哪儿了，证明也需要去医院开，周莹是不会配合的，何况她要是知道我们其实是想给她送到精神病院去，搞不好会有反作用。"

林奶奶叹了口气，不知如何是好："这可怎么办啊？"

姜淑把手里的抹布搭在晾物架上，蹲下身安慰老人："您别太担心了。"

林奶奶再次叹了口气，眉间有化不开的忧愁。

林意每天放学都走小巷子这条路，因为这条路僻静一些，人声不嘈杂。小巷子的路是一块块石板组成的，林意最喜欢在上边跳着走，两侧的隔断是用石头垒的，参差不齐，却浓浓体现了自然生态的气息。

昨天夜里下了点小雨，石板缝隙的泥土都是湿润的，与平日里尘土飞扬的感觉不一样，整个巷子都带着浓厚的沉淀。

北方城市有个说法，一场秋雨一场寒。今早林奶奶特地让她穿了带绒的卫衣。林意穿着一件白色的连帽卫衣，在巷子里跳格子，像一只活蹦乱跳的小兔子。

林意跳到这条巷子最后一个格子的时候，碰见了周莹。

周莹其实是一个漂亮的女人，她今天穿了一件质感厚实的棉质衬衫，黑色的长裤把女人瘦弱的身形全部凸显出来，头发今天好像也是打理过的，柔顺的黑色发丝像瀑布一样垂在后背，精致的脸蛋应该是擦了粉，即使在有些阴天的暗光线下，看起来还是很光滑白嫩。

"放学了？"周莹脸上堆着笑问。

林意突然想起林奶奶的嘱咐，打算打个招呼就赶紧走，但是周莹没给她机会。

"阿姨也回家，一起吧。"

林意没说话，只能提心吊胆地迈着步子。

"你今年多大了？"又是这个问题。

林意低着头小声回答："十一岁。"

"阿姨和你有个一样大的女儿。"周莹自说自话，语气带有一些怨恨，"可她没你这么乖巧，小小年纪不学好，丢下我一个人跑了。"

林意听着心里一紧，手不自觉地攥紧书包带，手心里全是汗，分不清是冷是热。

林意停下脚步，周莹也跟着停下脚步。

"阿姨，我奶奶说让我去水果店找她，我就不和您一起走了。"语气有点急，她没敢跑，只是步伐比刚才快了很多。

周莹在后面追她，高跟鞋踩在石板上的声音清脆响亮，此时听在林意的耳朵里却是心惊肉跳。

林意快步走到一个拐角处，把身后的周莹甩在后面，整个人靠着石板墙壁，冰冷的凉意透过棉绒的卫衣还是抵达了后背。身体在放松下来的那一刻全部都是麻的，林意微微松了松攥紧的手，汗水布满了整个手心的纹路。

她深深呼吸，平定心情。

她正准备转身走，面前突出出现一张放大的女人脸，在阴暗的投影下，触目惊心，眼睛里盛着极其愤怒的神色。

天色有些暗了，林意还是没有回家，林奶奶去了学校，也联系了班主任，说林意放学就已经走了。

从学校回来，林奶奶路过水果店，姜淑正准备关店。

"林婶，您怎么过来了？"姜淑问。

水果店门前挂着一盏昏黄的灯光，照亮一方天地，恍如人烟。

"林意还没回家，已经放学好久了。"林奶奶有点语无伦次，语气还急，老人的脆弱在这一刻全部展现，"老师说她已经走了，你说这孩子能去哪儿呢，怎么放学不知道回家呢？"

姜淑看老太太都快急哭了，连忙安慰："林婶儿，您别急，也许她一时贪玩忘了时间或者去同学家忘了告诉您。您先回家，我去派出所报个案，然后在附近找找。"

这话没有说服力，老太太再急也没有失去基本的判断，林意来了乡下后，没有可以一起结伴的同学，并且她从来不贪玩。

姜淑冲里屋喊了一声，这水果店是个门市房，一楼是摆卖水果的地方，二楼是卧室。

"西琛。"没人答应，姜淑提高音量喊了一声，"顾西琛。"

"来了。"少年的声音具有沉稳的穿透力，透过厚重的水泥墙，一样清晰。

顾西琛穿着宽大的白色 T 恤，脚下踩着拖鞋，在水泥地板上摩擦出"咔咔"的声音。

"我出去一趟。"姜淑对顾西琛说。

"妈，天都快黑了，你去哪儿啊？"顾西琛揉了揉脖子，懒洋洋道。

"你林奶奶家的小孙女不见了，我陪着去找。"姜淑摘下系在怀里的塑料围裙，"我先去派出所报个案，你把林奶奶送回家。"

"不不不，我跟你一起去。"老太太哪里还沉得住气。

"妈，我跟你一起去吧。"顾西琛寻思了片刻，"是不是穿白色卫衣的女孩？"

林奶奶连忙说对，那衣服还是今天早上她给林意套上的。

"你见过？"姜淑瞪大了眼睛问。

"放学的时候，在路上看到她被一个女的拽走了。"顾西琛说，"我看她没哭啊。"

被一个女的拽走了，林奶奶想了一下，是周莹，一定是那女人犯病了。

"拽哪儿去了？"老人家的声音都在颤抖。

"我没看啊。"顾西琛皱眉。

他心想，那真的不是她妈妈吗？

那女孩不会出事了吧？

天色浓重得像黑色的墨汁，周莹果然不在家，所以林意是被周莹带走的基本是确定了。姜淑先是陪着老太太去派出所报案，但工作人员说十岁以上的人没有超过二十四小时是不能立案的，所以让老太太等等。

林奶奶坐在派出所的椅子上等着，心急如焚。姜淑和顾西琛已经把附近转得差不多了也没发现林意，于是两人又回到了派出所。

没过多久，派出所就接到两个学生报案，说在俱乐部的篮球场看见了附近废楼的顶楼有人在互相拉扯，看身形应该是一个妇女和一个小女孩。

派出所立刻出动了警力，林奶奶也坐不住了，起身就跑，姜淑和顾西琛也立刻跟了上去。

那栋废楼以前是给附近工厂员工住宿用的，后来工厂倒闭，这栋楼就荒废了。

废楼里阴森一片，被夜色覆盖之后更像鬼魅的栖息所，让人不寒而栗。

林意瑟瑟发抖，楼里面没有灯，女人的半边脸被淡淡的月色笼罩，好像死亡般的气息。

"阿姨，你冷静点好吗，我不是您女儿。"林意的声音带着隐忍的哭腔。

周莹早已六亲不认了，一个劲地自说自话，语气怨恨："你爸跟别的女人跑了，你也跑了。当初要不是因为怀了你，我也不至于落到这般田地，现在你还嫌弃我。"

周莹的头发已经乱了，如一个泼妇一般。

"你爸就是个下三烂。"周莹瞪着眼睛看林意，那神情像是下一秒就要把她撕碎一般，"所以才能生出你这么个小下三烂。"

林意就听着她说，也不回话，双手抱着膝盖蹲坐在角落，身上的白色卫衣早就在挣扎撕扯的过程中蹭脏了。

夜晚的凉气透过没有玻璃的窗户吹进来，脸上的泪痕被风一吹，感觉皱皱的。

她已经比刚刚冷静多了，只要她不反抗，不试图逃走，周莹的情绪就还算比较稳定，最多也就是在那儿念念叨叨自说自话。

她现在唯一能做的就是等待，只不过她不知道要等待多久，这场噩梦才能结束。

警察鸣笛的声音由远至近，不知是谁拿着喇叭在外面喊："里面的人听着，赶紧出来，有什么事情都是可以解决的。"

有两个警察已经悄悄地探进楼里了，姜淑在一旁照顾林奶奶，顾西琛也悄悄地跟了上去。

废楼的走廊太暗了，顾西琛只能凭借一点月光照映行走，地上的杂物让他走起来不太顺畅，磕磕绊绊地来到了顶楼。

上了顶楼，他就听见女人惨叫的声音。

"你们别过来，再过来我就跳下去。"

警员急忙在劝导："别冲动，别冲动。"

顾西琛循声过去，在顶楼的一间屋子里找到了与两名警员对峙的周莹，她的一只脚已经跨在窗户外了，而林意被周莹紧紧攥着卫衣的帽子以防林意逃走。

顾西琛可以看见林意因为窒息而难受的小脸，顿时眉头紧皱。

两个警员努力劝说着，慢慢地挪动步子。

精神病人对于人与人之间安全距离的敏感程度超乎于常人，当两个警员挪动着步子向周莹靠近的时候，她潜意识感到危险和排斥，于是她直接把林意给抱起来，攥着林意的帽子，威胁道："你们要是再靠近一点，我就带着我女儿跳下去。"

林意两只手死死地抓着窗户框。

这是求生的本能。

外面的人看到这一幕瞬间沸腾了，林奶奶直接吓晕了过去。

顾西琛在那两个警员的后面说："你们别靠近她，这样只会刺激她。"

十三岁的少年，像一棵挺拔的小白杨，说话沉稳有力。

"你这孩子瞎来掺和什么，赶紧回家。"其中一个警察说。

"她现在状态完全不对劲，赶快找一个可以做心理疏导的人过来，稳定她的情绪。"顾西琛说得头头是道，"我们需要给她一个安全的环境，让她觉得自己不受到威胁。"

两个警员探讨之后，决定其中一个去找可以做心理疏导的人，另一个在这儿等待，静观其变。

顾西琛看着林意，即使在这么恐惧的环境下她也没有哭。

周莹一直抓着林意的帽子，虽然会让她有些窒息，但好在也是个不让她掉下去的支撑。

十楼的高空，林意低头看了看下面，又闭上眼睛，想起了父母。

顾西琛说："阿姨，你冷静一下，我们不靠近，但是你好好想一想，她真的是你女儿吗？"

周莹被问蒙了，侧过头看了一眼林意。

"她和你女儿长得其实一点都不像，对不对？"顾西琛继续引导。

折腾了大半天了，周莹已十分疲惫。

被顾西琛一问，周莹也开始怀疑，她好像的确长得不像自己女儿。

可是心底有个叫嚣的声音依旧在刺激她，她自己的女儿跑了，连亲生女儿都不要自己了，她还有什么可顾忌的？

周莹的态度虽逐渐软化，但是始终没有缴械投降。林意的体力逐渐透支，双手渐渐拉不住窗户框。

顾西琛都看在眼里，心里默念，怎么还不来？

时间一点一滴地过去了。

楼道里出现纷杂的脚步声——

救援来了。

周莹已经彻底疲惫了。

负责心理疏导的警察没有费太多的力气就把人劝了下来，周莹自顾自从窗户上走下来，一直抓着帽子的手也松开了，林意深深地吸了好几口气。

顾西琛和警员连忙把林意给拉了过来。

手掌已经完全麻木，只要稍稍松懈一下，她便会跌下楼去。

林意坐在冰冷的水泥地上，头埋在自己蜷曲的双腿之间，双臂用力地抱住自己。

刚开始只是小声地哽咽，后来双肩颤动得越发厉害，最后哭声回荡在整个废楼里。

林意一个劲地哭，顾西琛跟旁边的警员说："您先走吧，我负责带她回家。"

警员看着林意的状态也没有多说什么，轻声叮嘱："等孩子情绪稳定了，你记得带她来派出所录下口供。"

林意还在哭，没完没了。

她总是这样，最危险最痛苦的时候从来不哭，但是当一切尘埃落定后，就开始尽情地发泄。

顾西琛坐在她旁边，他出来的时候就穿了一件单薄的白 T 恤，脚下的拖鞋都没来得及换。

冷风彻底渗透了黑夜，顾西琛忍不住打了个寒噤。

林意的情绪逐渐平稳，渐渐地没了声音。

顾西琛试探地说："喂，你还好吧？"

没吱声。

顾西琛蹭近了一点，伸手戳了戳缩成一团的林意："喂。"

还是没吱声。

顾西琛凑近瞧了瞧林意，耳边是均匀的呼吸声，在这个喧闹过后的夜里显得十分安静。

顾西琛意识到了某种可能："不是吧。"

林意在经历过极大的精神紧张和情绪释放过后，只剩下疲惫。

顾西琛小心翼翼地背起她。林意睡得很踏实，小脸因为哭过脏兮兮的，吐出的温热气体洒在顾西琛的耳畔，痒痒的。顾西琛颠了一下身上的小人以防她掉下去，动作很轻，没有把她惊醒。

顾西琛背着她，轻笑一声："真有你的。"然后出了废楼。

黑夜笼罩四面八方，一切回归平静。

林意醒来的时候已经是第二天中午了，林奶奶在厨房煮粥。

身上已经换了干净的睡衣，她扭动身体的时候感觉全身酸痛，抬起手臂，看了看自己的手，手指都变得红肿，轻轻碰一下都觉得疼。

她掀开被子，慢慢地起身，现在的她就像一个瓷娃娃，碰一下都得碎。

林奶奶端着粥进来，看见她起身了连忙放下碗，把她拽回了床上："你这孩子，起来干什么，赶紧躺着。"

不知道是碰到哪里了，林意疼得吸了口冷气。

"是不是很疼？"林奶奶说，"别乱动，学校那边我给你请假了，这几天就在家待着就好了。"

林意抿了抿唇，说："不疼。"

林奶奶把粥拿过来，舀了一勺送到她的嘴边："吃点东西，然后再睡一觉。"

林意想接过粥，但是看了看自己红肿的十根手指头，就没抬起手。

她抿了一口，粥是温热的，米香的味道从唇齿中漾开。林意艰难地咽下去，嗓子处感觉到一阵酸痛，她下意识地去摸自己的喉咙。

林奶奶拦住她的手："别碰。"

"是不是吞咽比较困难？"林奶奶放下粥，"你最近只能吃一些流食，如果连喝粥都难受的话，那就喝些热牛奶。"

林意被衣服勒了太长时间，当时虽然不至于窒息，但脖颈有轻微的勒伤，需要养几日，才能正常进食。

林意听话地点点头。

林奶奶去把热好的牛奶端进来，牛奶是纯液体，喝起来喉咙不会有酸痛的感觉。

林意抿了一口牛奶，很香。她抬起头，欲言又止。

老人家看出她想问什么，就直接回答了："她被派出所拘留了，之后我会以威胁到他人生命安全的理由申请送到精神病疗养院。"

林奶奶停了一下，声音有点沉重："这样对大家都好。"

其实周莹也是一个可怜人，林奶奶也心疼她，但是她精神状态毕竟不好，如果一直这样放纵对大家来说都是一种伤害。

林意没说话，只是点点头。

"奶奶，那个救我的男生，在哪儿啊？"

昨晚的记忆很混乱，在恐惧的精神状态下她无视了很多东西，但现在她的神志很清明，记忆的片段开始逐渐衔接，她记得有个人在她最无助的时候向她伸出双手，拉住了她。

她记得，是个男生。

林奶奶刚想说什么，就被敲门声打断了。

两个派出所的警员和顾西琛站在门口。

"您好，我们是附近派出所的警察，想就昨天的事给受害人做一个简单的口供，您看方便吗？"其中一个警察有礼貌地说道。

老太太有点犹豫，毕竟林意刚醒，她还想让林意好好休息一下。

"您放心，就是几个常规问题，不是很麻烦的。"警察强调。

"林奶奶，我都做完口供了。"顾西琛语气很轻松，"很简单的几个问题。"

昨天，林奶奶被废楼上那惊险的一幕吓晕过去后，是姜淑送她回的家。但是林意迟迟没回，她醒了之后就坐不住了，说什么都要去看看，没等出门，顾西琛就背着林意回来了。

有顾西琛的保证，林奶奶最终同意了。

顾西琛进屋就看见林意靠坐在床上，身上还盖着蓝白相间的花纹被子，头发也散开披在肩上。

林意的头发很浓密，长发显得她的脸很小巧，她的额头小巧饱满，鼻子也很挺立，薄唇紧抿，她的气色特别不好，本身就白皙的脸蛋看着更毫无血色。

顾西琛想起她昨晚趴在自己肩头睡得死死的样子，不由得一笑。

"你别害怕，我们只是来简单地录一下口供，你如实回答就行。"一个警员说道。

林意眨眨眼睛，点点头。

"你昨天是在什么地方遇见嫌疑人的？""嫌疑人"指的是周莹。

林意垂眸，看着自己红肿的手指，轻声说："昨天放学遇见的，在回家的小巷子里。"

顾西琛也看见了她的手指，昨天她那么用力地抓住窗户的边缘，用尽了全力。

"那嫌疑人是怎么把你带到废楼里的？"警察继续问。

林意还低着头，声音听起来又软又闷："我当时想跑，但是她抓住我的帽子，一路把我拖到了那栋楼里，我一直在挣扎。"

十一岁的女孩子怎么能比得上一个成年女人的力气，并且还是一个发了疯的女人。

接着就是例行公事的几个问题，结束之后，警察对林奶奶说："后续的事情会有专人进行处理，嫌疑人在调查出结果后会被送往合适的精神疗养院，请您不用担心。"

林奶奶点点头："麻烦你们了。"

送走了警察，林奶奶回屋，把刚刚林意未吃的粥给收拾起来，看了一眼顾西琛问："小琛，你怎么没上学？"

顾西琛听到问话，连忙回答："我请假休息一天，正好赶上警察叔叔来问话，我就跟过来了。"顾西琛昨晚没少受累，姜淑心疼他特地给他请了假，没想到正好赶上警察来家里录口供。

"你妈呢？"林奶奶问。

"看店呢。"

"替我向你妈问个好，多谢她替我操心了。等小意好点，我亲自过去表达感谢。"林奶奶慈眉善目，"也多亏你这孩子了。"

顾西琛不好意思地挠挠头，宽大的 T 恤随着他的动作在晃动。林意被白 T 恤晃了眼睛。

待林奶奶出去，林意抬眼看了看面前的男生，然后软着声音说："谢谢你。"

顾西琛愣了一下，走近林意一点，问："谢什么？"

"拉住我。"她言简意赅，却说了最重要的部分。

昨晚那种凌空的恐惧让她颤抖，但是她一直用最后一点信念支撑着自己。

她不能松手。

父母去世时的绝望，让她徘徊在死亡边缘的时候有了极大的求生欲。

没有什么比活着更加重要了。

这是她唯一的认知。

身体疲惫，再强大的信念也带不动身体的松懈，顾西琛的手就是在她松懈的前一刻抓住了她。

所以她要谢谢他，拉住了自己。

"你知道我拉你上来之后的事情吗？"顾西琛想起她睡着的样子就觉得好笑。

林意只记得自己哭了，后面的事情什么都记不得了。

她摇了摇头。

顾西琛本来还想逗逗她，但是随着林意摇头的动作，他看见她白皙的脖颈上那道触目惊心的红，神色一暗，没了逗趣的心思。

最后，他只是揉了揉她的头发，哄妹妹一样，说了一句"好好睡一觉吧"就走了。

是啊，睡一觉吧，最好一觉起来，再也没有噩梦和疼痛。

后来，林意从奶奶那儿知道顾西琛是那家水果店老板娘姜淑的儿子，和自己读的是同一所学校，只不过顾西琛比她高一届。

她在休养的几天里一直缠着奶奶要吃猕猴桃，除了身上的伤痕没有全部消失，她基本已经没有大碍了。林奶奶拿上鞋柜上的钥匙，带着林意去水果店。

"林婶，今儿个还要猕猴桃吗，上一批货不怎么熟，今天进的全熟了。"姜淑看见她们俩进了店就赶紧过来招呼。

"小孙女最近总是缠着我要吃。"林奶奶一脸笑意。

姜淑低头看了看林意,蹲下身子:"下回想吃,你就直接到姜姨这儿来,姜姨请你吃。"

林意点点头,弯起月牙的眼睛:"谢谢姜姨。"

"别惯坏她。"林奶奶在一旁说。

姜淑倒是满不在意:"女孩嘛,就是要惯的。"

林意用余光扫了扫周围,没看见平常被逼着整理货箱子的瘦高身影。

"不像我家那个小兔崽子。"姜淑装着猕猴桃,"一点也不着家,这会儿工夫又跑去俱乐部球场打球去了。"

林意竖起耳朵听。

从水果店出来,林意说想在附近转一转。林奶奶觉得林意现在没什么危险就任她去了,之前她活得太封闭了,如今主动想去转一转,这是好事,但还是叮嘱她晚饭之前回家。

林意答应着,于是去了球场。

俱乐部的球场是开放式的,没有栏杆围栏,林意刚刚迈上水泥台阶就看见了那个高瘦的身影。

顾西琛在球场里面穿梭,如来去自如的风,篮球在他手上灵活摆弄,他穿过一个人的防守,将距离拉到三分线外,轻轻一跃。

三分球,进了。

林意盯着他,他好像总是那一件衣服,宽大的白T恤,就像他的人一样,干净俊朗,成为生命中的记号。

顾西琛在投进球后转过头就看见了林意小小的身影,他和旁边的人打了声招呼,然后拿起挂在篮球架上的外套,向林意走去。

"你不会是来找我的吧?"少年说的话很直白。

林意一愣,眼珠子转了转,觉得没必要掩饰什么:"我是来找你的。"说完，她还去拿顾西琛手里的外套，又说了句，"我帮你拿。"

这回轮到顾西琛愣了一下，他本是想逗逗她，没想到她也这么直白。汗水在脸上渗透，顾西琛用手随意搓了搓脸。

林意看着他，少年身上有独特的清新味道，他随意搓过脸后，连带着鬓角被汗水浸湿的头发都变了形，眉毛浓密，鼻子英挺，眼睛映着夕阳折射出光，黑得发亮。

"走吧。"他说。

林意乖巧地跟在他的旁边。

回去的路上，林意问他脱险之后的事情，顾西琛一直闭口不言，用笑来回答她。

这样的日子不慌不忙，一过就是六年。

因为两家的往来，顾西琛和林意走得越来越近，左邻四舍的人都打趣这俩孩子青梅竹马，感情真好。

学校里也有人打趣他们俩。

但是只有当事人知道，他们真实的关系。

林意喜欢顾西琛，她越长大，这种感觉就越明显，她没有办法像以前一样和顾西琛开玩笑，也没有办法无视面对他会心跳加快的事实。

但是她不敢说，也不能说。感情是最脆弱的一种东西，可能变质，也可能消失殆尽。

"你想好去哪儿读大学了没？"顾西琛在一旁翻着漫画，林意盯着问他。

"没有，随便吧。"他回答得漫不经心。

顾西琛比以前更高了，男生在高中时期就像施了化肥的小杨树，一个劲地往上蹿。他双腿懒懒地斜搭在前面的书桌上，身体靠在椅子上。斜阳透过窗台，映照着他的侧脸，五官挺立，头发短到露出俊朗的眉目，整个人都散发着慵懒的味道。

林意低下头给自己画里面的人物上色，她从初中开始学画画，一开始是为了娱乐，奶奶想让她找个乐趣，后来是因为喜欢上了漫画，所以自己也想尝试画漫画。

林意正在给人物的衣服上色。外套的话，深蓝色应该不错，她拿起深蓝色的上色笔，正涂着，头顶传来悠悠的嫌弃。

"这就是你设计的男主？"

林意抬头："有问题？"

顾西琛合上手里的《七龙珠》，嫌弃道："太骚了，还深蓝色。"

林意不理他，心里腹诽，谁像你啊，衣服不是白色就是黑色。

察觉到她的眼神，顾西琛伸手扳住她的头看向自己，眯着眼睛问："你在那儿嘀咕我什么呢？"

林意攥着笔打掉他的手："谁嘀咕了。"

顾西琛收回脚，身体向她靠近，一只手拽着她的胳膊，一只手覆盖住她的脉搏处。他的目光一直盯着她，那眼神能吸走她的魂魄。

林意有点紧张，说话都不利索了："干……干什么？"

过了一会儿，顾西琛放开她的手，直起身体："看看你有没有说谎。"

林意心虚地清理桌子上的东西，低声说："神经病。"

顾西琛笑了笑，面如春风："还敢说你没嘀咕。"

林意哼了一声，落荒而逃。

顾西琛在后面追着笑："小意，你等等我啊。"

顾西琛最后报考了本省的警校。姜淑刚开始不太愿意，但是后来转念一想，还是尊重了孩子的意愿。

给顾西琛送行的那天，林意也在，他东西向来不多，只背了一个黑色双肩书包。

因为要封闭式训练，顾西琛有很长一段时间不能回家。姜淑叮嘱了一大堆的事情，等到检票的时候，顾西琛摸了摸林意的长发，轻声说："我等你来找我。"

火车站人来人往，淹没了所有的声音，唯有他的一句"我等你"，像是耶稣十字架上的誓言，林意牢牢记在心里。

因为他的一句话，林意把大学志愿锁定在省会所有大学的漫画设计专业，她抱着报考学校的参考书籍，研究哪所学校离顾西琛的警校近些。她明知道顾西琛不能常常见她，可她还是想离他近点。

感情处于萌芽的状态，最终被一场狂风暴雨折断了希望。

在高三临近尾声的时候，林奶奶去世了。老人家的身体在年复一年地衰弱，终究是抵挡不住死神的招魂令。

林奶奶的后事是姜淑和顾名帮忙操持的。顾西琛没有请到假，他心急如焚。在林奶奶出殡那天，顾西琛翻墙出了学校，赶上了连夜的火车。

而林意在一切结束之后坐在家里的床上，一动不动，也没有哭。

就像父母去世时那样。

姜淑将屋子收拾好，进屋便看见林意发愣的样子。从林奶奶进医院，到出殡，这孩子没有哭，一直坐在那儿不说话。

姜淑抱住林意，将她的头埋在自己的怀里，手轻轻抚摸林意的脑袋，轻声安慰："孩子，哭吧，哭出来就好了。"

林意从小就这样，很多情绪都不在外人面前表露，她的悲伤就像一个逐渐蓄满的水瓶，只有在空间不足的时候，才会通过瓶口溢满出来。

林意在姜淑的怀里哭了。

她知道，在这个世界上，她再也没有亲人了。

这是一种宣告。

宣告她从此孤独的事实。

顾西琛赶回来的时候，林意已经睡着了，她的脸颊还是潮湿一片，眼角时不时地有泪水溢出。房间里的老式长管白炽灯散着光，林意蜷缩在床上，身上盖着蓝白相间的花纹夏凉被。

顾西琛坐在床边，静静地看着林意，忍不住伸手擦拭她眼角流下来的泪。

姜淑忙活了好几天，已经歇着去了。

顾西琛守了她一整夜，凌晨的时候抵挡不住困意，趴在床边睡了过去。

林意醒的时候就觉得自己的手好像被什么给抓住了，有点温热，还有些湿润。

脸上感觉皱皱的，很难受，她起身想去洗把脸，眼睛半眯着睁开，就看见一个毛茸茸的黑色脑袋。

她清醒了一会儿，看向睡着的顾西琛。

他把脸压在下面，林意看不到，但是她看见自己的手被顾西琛抓得很紧。她这个姿势睡了一晚上有些僵硬，想舒展一下，轻轻一动，顾西琛便醒了。

他没有睡实，林意有点动静，他都提心吊胆的。

"你怎么回来了？"是林意先开的口，因为哭过，她鼻音很重。

"我想你了。"顾西琛声音有点嘶哑，"所以请了假回来看你。"

此时的林意根本无心分辨这话中的意思。

"我没事。"林意垂眸淡淡道。

怎么可能没事，林奶奶是她在这世界上唯一的亲人了。

顾西琛抓着她的手用力捏了捏，林意抬眼看他，他转移话题："饿不饿？"

林意没说话。

顾西琛用另一手摸了摸林意的脸蛋，黏黏的触感让他的心紧了一下："先去洗个脸。"

顾西琛起身走出了卧室。林意看着他的背影，挺拔、修长。顾西琛已经成为一棵参天大树，可是她不能一辈子都依靠他。

洗过脸，吃完饭，林意在收拾奶奶的旧衣物，她和姜淑商量好了，准备把衣服给奶奶"送"过去。

姜淑来取衣物，交代林意："你状态不好就在家歇着吧，我会处理好后面的事情的。"

林意没有拒绝，心想也好，过去又能怎么样，反正最后一面也见到了。

顾西琛送姜淑到门口，两个人在交谈什么。

顾西琛说："妈，我在家陪小意。"

姜淑点头同意："那你看着她点，带她出去转转或者吃点东西。林意这孩子心思重，别让她想太多。"

顾西琛的手机已经振动很多次了，林意瞄了一眼在门口和姜淑说话的顾西琛，再看了一眼一直叫嚣不断的手机。

来电显示是"猴子"。

林意按下接听键，没等说话，那边就喊了起来："哥，你到底什么时候回来啊，我这儿顶不住了，教官已经知道了。"

林意没吱声，静静地听。

"哥，你怎么不说话啊？"那边的人声音很着急，又叫了一声，"哥。"

"他现在在外面，你是等一会儿，还是一会儿我让他给你回电话？"林意淡淡地说，声音透露着疲惫。

"你是？"那边显然被林意的声音给惊到了，开始语无伦次，"啊，我、我……我找顾西琛。"

"我知道。"林意的声音一点情绪也听不出来，提醒他，"你打的是顾西琛的手机号，没有错。"

"你告诉他赶快回来，教官已经知道他翻墙离校的事情了。"猴子说。

林意心里一惊，顾西琛明明告诉自己是请假回来的，怎么又是翻墙离校呢？

这究竟是怎么回事？

过了一会儿，林意说："我会转告他的。"随后说了"再见"就挂断了电话。

顾西琛进屋就看见林意攥着自己的手机坐在床边。

顾西琛倒了一杯水递给她："怎么了？"

"你赶紧回去吧。"

顾西琛瞬间就明白了，但还是假装没听懂话里的意思，浅笑："回哪儿去，我不是在家嘛。"

林意睁着眼睛看他，眼睛有些涩，她努力地睁眼看他。

顾西琛的面色也不怎么好，想来是训练和连日的奔波造成的。原本黑得发亮的眼睛变得毫无生气，虽还是那张俊朗立体的脸，却不见平日里的意气风发。

"我真没事了。"林意忽略他的装傻，接着说，"我有多坚强，你不是知道的吗？"

她很坚强，从顾西琛遇见她的第一天就知道，只不过他更知道的是，这坚强的背后有更多的隐忍和独自舔舐伤口的绝望。

"我明天要去上学，马上要高考了。"林意抬眼看他。

她在赶他走，顾西琛知道。

他想留下来，可是也知道不能给她造成心理负担，她几个月后要参加高考，这是人生里面一个可大可小的转折点。

顾西琛摸了摸她的头："嗯。"

顾西琛第二天回了学校，林意也正常回去上课。

高三在收尾阶段，林意每天大量地刷题。她跟在顾西琛身边久了，什么都想跟着他的脚步走，看漫画一起，学理科一起，就连上大学的城市也想一起。

但她这次不想一起了，因为她第一次有了想逃离这座城市的念头，亲人相继离世，她对这座城市充满抗拒。

　　甚至有些怨恨。

　　没人照顾林意的生活是一件棘手的事情，她毕竟还是一个羽翼未满的学生，有很多事情都需要有一个家长来替孩子承担。

　　学校要收集学生的个人档案，然后根据学生的情况进行相应的划分，而留守儿童或者低保的家庭也是有相对应的政策。

　　林意翻出自己的户口本，她和奶奶生活的这六年的时间里，过得还算安稳。

　　老人家极力想要给予的，林意都知道。不过时间太残酷，奶奶走了，她却不能跟着一起走。

　　她翻开户口本，第一页是奶奶的名字，第二页是林意的名字。当年林奶奶在安排好林意父母的身后事之后，直接把林意挂在了自己的户口上。

　　林意在无人的房间里，陷入沉思。

　　留守儿童可怜，但毕竟他们的父母还依然健在在外面打工，低保家庭穷苦，但最起码还是一家人相聚相守。

　　林意想，那自己呢，算是孤儿吗？没有亲人的孤儿。

　　她靠在床头，双腿弯曲，双手抱住自己的膝盖，月色从窗沿爬进来，窗台上的满天星又只剩瘦弱的枝干。

　　她叹了一口气。

　　姜淑决定收养林意。

　　她说："我和你顾叔叔讨论过了，我们想收养你，你愿意吗？"

　　林意下意识想到的不是自己愿不愿意，而是顾西琛愿不愿意。

　　林意忐忑地问出口："顾西琛知道吗？"

　　姜淑说："还没和他说呢，最近训练挺紧张的，一次电话都没通。"

　　林意想是不是学校处罚他了。

她正走神，姜淑就过来握住林意的手，安抚似的拍了拍："你奶奶生前多番照顾我们，如今她人也去了，你这孩子可怜，姜姨喜欢你，想让你和我们一起生活。"

看到林意垂着眼不说话，姜淑接着说："你马上高考也需要人照顾，何况你和西琛向来相处得不错，在一起生活没有问题。"

林意眼眶开始湿润，这算老天爷可怜她吗？夺走了她的亲人，又给她一个可以托付真心的家庭。

她现在很疲惫，很累。

她想，不管怎么样，她和顾西琛都没有缘分，她决定要逃离，而姜淑给她的新身份，彻底在他们之间划上了鸿沟。

她含着泪，重重地点了头。

收养手续办得很顺利，姜淑也打了个电话给顾西琛，将这件事告诉了他，林意在旁边听着，心里说不出的紧张。

挂了电话后，姜淑告诉她，顾西琛很开心。

林意苦涩地抿了抿嘴角，她想，从今天开始，她要彻底抹杀自己心里的悸动，将它埋葬在万丈深渊。

林意搬到顾家生活，林奶奶的房子一直空着，林意不舍得卖。

转眼就到了五月底，所有的高三学生都在做最后的冲刺，林意感受到班级里的严肃气氛，学习再不好的人也会被这气氛所感染，静下心来做几张卷子，就当是最后的心理安慰。

林意之前参加美术考试的艺术分已经下来了，只要文化课保证中等水平，她可以上一个好一点的本科大学。

她向来没有什么高追求，她在学习、目标这方面向来都是跟着顾西琛在走，他走一步，她就踩一步。

顾西琛一直没有回过家，也没来过电话，林意觉得这样对自己来说是很好的事情。感情这种东西如果在萌芽的时期就直切掐断的话，虽然会疼，但是最起码可以没有痕迹。

她和顾西琛，不管是身份还是地域，都不可能了。

高考前夜，林意收到顾西琛的短信。
"加油，我等你。"
林意看着短信苦笑，心里默念。
别等了。

高考很顺利，林意估算的分数也很准，艺术分加上文化课的分正好可以报考外省的大学，填志愿可以写六所学校，她全部报了南方的城市。

她放下笔交了志愿表回座位上收拾书包的时候，抬眼看了一下外面的景色。

六月的盛夏，柳树全部都绿了，垂下的枝条随风轻轻飘逸，空气中有淡淡的槐树花香，太阳光仿佛可以穿透所有的事物，暴晒在烈阳下，无所遁形。

姜淑知道了她去南方读大学的决定还有些抱怨："怎么跑那么远，回家一趟也不方便。"

林意解释说："总要出去历练一下的。"

抱怨归抱怨，姜淑还是要妥协，交代很多生活的琐事，有任何解决不了的事情都要给家里来电话。

林意点头答应着。

林意最终被长沙的学校录取，学动漫设计。

暑假，她一直在画漫画，之前被顾西琛吐槽过的男主她给修改了。顾西琛没有回来，因为是重点警校，要进行全封闭式的训练。

林意拖着行李箱踏上火车的那天，顾西琛都没有赶回来，只有姜淑在站台上一个劲地挥手。

林意透过小小的玻璃车窗看到女人瘦弱的身影，眼睛含泪。

她对姜淑感到抱歉。

对不起，姜姨。逃离这里，我也许才能获得一次重生。

只是没想到，命运本身就是一个有弧度的齿轮，她又再次回到原有的起点，卡在凹进去的缺口，这一次她可能没办法再逃出来。

独宠小青梅
duchong
xiaoqingmei

第四章
我对你简单的喜欢

飞机直飞长沙需要五个小时左右，因为晚点，到达黄花机场的时候已经接近晚上八点。

飞机在跑道上缓慢滑行，最后停在停机坪上。

周围的人起身拿行李，因为是经济舱，人比较多，瞬间变得乱糟糟的，窗户玻璃上挂着水珠，远处橘色的灯光透过玻璃聚焦成一个点，明晃晃的。

林意从顾西琛的怀里露头，一只手紧紧地拽着顾西琛的衣角，一只手紧紧地抓住顾西琛的手掌。

她在他温暖的怀里，半梦半醒地度过了这五个小时。不管是好的还是坏的，仿佛过往的人生就是浮梦一场。

林意还没有完全清醒，在顾西琛的怀里像小狗一样，吸了吸鼻子。林意闻到他身上的味道，温热的肥皂味。

她在心里评价，很好闻。

说来也奇怪，平常顾西琛邋里邋遢的模样她见得多了，可是他身上的味道总是让她觉得很舒服。

"你可别咬我。"顾西琛感觉到她的小动作，打趣她。

林意翻了个白眼，从他怀里出来。

天已经一片漆黑，机场人来人往，姜淑和顾名手挽手走在前面，顾西琛一只手拉着行李箱，一只手牵着林意走在后面。

本来计划是下午六点到长沙，然后转大巴直接去古城，古城那边已经事先订好了房间，但是来之前没想到飞机会晚点，所以今晚不得不在长沙先住一晚。

国庆高峰期，所以很难订到房间。

天色阴沉得厉害，淅淅沥沥地下着小雨，让人疲惫又烦躁，好不容易找到一家旅店，但是只剩一个房间了。顾西琛让姜淑和顾名先住下来，带着林意再去其他的地方找。

姜淑嘱咐两人注意安全，回头电话联系。

顾西琛带着林意继续找旅店，网上预订基本是抢不到房间了，所以只能碰运气，看看小旅馆有没有空房间。

头发已经半湿了，顾西琛的短发被雨润过之后，看起来又亮又软。南方天气湿冷，一下雨就特别明显。

正好路过一个便利店，林意说等一下，然后就推门进去了，顾西琛不明所以也跟着进去了。

林意买了毛巾、牙刷、牙膏、雨伞等一些生活用品，付账的时候发现自己钱包昨天顺手塞进行李箱里了，她平常没有手机支付的习惯。

林意侧过脸，看向顾西琛，随后眨眨眼睛。

顾西琛会意，笑着掏出钱包。

刚出便利店，林意拿出一条干净的毛巾和一把雨伞，她把雨伞直接扔进顾西琛的手里，自己弄毛巾。

顾西琛皱眉问："你做什么？"

非要在大街上捣鼓吗？

林意无视他，把毛巾展开，踮起脚直接盖在了顾西琛的脑袋上，然后用力地擦了擦，因为踮脚，她的脸离他比较近，顾西琛可以感觉到林意的呼吸。

她擦完顾西琛的头发，又擦自己的头发，擦完之后，她把毛巾塞了回去，淡淡地说："走吧。"

顾西琛还没反应过来她这一系列的动作。

林意向下扬了扬下巴，示意顾西琛把雨伞打开，抱怨道："快点。"

林意的头发也半湿，擦过之后，头发丝都凝固在了一起。她脸色不太好，可能还没有从今天飞行的恐惧中完全缓过来，便利店外面的灯光照映在林意的眼睛里，折射出白色的光。顾西琛看见她抱怨时微微噘着的嘴唇，心猿意马。

天色暗沉，细雨把空气中的浮尘带走了，顾西琛的心也被林意带走了。

那一刻，他脑子里有个念头，他想吻她。

两个人终于找到一家小旅馆，可是只剩一间标准双人房，虽然住在一个房间里不太好，但是房间有两张床，何况再找下去也不一定能找到，也就管不了这么多了。

顾西琛拿身份证交钱开了房，老板在开押金凭证的时候嘴欠地说了一句："房间里的东西齐全，有物价单，消费过后明天统一在押金里扣。"

闻言，林意脸有点烫，顾西琛只是笑了笑没说话。

两人一进房间，林意就赶紧躺在了床上，睁着眼睛看天花板。小旅馆的装修不好，墙面泛黄。林意一天都在奔波，还处于一种高度紧张的精神状态下，早就疲惫了。

顾西琛放下箱子，坐在另一张床上，问她："饿不饿？"

林意在飞机上一直在睡觉，飞机餐根本没吃，又淋雨折腾了半天，早就饿了。

"吃不吃夜宵？"看她不吱声，顾西琛又问。

林意转过自己的身体，趴着看向顾西琛，然后摇了摇头："这边米线店不好找，何况味道也不一样。"

南方的米线店并不多，不像北方只要上街就能看见，而且南方的饮食全部偏辣。林意第一次在南方吃米线的时候辣得直哭，眼泪不自觉地就从眼角流出来，那样子别提多狼狈了。

"吃长沙有名的东西吧，出门能看见。"林意提议。

顾西琛没来过几次南方，他不知道林意说的是什么。

"米粉。"林意说，"不放辣椒的。"

北方人普遍不怎么能吃辣，林意还好一点，顾西琛是真的吃不了。

顾西琛让她等着，自己出去买。林意叫住他说："旅馆对面就有一家。"她停顿了一下，好像在思考什么，然后咧开嘴嘻嘻一笑，"我要吃牛肉粉。"

米粉做得很快，调个料，再把粉放进锅里，用煮沸的热水烫一烫就可以出锅了。顾西琛拎着两碗牛肉粉回到旅店的时候，林意正在洗澡。

水流哗啦啦的声音在这个小房间里格外清晰，顾西琛把米粉放在桌子上，坐在床上看窗外街道的树。十月份的南方，依旧是成片成片的绿色，不像北方的树已经开始萧条。

林意打开浴室的门，顾西琛闻声把头转过来。她穿着连体的睡衣，可以直接盖住臀部，光滑白嫩的小腿在白炽灯的照应下能折射光芒，刺激着顾西琛的眼睛。

顾西琛不自然地咳了一声，伸出手指了指桌子上的米粉："先吃吧。"然后他走过去，把椅子拉到桌子前面，让林意坐。

林意用毛巾把头发包起来，然后打开米粉的塑料盖子。

她抬眼看见顾西琛又湿了些的头发问："你要不要先去洗个澡啊，别回头感冒了。"

顾西琛已经大口吃起来了，摇头："不用，你以为我跟你似的，淋点雨就能生病啊。"

林意用筷子挑起米粉，忍不住撇嘴："那你是没领教长沙冬天的雨。"

北方冬天下雪，南方冬天下雨，一样冷，更让人难以忍受的是，南方是湿冷，属于深入骨髓的那种冷。

顾西琛没说话，大口大口地喝水。

林意抬眼："你怎么了？"

顾西琛指了指塑料碗里的米粉："这个也太辣了吧。"

林意用筷子扒拉一下顾西琛的碗边，低头瞧了瞧："我不是和你说不让你放辣了吗？"

顾西琛无辜："我没放啊。"

林意用筷子指了指碗里面红色的酱汁："那这是什么？"

顾西琛无奈："我也不知道。"小摊老板烫粉的时候，他在一旁抽烟，根本没注意。

林意看他辣得有些红的嘴，直接抢过他手里的米粉，无奈地说："行啦，行啦，你别吃了。"

顾西琛又喝了一杯水，耸耸肩，放下了筷子。

米粉吃不了，又不能让顾西琛饿着肚子，林意余光瞄到桌子上的物价单，突然想起旅店老板的话，脸不禁有点热。

她把物价单塞到顾西琛手里："这里有香肠、泡面，你随便吃点吧。"

最后，顾西琛把房间里的三桶泡面全吃了，男人的食量果然不容小觑。

两个人吃饱了，也不能马上就睡，于是有一搭没一搭地聊天。

"自从上次之后，我就再也没回来过了。"林意轻声说。

这话乍一听什么内容都没有，但顾西琛全都听得懂。

"你还记得你和上一任女友分手是因为什么吗？"他们大学期间分开四年，顾西琛有很多事情，林意都不知情，比如他有没有交女朋友。

顾西琛双手压在后脑勺上，躺在床上，淡淡地说："不记得了。"

"我总是听姜姨念叨，你一直没有交一个正经的女朋友。"林意侧过身体，"其实你是不是都瞒着家里呢？"

"没有。"顾西琛淡淡地回答，"这有什么可瞒的。"

是呀，这有什么可瞒的，可是她瞒了很久。

她谈过唯一的一次恋爱，只有顾西琛知道。

她遇见陈泽是因为参加了学校的漫画社团。

漫画社是学校的传统社团，有很多年的历史。室友极力邀请林意入社，林意自己也很感兴趣，于是就答应了。

漫画社搞周年活动，陈泽和林意被安排到了一组。陈泽是一个很有想法的男生，对漫画他不仅仅是当作一个爱好来对待，而是一个未来拓展的事业。

陈泽说，他要让自己的漫画成为炙手可热的作品。

两人最开始只是单纯的合作关系，直到周年活动结束，漫画社的人一起聚餐，陈泽借着酒劲向林意告白。

最开始，林意并没有答应，但是时间长了，因为他的坚持，林意还是点头答应了。她觉得自己的感情或许也应该得到一个新的开始。

陈泽和林意正式在一起后，很多人都打趣他们俩是漫画夫妇。两个人在社团、学校等组织的比赛活动中，都是携手合作，获得奖项。

林意觉得和陈泽在一起很舒心，而且还能一起去做相同的事情。那是她第一次开始计划未来，她想毕业了之后留在长沙，和陈泽一起生活工作。但是这个计划的蓝图，在大三陈泽收到交换生通知的那年全部撕碎了。

她依旧记得当初分手时候的一幕。

林意问："是不是非去不可？"

陈泽说："是。"

"那我们分开吧。"林意淡淡地说，"其实我们并不适合。"

陈泽不知道林意童年经历的事情，所以自然不会懂得，一个可以与自己相守相伴的人在她心里的分量。两年时间说长不长，说短不短，但是这中间存在太多的变数。

陈泽无言以对，最后什么也没说，直接踏上了飞往意大利的飞机。

这段感情里没有太多的撕心裂肺，如果说只是因为不够爱的话，可点点滴滴的细枝末节却真实存在。

林意大哭了一场，在顾西琛的怀里。

顾西琛在和她通电话的时候发现她的异样，一再逼问下，林意交代了所有，而顾西琛也在第二天登上了飞往长沙的飞机。

五月的南方已经热得如盛夏，阳光透过柳树枝条，洋洋洒洒落下白色的光点，两人来到操场的柳树下躲日头。

两人好久没有见面了，上一次还是寒假的时候，有种恍如隔世的错觉。

"你怎么来了？"林意开口，看着顾西琛。

他穿着黑色的挡风夹克，距离比较近，林意看见了他鼻尖和额头冒出的汗珠。

"把衣服脱了吧。"林意提议。

顾西琛脱了夹克外套，里面是一件套头羊毛衫，宽阔的肩膀，紧实流畅的肌肉线条即使被一层薄薄的羊绒盖住，也展现得淋漓尽致。

这么多年在警校的训练下，顾西琛的身材一年比一年有型。

"你怎么突然跑来了，你们单位竟然能放人？"林意又问了一遍。

顾西琛已经顺利从警校毕业，现在已经在公安局实习了。之前她往家里打电话的时候姜淑告诉她的。

上了大学之后，她和顾西琛联系的次数并不多，一是顾西琛训练真的忙，二是她心虚，她不知道如何解释当年失约的事情。

好在顾西琛从来没问过她。

"最近调休，所以来看看你。"他的声音像一口清冽凉爽的甘泉，在闷热的午后注入了一丝清爽。

"为什么突然分手？"顾西琛早就知道林意恋爱的事情，寒假的时候林意一直都在房间里讲电话，他那么敏锐，怎么会猜不出来。

"不合适。"

本来她并没有因这件事情有多伤心，如今看到顾西琛，她所有的委屈却都涌上心头，酸涩难耐，不自觉地想哭。

"要不要回家，反正你也快实习了，在家那边找工作吧。"他不问为什么，而是劝她回来。

林意摇摇头："不用，他去国外了。"她不想回去，她当初是费了多大的心思才从那里逃出来的。

顾西琛大约明白林意当年非要离开家乡的原因，所以他不能逼她。

顾西琛伸手摸了摸她的头，轻声安慰："不管怎么样我都陪着你，有事给我打电话。"末了，他又加上一句，"没事也打。"

林意抿唇，把头埋在他怀里，大哭了一场。

她再次遇见陈泽，是临近毕业的时候。

同时还得知了陈泽要订婚的消息。

陈泽还邀请了她。

命运爱捉弄人吗？还是爱开玩笑？其实都不是，它只是一把锋利的刀，一下一下剖开林意的心脏，上面被鲜血覆盖得面目全非，却一点也不痛。

那天，林意思考了两个问题，一是她要不要离开长沙，二是陈泽的订婚典礼要不要去。

她想了一整夜，最终拨通了一个人的电话。

窗外的小雨还在下，潮湿的寒气顺着窗缝随风吹进来，林意忍不住打了个寒战。

林意一直盯着顾西琛，后者被盯得浑身不自在。

她问："你为什么这么多年没交女朋友啊？"她突然眯起眼睛坏坏地笑，"是不是警校里面没女的，还是说……"

林意转念一想，脑海里顿时浮现申盈盈跟她阐述的关于男人到了一定年纪还没有恋爱的两种情况。

林意顿时惊恐，下意识地捂住了嘴。

难道，顾西琛真的是……

顾西琛看向林意，被她说了一半的话给吸引了注意："还是说什么？"

林意连忙掩饰自己，惊慌道："没什么，真的没什么。"

她撒谎功夫不到家，一下子就被识破了。

不可能没什么的。

顾西琛眯起眼睛，打量面前的人。

包在她头上的毛巾已经开始松散，有几缕湿润的头发凌乱地散在耳畔两侧，水润的眸一眨一眨的。

带有凉意的风吹进小旅馆的房间。

顾西琛没回答，陷入深思。

这么多年了，从最开始的相遇，到后来的承诺，他一直都记在心里，从来没有一刻遗忘过。

那年他在训练中，每天累得都不知道时间是怎么过的，他本想等林意考上省会的大学，来的时候请假出去接她，结果等到的是姜淑的一通电话，她说："林意被长沙的学校录取了，今天上的火车。"

他似乎知道她离开的理由，但是林意不解释，他也不能问，唯一能做的就是等待。

他一直在等待一个姑娘，她从他身边逃走，让他恐慌，如今回来了，他却依旧不踏实。

顾西琛微微叹了口气，然后起身。

"你干吗去？"林意问。

"我去抽一根烟，你先睡吧。"顾西琛披上外套，走到林意的床边按了一下她的头，嘱咐道，"记得把头发吹一下，别感冒了。"

林意瞬间觉得有点莫名其妙，她说错话了吗？好像没问什么不该问的啊？

唉，男人心也是变幻莫测的，一言不合就翻脸。

她起身去吹头发。

夜黑如墨，雨已经停了，今晚没有星星，只有几盏昏黄的路灯还亮着，通过湿润的水泥地折射出刺眼的光。

烟雾在朦胧的视线中缓缓而动，吹来一阵小凉风，瞬间消失不见。

顾西琛心里有点烦躁，都抽了半包烟了。他其实烟瘾不大，只有心烦意乱无事可做的时候才会来两根，今天算是超量了。

抽完烟，他便回了小旅馆。

林意已经睡着了，头发散在枕头两侧，呼吸均匀，双颊微红，小腿还露在外面。顾西琛走过去替她整理了下被子，把被角掖好。

他坐在床边，低头，在林意光洁的额头上落下一吻，很轻的触碰，惊不醒睡梦中的人。

嘴唇触碰到额头的那一瞬间，他心里想的是，还好你回来了。

顾西琛在接到林意电话的第二天来了长沙，他是来接她回家的。

前一晚，她打电话给他，她叫他"哥"。这是林意第一次这样叫他，顾西琛不喜欢，但是他也知道这是他再一次走向林意的机会。

林意问："最近有没有假？"

顾西琛问："怎么了。"

她说："你能不能过来陪我几天，我打算回家了。"

顾西琛其实一直在等，等她回来。当年他说的等她，一直都有效，只不过林意不知道。

顾西琛说："好。"

他临时和头儿请了假，连年假也一起用上了。

顾西琛来学校找林意，正好赶上拍毕业照。

林意正在照毕业照，学士服又大又肥，套在林意身上就像披着一块布，校园里炽热的阳光铺洒，俊男靓女在不停地合照、自拍。

照完大合照，参加毕业典礼，授证书、拨流苏，这些都是学校传统，流程走了一遍，当学生代表致辞完毕之后，人海中一阵翻腾。

毕业了。

林意想，还是要回家了。

顾西琛在教学楼等她，她脱了学士服，顾西琛帮她拿书包。

"你那时候也要穿这个吗？"林意一边把学士服塞进书包里一边抱怨，"太难看了，还不合身。"

顾西琛帮她拉书包拉锁，笑着说："我那时候穿警察制服。"

林意背上书包重新绑了一下头发，恍然大悟："对哦。"

路过花店的时候，顾西琛买了一束满天星，林意接过来，眼睛里面装着疑惑。

"毕业快乐。"顾西琛说，"还有，欢迎回家。"

在林意的记忆里，家里的满天星都是枯萎衰落的，只有一个瘦弱的枯枝，那是生命燃尽的气息。而从今天之后，她对于满天星的记忆是顾西琛送给她的毕业礼物，那是朝气，是重新发芽的新生。

陈泽订婚典礼的那天，是顾西琛陪着林意去的。

地址是一家五星级的酒店，林意抬头看着这大楼穿入云层的高度，越发感觉不真实。

她没有和陈泽打照面，她把红包递给前台就走了，那里面的钱都是他们以前参加比赛的奖金，一直以来都放在她这儿，她一分都没有动。

她想，属于陈泽的那一份，她现在还给他，属于自己的那一份，她现在送给他，权当为以前所有的岁月画上一个句号，从此两不相欠。

走出酒店，顾西琛问她想去哪儿，她说，回家吧。

两人坐着当天的火车，连夜回家。

她想，她和这座城市的所有缘分，终究是尽了。

第二天清早，林意是被顾西琛的电话铃声吵醒的。

太阳只是露了个头，林意都能感觉到室内的闷热，嘴里感觉很干涩。她咂咂嘴，然后翻个身，听见顾西琛在说话，声音慵懒又沙哑："昨天太晚了，就没给你们打电话。"

她揉揉眼睛，又听见顾西琛说："嗯，我们马上收拾完就过去。"

林意在床上醒神，瞪着眼睛看着天花板。顾西琛低头去看她，轻笑一声："一大早，你是在表演诈尸吗？"

林意翻了个白眼，不理他的嘲笑。

"我去冲个澡，你赶紧换衣服，一会儿我们就走了。"昨天他和衣而睡，又被雨淋过，现在很难受。

林意打着哈欠问："你昨天几点回来的？"

顾西琛说："回来时你都睡着了。"说完就去了浴室。

林意换了衣服，把东西都收拾好。

顾西琛从浴室出来直接穿了衣服，他没吹头发，只是用毛巾擦了擦，林意也去洗漱。两个人简单收拾了一下，就离开了小旅馆。

他们直接打车去了汽车站，姜淑和顾名已经在候车室等着了。

"昨天休息得怎么样？"姜淑问林意。

"挺好的。这天气又湿又热，姜姨有没有不习惯的？下雨的时候记得贴我给您带的暖宝宝。"林意此时化身小话痨，"太热的话也不要开太低的空调，会容易感冒的。"

她曾经就觉得吹空调是一件很舒服的事情，可是室内外温差太大，热伤风避免不了。

"知道啦，小操心。"姜淑笑说。

广播开始提示检票。

顾名和姜淑先进去了，顾西琛提着箱子，然后宠溺地捏了一下林意的鼻子："小操心，走了。"

林意撇嘴，跟在旁边。

车程只有一个多小时，因为提前在民宿订了房，所以省掉了很多麻烦事，房间是姜淑选的，干净、整洁、朴实。

姜淑过过苦日子，也过过富日子，但她还是那样，并没有因为外在的条件改变自己。她依旧还是那个东西没用坏坚决不扔，房子要自己打扫不请保洁的女人。

顾名有很多次都害怕她太累，商量着请个保洁阿姨来打扫。

姜淑却说："日子是自己过的，做家务也是生活的乐趣，非要外人插一脚是什么意思。"

林意进了自己的房间，古城的民宿都有一种质朴的味道，木质的屋子，让人仿佛置身于原始森林。

房间里飘散着淡淡的花香，正午的阳光透过窗台洒进来，空气中的潮湿和周围的树木吸纳了阳光带来的热度。

林意直接躺在了床上，阖上眼睛，闭目养神。

旅游区离民宿很近，而且现在的温度有些高，姜淑说下午再出发。

林意拿出行李箱里面的电脑和手绘板，想着也没事可做，不如画几张漫画，漫画前期的铺垫已经完成。

现在要讲女主小时候的回忆，女主小时候被抛弃成为孤儿，后来被男主的父母收养。现在林意要画的内容是，男主和女主小时候的样子。

屏幕里的男孩子穿一身休闲白色Ｔ恤，在女主被一群小混混欺负时，救了女主。

她画着男生的衣角，想起了那年初见顾西琛时的模样，他也是穿着白Ｔ恤，在那种危险的情况下死死地拽住了她的手。

她擦掉刚刚画好的一个场景，重新画了一遍。这一次，她画了一个特写，两只手紧紧握着，然后那女主角冲出了人群。

漫画中穿插的回忆简单结束，接下来是妹妹逼问哥哥为什么还不交女朋友的一幕。

她想起昨天她问顾西琛为什么不交女朋友的事，当时顾西琛逃避了。

他为什么逃避？

为什么这么多年都没交过女朋友？

不会真的是申盈盈说的那种情况吧，如果是真的，第一个疯掉的一定是姜淑。

唉，林意突然惆怅起来。

敲门声响起。

林意放下手中的画笔去开门，顾西琛站在门口。

林意猜他刚刚应该洗了澡，他头发还是湿的，鼻翼还能闻见淡淡的薄荷味，是沐浴液的味道。

"时间快到了。"顾西琛来提醒她，"准备一下我们要走了。"

林意想要去洗手间清洗一下脸。刚进入洗手间，还没来得及打开水龙头，她突然想起了桌子上没关的电脑。她赶紧跑了出来，就看见顾西琛坐在床边，视线正好对着桌子上的电脑。

那双紧紧攥着的手像是什么暗语一样，牵动着她的心。

"这么快？"顾西琛转过头看她。

"嗯。"林意轻声答应，走到桌子那边，然后直接盖上了电脑，"我们出去吧。"

　　顾西琛看她不对劲的样子心里早就明白了，于是打趣她："你神经兮兮的做什么？"他停顿了一下，故意说，"我什么也没看到，真的。"

　　他特意强调了一下"真的"，林意瞬间知道他是故意逗自己。

　　林意瞪了他一眼，出了房间。

　　顾西琛笑着跟上去。

独宠小青梅
duchong
xiaoqingmei

第五章
他和她的专属旅行

　　凤凰古城是湖南省极具有民族特色的旅游胜地，这个地区少数民族居多，到处都弥漫着一种原生态的气息。

　　林意也是第一次来，她大学的时间不是用在功课上，就是用在漫画社参加各种比赛上，她计划过毕业了要来一次的，结果却是落荒而逃地回了家。

　　阳光穿透云层散落在波动的河水上，折射出耀眼的光芒。远处的青山上，遍布着郁郁葱葱的树，近处是少数民族的古色建筑，沉淀着古香的味道。

　　逛过陈斗南宅、万名塔，姜淑就有些体力不支了，于是准备打道回府。

　　回民宿的话要经过一条河，走回去肯定绕得远些，天气太热，姜淑还有点中暑的样子，顾西琛租了一条船，直接渡船过去。

　　船只是老式的渔民用船，有些低，但是很稳当，水是青色的，随着船身的行驶，水波一圈又一圈地散开。

　　回到民宿已经是下午六点，因为顾西琛不能吃辣，所以在长沙上车之前，林意特地给他买了泡面、香肠，还有一些热食饭。

　　林意把热水倒进泡面碗里，忍不住吐槽："你说你这好不容易出来旅游，伙食还不如在家的时候来得好。"

　　顾西琛耸耸肩打开一根火腿："那你舍得我被辣死啊？"

　　林意红着脸撇撇嘴，她每次都说不过他。

　　她捅捅顾西琛的胳膊肘："喂。"

　　这件事情她已经好奇太久了，真的想问出口。

　　"你不交女朋友，是不是因为……"林意还是停顿了一下，面对一个异性她不好意思，哪怕这个异性是从小和她一起长大的顾西琛。

　　"你想问我是不是喜欢男人？"顾西琛吃了一大口泡面。

　　林意吓得眼睛都圆了——他竟然猜出来了。

　　顾西琛咽下嘴里的泡面："这还不简单，试试不就知道了？"

　　试试？

　　啥意思？

　　林意蒙了。

　　顾西琛把脸凑近林意，英俊的眉目，线条分明的脸颊，硬挺的鼻子，甚至连那股带着烟草味的气息都越来越浓厚。

　　林意紧张地咽了口口水。

　　四周安静得不像话，只有心跳如擂鼓，扑通扑通的。

　　被放大的薄唇，一字一句地吐出清晰的字眼。

　　"我不喜欢男的。"

　　随着话语吐出来的还有泡面味。

　　呃，老坛酸菜味的泡面。

　　紧张的心情消失了，林意很嫌弃地推开他。

　　"这回知道了？"顾西琛漫不经心地挑眉。

林意咧着嘴干笑两声，心想，又被耍了。

窗外，夜幕开始降临，又下起了小雨。

旅行第三天，姜淑的计划是去爬山，古城有个景区叫奇峰山，景色不错，山上的空气也特别好。

林意内心还是有点拒绝的，她不喜欢爬山。一是累，二是畏高。

但是姜淑都安排好了，林意硬着头皮也得上，等到害怕了她就使劲拽着顾西琛就好了。

收拾东西的时候，林意心里还在忐忑，结果这时候一通电话解救了她。

顾名接到老陈的电话，说是假期之前订购出去的那批水果订单出了点问题，点货的数目和订单上面记录的数目有出入，让他尽快回去一趟。

顾名打算当天返程，姜淑也打算跟着回去。

"我和你爸先回家，你们俩好好玩，家里的事情不用担心。"姜淑收拾行李，对顾西琛说。

"姜姨，不如我们一起回去吧。"林意提议。

姜淑停下手里的动作，双手抚上林意的肩头："不用，你俩好不容易有个长假，好好玩玩，我这老骨头也实在受不了这么热的天，所以就跟着你顾叔先回家了。"

姜淑看着顾西琛嘱咐："林意交给你照顾了。"姜淑接着收拾，"你有个当哥哥的样。"

顾西琛轻笑："我不是一直都在照顾她嘛。"

林意瞥他一眼，嘟着嘴，心里不服，你不欺负我就不错了。

顾西琛察觉她的小动作，伸出手捏住她的鼻子，嗤笑道："你再嘟一个。"

林意拍下他的双手。

姜淑看俩人打闹，欣慰地笑了。

顾名在一旁催促："走吧，还要赶飞机。"

姜淑点头跟着出去了。

顾西琛和林意把两人送到临时客车站点，看着车子的身影消失在视线里。顾西琛转过身，阳光从侧面打下来，正好照在他的侧脸，他的头发有点长了，前额刘海有点下垂，但是丝毫不影响五官的精致。

林意以前总认为留刘海的男生很娘，但是顾西琛不是，他就是标准的小硬汉的气质和长相，头发长也改变不了他身上与生俱来的气质。

"接下来我们怎么办？"顾西琛问。

林意不懂："什么怎么办？"

顾西琛起了逗乐的心思，故意说："你要是没想法，那就原计划爬山吧。"

林意瞬间就炸了，拽着顾西琛的胳膊就说："别呀。"

林意的声音带了点撒娇的意味，听得顾西琛心里有点痒。

"那你想去哪儿？"顾西琛问。

林意眼睛转了转，她其实是想窝在房间里画画的，但是转念一想，好像又不能浪费这么好的假期，更何况她都出来了。

"我们去少数民族的居住地转一转吧。"林意提议。

顾西琛轻声说了句"好"。

这是一段全新的旅行，只有他们两个人。

少数民族的聚集地和景区还是有些距离的，顾西琛把民宿的房间给退了。

"那回头我们没地方住怎么办？"林意不免有点担心，现在毕竟是假期高峰，都订不到房间的，他居然还退房。

"放心吧，这都已经第三天了，游客不会在一个地方停留太久的，那边一定有客栈能住。"顾西琛解释，"而且距离有些远，我们来回走，实在太浪费时间了。"

"好吧。"林意妥协。顾西琛说话永远都有道理，让她反驳不了。

凤凰古城是一个以苗族、土家族为主的少数民族聚集地。因为在山区里，路不好走，两个人赶到那里的时候已经是下午了，夕阳只剩半边脸，落日的余晖染红了半边天。

苗族居住的房子都是吊脚楼，四方的轮廓，屋顶是倾斜的瓦片，底下用几根柱子把房子整个支撑起来悬挂在空中。

少数民族人群生活节奏慢，每天都是耕地织布，真的就如书上所说的男耕女织的生活。

他们找了一家附近的客栈，不大，好在东西齐全，能洗澡睡觉就可以了。

街上很热闹，林意踮脚探了探小脑瓜。

"这地方是不是有什么聚会啊？"林意看向顾西琛，"这么多人。"

顾西琛把她的脑袋瓜按下去，嘱咐她："你看着点路。"说完还拉住林意的手。

两人逛了一圈后，准备休息一会儿，却看见远处有人群聚集，隐隐还能看到丝丝火光，空中还盘旋着浓重乌黑的迷雾，还有人在撕心裂肺地大喊着。

因为喊的是地方方言，林意和顾西琛都听不懂，但都不约而同地感觉到事情有些不妙。

人群包围的中间有个女人在哭喊，旁边有几个人在拦着她。女人接近疯狂地扭动着想要挣脱这束缚，嘴里叫喊着听不懂的话，却隐约透露着某种绝望。

火光还在肆意地叫嚣，冲破天际。

"她在叫什么？"顾西琛问旁边的男人。

"孩子在里面，救不出来了。"男人叹息，用口音很重的普通话说，"等消防车来肯定是来不及了。"

顾西琛没犹豫直接跳到旁边的小河里把全身浸湿了，林意还没缓过神来的时候，顾西琛已经冲进那片火光中了。

顾西琛动作快，想拦已经拦不住了。

林意眼泪瞬间就出来了："顾西琛。"

她大声喊道，撕心裂肺："顾西琛，你出来啊。"

她一遍一遍地喊着，却没有得到回应。旁边的一个妇人扶住林意安慰道："姑娘，你冷静点。"

什么样的哭声是最绝望的？

是失去挚爱的时候。

就像那个女人失去了自己的孩子，就像她失去了父母和奶奶，还有顾西琛。

过去的她还会隐藏。

现在的她什么也藏不住了。

对着那个冲进火海里的男人，这一刻，她的感情从尘封已久的箱子里，得到了释放。

火势已是滔天。

消防车辆赶到，消防员进行紧急救火。

突然，响起了孩子的哭声，本已哭到意识模糊的林意抬起头，她看着向她走来的模糊身影，带着熟悉和亲切。

顾西琛把孩子交给女人，女人连声感谢。

林意直起身体，她的哭相有点凄惨，眼睛因为装着泪水，有些睁不开。

顾西琛伸出手，用大拇指的指腹轻轻地抚上林意的眼睛，为她擦拭泪水。

一个轻轻的动作，催化林意所有即将喷发的情绪。

下一秒，她双手缠上顾西琛的腰，将头埋在他的怀里。他身上的衣服还有些潮湿，身体却还残留着火的余温。

她在他怀里蹭了蹭，眼睛一闭，泪水再次顺着脸颊流了下来。

她就这样一言不吭地抱着他，不肯松开。

从他冲进去到抱着孩子冲出来不过是几分钟的事情，林意却感觉过了一个世纪那么久。

她害怕。

从骨子里感到害怕。

良久，头顶上传来一声温润低沉的声音。

"下回不会让你担心了。"

他不说还好，一说这话林意又急了，还敢有下次？

林意抬起手顺着顾西琛的腰侧使劲掐了一下，一声闷哼从头顶传来。

林意顿时觉得不对劲，抬头看他，鼻音浓重地问："你怎么了？"

顾西琛把她的头往胸膛上按，忍住疼痛："没事。"

林意听出顾西琛声音中的隐忍，急忙挣脱出他的怀抱。因为力气大了点，顾西琛没有准备，后背上的伤被扯到，他没忍住，扯了一下嘴角。

林意绕到他身后扯他的衣服，顾西琛心下一惊，连忙伸手去阻止。

来不及了。

衣服被林意掀起来，后背腰部有一片红色的烫伤，在小麦色的肌肤上异常明显，而且烫伤已经开始起水泡了。

她眼眶里瞬间又聚集了泪水，顾西琛安慰她："一点事都没有，真的。"

有些事情他很喜欢强调一下，有的时候是为了逗她，有的时候是为了不让她伤心。

比如现在。

"我真的没事，就这小伤，几天就好了。"顾西琛满不在乎地说。

这的确是个小伤，比起顾西琛冲进火里生死不明，这个伤太小了。

话是这么说，但是止不住的心疼也是真的。

火灭了，四周瞬间黑黢黢的。

顾西琛脸庞的轮廓在黑夜下依旧清晰，林意抽了抽鼻子，顾西琛抿嘴笑了，林意没看见。

有警察过来简单地录了几句口供，被救孩子的母亲一个劲地感谢顾西琛，孩子已经送往城镇里的诊所进行治疗。

林意也想带顾西琛去诊所，但被顾西琛拦住了。

有好心人从家里拿了烫伤膏药给他们。于是，林意和顾西琛先回了客栈。

穿堂而来的风让整个房间都变得凉爽了，山里面的空气好，树木成荫，空气都是植物滋润过后的清爽。

客栈房间悬挂的是普通的白色节能灯，窗台还有两盆叫不出名字的绿植，叶子伸展在盆栽外面，努力地向外生长。

林意不顾顾西琛的反对跟着他进了房间，执意要替他上完药才回去。顾西琛执拗不过，只能遂了她的意。

林意掀开顾西琛腰间的衣服，烫伤的皮肤在灯光的照射下格外触目惊心，林意用凉水洗过的湿手巾覆盖住烫伤的部位。

"是不是火辣辣地难受啊？"带着哭腔的鼻音又重了几分。

"你以为是小辣椒呢。"顾西琛轻笑一声，抬手给她擦了一下眼睛里聚集的水汽。

林意瞪着湿润的眼睛看着他。

这都什么时候了，他还有心情开玩笑？

"你就那么想死吗？"她质问他。

顾西琛皱眉："什么死不死的？"

"那你明知那么大的火还往里冲，万一救不回那个孩子，你又出不来可怎么办？"林意说话一急，眼睛瞬间又湿了。

顾西琛看着她瞬间湿润的眼睛，鼻尖和双颊也还没有褪红，在白炽灯的照耀下更明显了，他忍不住心一动，把林意揽在怀里。

"那火还没有把房子烧坍塌，就说明里面有很多地方都没有蔓延到。"顾西琛轻声解释，"何况我全身都浸了水，顶多就是被浓雾呛两下，烧不到身上的。"

顾西琛放开林意看着她："何况那时候情况紧急，如果再晚一点，那孩子就真的没救了。"

心里不管怎么生气，都被顾西琛的这番解释给打得烟消云散了。

林意垂着眼睛，不说话。

顾西琛微微侧头看向她的眼睛，试探地问："是不是不气了？"

林意低哼了一声："还说烧不到自己。"

她指着被烫伤的地方说："那这是什么，你说这话打不打脸？"

顾西琛无奈，这小妮子较真起来还真不容易对付。

"我在警校训练这么多年，没把握的事我能干吗？"顾西琛讪讪地说，"何况，我的能力你还不知道吗？"

林意当然知道，可是在她亲眼看见他冲进火里的那一刻，所有的理性思考全部烟消云散了，只有感情在决堤。

林意不理他，把覆在腰上的毛巾扯了下来，然后把烫伤膏药挤在棉签上，她低下头，一边轻轻地吹，一边慢慢地涂抹膏药。

顾西琛垂眼看着眼前的姑娘，腰部的肌肤传来痒痒的感觉，连带着他的心也痒痒的。

秋天的落叶融入土地，春天的枝芽破土而出，有些感情像世间万物的生长规律一样，随着时间的推移又重新开始，只不过这一次再也按捺不住那蠢蠢欲动的心。

林意上好了药，然后把湿毛巾洗好递给顾西琛，嘱咐道："今天就不要洗澡了，先擦一擦，我看那烫伤水泡起得很大，你今晚最好侧身躺着，以免水泡破了之后会发炎。"

顾西琛接过毛巾，笑说："听你的，小唠叨。"

林意翻了翻白眼。

一切收拾好后已经是后半夜了，林意躺在床上翻来覆去。橘红色的大火，弥漫在天空中的烟雾，空气中燃烧的气味，只要一闭上眼睛，就能清楚地感受到这些刚刚经历过的场面。

这是人们常常说的一种心理现象——后怕。

后半夜的风很凉爽，林意双手拄在小窗台上眺望，远处还有几家亮着灯，暖橘色的灯光，星星点点。

林意在想事情，手指不自觉地敲打着床沿上面的木框，她再三犹豫之后，转身拉开了房门。

顾西琛睡得并不踏实，腰上火辣的感觉时刻提醒着自己不能平躺着，他只能左右两侧来回换着躺来疏解僵硬。他眼睛眯着，脑袋却还很清醒。

门口有来回踱步的声音，顾西琛警觉地起身，走到房间的门前。外面的脚步声很轻，是客栈的塑料拖鞋摩擦在木质地板上面的声音，他隐约地想到一种可能性。

为了证实自己的猜想，下一秒，他拉开了门。

林意攥着小手正犹豫着，刚吸了口气，准备伸手敲门，门就开了。

房间里的窗户开着，过堂风带起了林意披着的头发，碎发挡住了视线，她犹豫地开口："呃，那个，其实……"

顾西琛等着她说。

"我就是想来看看你的伤。"她思索片刻，找到了最合适的理由。

顾西琛故意提醒她："你刚刚才帮我擦了药。"

林意囧，这看似最合适的理由，其实最不高明，从她离开顾西琛房间到现在，还不到一个小时。

林意侧过头掩饰自己的尴尬，不知道说什么好。

顾西琛勾唇，直接把她拉进了房间："说吧，你到底是因为什么在我房间门口走来走去的？"

林意瞪大了眼，他连她在门口走来走去都知道？

顾西琛坐在床边，然后伸手拍了拍自己旁边的位置，示意林意坐过来。

林意挪着步子过去。

顾西琛抬起手掌，在林意顺滑的头发上轻轻拍着，安抚一般地说："不用害怕，我真的没事。"

她的心事，好像一直都能被他猜透，那他知道自己心里的秘密吗？他猜出来了吗？

"我能不能在这儿睡？"林意小声问。

顾西琛良久才"嗯"了一声。

也许是顾西琛的安慰让她真的放下了心，也许是因为有顾西琛在的地方对于她来说真的很安稳。

没多久，林意就躺在床上睡着了。

他们两个还是第一次睡在一张床上，林意攥着他的衣袖，睡得香甜。

顾西琛躺在另一侧看着已经熟睡的人，心绪飘到很久以前。他们以前也在一个房间睡过，那时候还在上高中，林意跑到水果店帮姜淑的忙，结果直接趴在收银的柜台上睡着了。

当时还是顾西琛把她抱进房间的，她睡在床上，顾西琛睡在沙发上。那时少男少女的心事都彼此隐瞒，心跳得再快，也只有自己知道。

顾西琛看着身边睡着的姑娘，伸手给她掖了一下被角，闭上眼睛，睡了。

因为顾西琛受伤，林意提议提前回家。想着时间也还充足，顾西琛特意去买了火车票。

火车票很难抢，已经没有卧铺了，只抢到了两张硬座，票是别人临时退的，虽然在同一节车厢，但是位置不挨着。

火车站人流流动大，顾西琛从进站到检票一直紧紧牵着林意。

火车车厢里，挪着蜗牛步子的人在找自己的位置，卫生间前面的空地站满了人，地上堆积了大包小包，甚至还有人直接躺在过道上。

前面和后面是走动的人，左右两边是没有座位站着的人，一眼望过去，人头攒动，没有缝隙。

顾西琛一只手把箱子抬起来，另一只手紧紧攥着林意，可能是用力过猛扯到了后腰上面的伤，他下意识地倒吸了一口冷气。

林意察觉到了，直接松开了顾西琛的手，让他专心走路，不用管自己。手指被松开的一瞬间，顾西琛皱了皱眉。

过道实在是太窄了，行李箱拖过去很费劲，顾西琛双手使力想把它抬过去，站在两侧的人伸手帮忙接着，这才抬了过去。

火车开始在铁轨上缓慢运行，车窗外的建筑开始倒退，阳光跟着列车在跑。

林意的座位和顾西琛只有一个过道的距离，林意是三人座最中间的位置，顾西琛是两人座靠窗的位置，邻座的是一位年纪有点大的大叔，穿着灰色的套头羊毛衫，下巴的胡楂黑黑的，整张脸显得很油腻。

顾西琛刚把行李箱放好，林意就直接和那位大叔打招呼道："我能跟您换一下座位吗？"

大叔抬一下眼皮，有点不耐烦："不换。"

"我座位就在对面，很近的。"林意解释了一下。

油腻大叔彻底抬眼，语气不佳："你到底要干吗啊？"

顾西琛刚想插嘴，林意直接就拽住他的手，接着对油腻大叔说："我哥受伤了，我想离他近点方便照顾他。"

"我们到北方，不知您到哪儿？"林意好声好气地商量。

对面坐着两口子，女人怀里还抱着睡的孩子，女人也劝道："朋友，人俩是小情侣，何况这男孩都受伤了，你就行个方便吧。"

油腻大叔晃了晃手，看了看林意，然后说："行吧。"说完起身就坐到林意的位置上去了。

林意道了谢，拉着顾西琛坐下。她的身上已经出了汗，头发丝黏在脸颊两侧，车厢内的味道很不好，她随意喝了两口水。

她又打开另一瓶新的矿泉水递给顾西琛。

车厢里的嘈杂声渐弱。良久，林意听到顾西琛幽幽道："别随便放开我的手。"他拉过她的手，"只有拉着你，我才能放心。"

这么多年了，他都是提心吊胆地过着，好不容易林意就在自己触手可及的地方，这一次怎么都不能放开她。

林意难得聪明一次，听出了顾西琛对自己的心疼。

林意心软得一塌糊涂，抬眼问他："还疼不疼？"

顾西琛摇头："不疼。"最初的灼热感已经消失了，只是偶尔扯动到才会有些疼。

"要不要和姜姨说？"

"不用，我妈知道了一定大惊小怪的。"

"嗯，听你的。"林意点头。

火车要运行一天一夜，林意买了很多的泡面和香肠。

上车的时候已经是深夜。

郑州站下了很多人，车厢里无论是空间还是味道都变得好受许多。林意靠着顾西琛睡了很久，半梦半醒之间还惦记他腰上的烫伤，呢喃着问他疼不疼。自己的头被大手安抚地抚摸着，她顺势靠在顾西琛身上，随后又睡了过去。

一直睡到下车。

姜淑挺惊讶两人回来得这么早，顾西琛问了一下关于订单的事情，姜淑说没事，就是缺了点货，补上就行了。

坐火车很累，顾西琛和林意早早就回房间休息了。

林意还担心顾西琛身上的伤，于是又悄悄地探到顾西琛的房间。

她轻声敲了两下，没人应，心想估计是睡着了，转身就要走。

"门没锁。"里面传来闷闷的声音。

林意缩了缩手，推门进去。

顾西琛正在套衣服，他走到书桌前面，拿起烫伤药向林意示意。

"这事以后可能得靠你了。"

林意走到他身后，掀起他腰侧的衣服："有没有棉签？"

"没有。"

"那我去取。"

顾西琛拽住她："不用了，直接涂吧。"

林意用手指来涂抹药膏，冰凉凉的手指触碰在火热斑驳的肌肤上，引起战栗。

"你最近老是夜探我的房间，是不是对我图谋不轨？"顾西琛存心转移注意力，故意逗林意。

什么叫夜探？

还图谋不轨，用的都是什么词？

药涂好了，林意气鼓鼓地放下药膏。顾西琛拽住她，她手指上还有药膏残留的黏糊触感，他喊她："小意，你别生气。"

多少年没有喊过这个称呼了。

林意模糊到已经记不清了。

他这样喊她，让她心跳如雷。

有些东西，在跨过地域和时间后，终于全部回来了。

申盈盈打来电话问林意什么时候回来。

"我已经回来了。"林意把电话夹在耳朵和肩膀之间，手上的画笔勾勒线条。

漫天的大火中，一个挺拔的男人抱着孩子。

林意有点恍惚。

"回来了不知道打个电话给我。"申盈盈先是抱怨，随后又说，"这次公司旅行，袁主编缺席了。"

林意从恍惚中回神："怎么回事，不是说袁主编是这次旅行的策划者吗？他怎么可能没去呢？"

"对呀，我也纳闷呢。"申盈盈吧啦吧啦地讲，"集合那天，袁主编就不在，公司里很多人在议论。"

"议论什么？"林意问。

申盈盈说："议论袁主编提议旅游的事情呗，结果自己还缺席了。"她说完还"啧啧"两下。

林意突然想到放假前和袁景在办公室的最后一次见面，他的语气和状态都和之前的严厉截然不同。

她都快不认识他了。

"算啦算啦，咱们不说这个了。"申盈盈话锋一转，"你这次出去有没有什么艳遇啊？"

申盈盈语气很贼，她甚至能想到申盈盈在那边搓着小手非常期待听着自己的"艳遇"经历。

林意心里一紧。

艳遇啊……

她瞅着画里的顾西琛，心想，这算不算她的艳遇？

林意的沉默让申盈盈嗅到了一丝不对劲——

"你是不是有情况？如实招来。"

她没了继续画画的心思，细长的手指不自觉地抠着电绘笔上的花纹，小心翼翼地说："我想问你个问题。"

这下申盈盈来了兴致，让她赶快问。

林意思考了一下。

"如果你以前喜欢过一个人，但是后来不喜欢了。"林意抿了抿唇，接着说，"可是现在好像又喜欢了，你觉得正常吗？"

申盈盈叹了口气，林意有点小紧张。

"那你是怎么知道中途不喜欢他了呢？"

"就是分开挺长时间的呗。"

"那为什么重新喜欢呢？"

林意回答不出来。

"你是傻子吗？"申盈盈直戳要害，"这就说明是一直在喜欢啊。"

有句话怎么说来着？

一语惊醒梦中人。

林意瞬间觉得所有的思路和脑回路全部顺畅了。

"那人是谁啊？"申盈盈追问。

林意打着马虎眼："没谁。"

"你少来。"申盈盈不信。

申盈盈很了解林意，如果不是自己的事情，她是不会这么上心去问的。

"你该不是遇见陈泽了吧。"申盈盈大胆做出假设。

俩人以前交心聊天的时候，林意和申盈盈说过自己的恋爱史。

"你还喜欢他啊？"申盈盈劝说，"姐妹，你清醒点。"

画漫画的脑洞果然就是大。

陈泽对于她来说好似上辈子的事情了。

注定无缘，何必惦念。

"你想到哪儿去了？"林意无语，"好啦好啦，我不和你聊了，我赶画稿呢。"说完就挂了电话。

视线再次回到画中的顾西琛，林意因为那句"一直喜欢"，内心久久不能平静。

吃饭的时候，顾西琛不在。公安局接到一个聚众赌博的案子，顾西琛接到汪民的电话后第一时间归队了。

林意有点担心顾西琛身上的伤，不知道他有没有按时擦药。

她想起那天晚上他说擦药的事情要靠她了，不知不觉，耳朵有点烧。

"有没有什么想吃的，姜姨明天给你做？"姜淑收拾碗筷的时候顺便问了一句。

林意眼睛一转："我一会儿告诉您行吗？"

姜淑笑说："想吃什么直接说就好了。"

"您等我一下。"

姜淑在后面摇头："这孩子。"

林意赶紧回了房间，打开电脑，在百度上搜索关键词"吃什么有助于烫伤快速恢复"。

百度上面很多回答都是建议吃一些清淡的，易于消化的，没有给出具体的食物。

林意继续浏览网页，目光在一个回答上停留。

"建议吃花生大枣猪蹄汤，猪皮可以有助于皮肤更好地恢复，因为里面含有胶原蛋白。另外楼主附上花生大枣猪蹄汤的制作方法。"

她往下拉网页，后面就是食谱。

林意翻来翻去，还是觉得这个最靠谱。

她跑下楼去，姜淑正在收拾厨房。

"姜姨，明天您能做一个猪蹄汤吗？"

"好呀，但是家里没有猪蹄，明天我要去超市买。"姜淑放下抹布，"怎么突然想喝猪蹄汤了，你不是不爱喝汤的吗？"

林意挠挠下巴，正色道："姜姨，你有没有发现我的皮肤越来越不好了。"

姜淑凑近瞅了瞅："嗯，气色是不怎么好，女人上了二十五岁就容易衰老，不要总是熬夜画画了。"

"对呀，猪蹄汤美容养颜，所以就想喝了。"林意笑嘻嘻道。

姜淑笑了笑："鬼灵精。"

林意直接和姜淑说做个猪蹄汤就行，至于网上说的花生、大枣什么的她没说，她能想象到顾西琛看到猪蹄还是能接受的，至于花生、大枣，他会爆炸吧。

林意想到这里，在床上翻来覆去地滚着乐。

第二天，姜淑早早就去超市买了猪蹄，先是用高压锅把猪蹄炖烂，然后又放在砂锅里用小火慢慢地炖。

林意在楼上都闻到了香味。

　　姜淑来敲她房门，林意放下画笔。

　　"姜姨出去一趟，汤在锅里炖着呢。"姜淑嘱咐，"再过半个小时关火就行。"

　　林意说知道了，姜淑就出门了。

　　砂锅在炉盘上咕嘟咕嘟地冒着热气。

　　林意在思索，这汤要什么时候送过去合适。犹豫了一下，她决定还是先打电话问问吧。

　　她琢磨着上次送饭好像也是这个时间，顾西琛应该在休息了。

　　电话一直是通的，但是没人接，就在林意要挂掉的时候，电话被人接了。

　　"小意，怎么了？"这阔别多年的称呼，她一时还真没习惯。

　　"你忙不忙？"林意试探着问。

　　电话那头传来吵闹的声音。

　　"你要是忙的话……"

　　顾西琛打断她的话："不忙。"只是有点累而已。

　　"我能不能过去找你？"

　　"嗯，我在办公室等你。"他提醒，"是二楼那间。"

　　林意撇嘴："我知道。"她又不是没去过。

　　挂断电话，她把汤装进保温桶。快出门的时候，她顺手拿了烫伤膏药，便往城北赶去。

　　顾西琛趴在桌子上睡着了，江涛刚想起身，林意却将手指放在唇上做了一个噤声的动作。

　　她蹑手蹑脚地走过去，把保温桶放在桌脚。

　　顾西琛侧身趴着，额前的碎发有点挡住了眼睛，他好像很久都没有理发了。

　　在她的印象里，顾西琛一直都是棱角分明小寸头，特别精神。

　　江涛不知道出去干吗了，林意转到顾西琛身后，大着胆子掀开了他后腰处的衣服，烫伤的皮肤还是鲜红色，不过水泡已经瘪下去很多了。

“你现在胆子真是越来越大了。”慵懒中带有一丝沙哑的声音从头顶传来。

林意顿时心跳得极快。

她没敢抬眼：“我就是看看你的伤。”

顾西琛漫不经心地调笑：“现在都已经直接脱我衣服了？”

为什么事情经过他的嘴里一加工，就全变味了。

林意噘嘴不理他。

他一声轻笑：“不逗你了，怎么突然过来找我？”

林意像献宝一样把保温桶打开，乳白的汤汁，扑鼻而来的香味。

“我妈什么时候做这玩意儿了？”顾西琛挑着眉毛。

“你为什么不猜是我做的？”

顾西琛伸下懒腰：“我记得你只会做西红柿鸡蛋汤。”

林意撇嘴哼了一声。

“但是我知道是你的主意。”顾西琛揉着林意的头把话说全。

“你一会儿有事吗？”

“没事，一会儿咱们回家。”顾西琛将勺子放在林意的唇边。

林意很自然地抿了一口：“一会儿我陪你去理发店吧。”她伸手捏起他额前的头发，“太长了。”

“好。”

理发店内。

理发的小哥个个都顶着五颜六色的头发在店里走来走去。

“美女要理发吗？”理发小哥跟林意打招呼。

林意看向旁边的顾西琛。

理发小哥察言观色：“是帅哥要理发吗？”指着门口的空位置，“来，这边坐。”

顾西琛脱了外套，林意帮他拿着，然后静静地坐在后面的沙发椅上，透过前方的玻璃镜正好可以和顾西琛四目相对。

林意没来由地有点紧张。

"帅哥剪个什么头型？"理发小哥甩开布围在顾西琛身上，"我们店现在有烫染套餐优惠。"

"不用那么麻烦。"顾西琛冷声打断，"剪短就行，她不喜欢。"

那个"她"让林意更紧张了。

那是有些遥远的记忆了。

当时还在上高中，学校严令禁止男生留过长的头发，林意在放学的路上谈论起这个事。

"男生还是短发精神。"她说出自己的言论。

"你们女孩子不都喜欢韩剧欧巴那样有刘海吗？"顾西琛打量走在自己边上的林意。

她穿着白色夏季校服，像一阵清凉的风，马尾吊着，露出饱满的额头，街边的路灯在她身上打出温润的光。

"不是所有的女生都喜欢那样的，起码我不喜欢。"林意反驳。

第二天，顾西琛剪了寸头。

第六章
和你在一起的优势

国庆正式收假。

林意上班的第一天就被袁景叫进了办公室。

"第一期的内容已经上架了，反响还不错。"袁景敲打着键盘，"你昨天发我邮箱的章节画面感很足，看样子你这次出去旅行收获了不少灵感。"

昨天那章漫画的内容是在古城顾西琛救孩子的画面。

林意点点头："还行。"

"有没有有趣的事情可以分享一下？"袁景好整以暇地看着林意。

林意想，有趣的事没有，心事倒是有一堆。

袁景看林意一直没说话，于是也不再问。

"没什么事情了，你先出去吧。"袁景说，"有问题我会及时找你沟通的。"

林意起身出了主编室。

袁景靠在皮质转椅上叹了口气。

"喂，你新漫画真的不错啊，尤其是最新一章。"申盈盈凑过来夸她，"你是怎么想到起火的情节的，还有妹妹给哥哥擦药的那股暧昧劲啊，隔着屏幕都能感受得到。"

林意抬眼，耳朵又烧了。

"你怎么看到的？"

"袁主编把章节放在原创部的群里面了，让我们写试读建议。"

林意打开群，自己的画稿真的在群文件里面。

"你算是真开窍了。"申盈盈贼兮兮地凑得更近了一点，靠近林意的耳朵，"和哥哥谈恋爱的感觉怎么样？"

林意瞪大了眼睛："你怎么知道的？"

申盈盈头头是道地分析："你出去旅个行回来，就向我做情感咨询，你参加的是家庭旅行，除了西琛哥我真想不到有第二个人能让你魂不守舍。"她敲了敲桌子问，"你俩是不是在一起了？"

"没有。"

申盈盈皱眉："不应该啊，西琛哥看你的眼神根本就不是看妹妹的眼神，要说他对你没心思，打死我都不相信。"

"上次你不还因为他接我下班而感到失望来着，那时候你也没说你看出啥来了。"

"那时候我是看不出你。"申盈盈强调她的观点，"西琛哥对你可能有意思我早就看出点端倪了，但重点是你这我确实没看出来。你对待感情太不敏感了，要不是这次你打电话给我，让我给听出来，到现在我还不知道原来你也是存着色心呢。"

林意白了她一眼，什么叫色心？

申盈盈对这种事情的用词永远都带着一股暧昧劲。

"你俩真的没在一起？"她又问了一遍。

林意抬眼回答："他没说喜欢我,我也没说,但是我们俩现在相处方式的确和以前不太一样。"

"怎么个不一样?"申盈盈问。

"就是不一样呗。"林意被追问得耳朵根都红了,心跳已经不是以前的频率了。

"有没有什么亲密接触?"

她想到那天晚上和顾西琛睡在一个房间里。第二天醒来,一睁眼就看到那张俊朗的脸,他的轮廓像是被朝阳镀上金色的边,让她的心跳如擂鼓般。

这是她曾经喜欢的人,只要是他,她就愿意跟着走。

这是她现在依旧喜欢的人,因为是他,所以念念不忘。

"就是……睡在……"林意扭捏着。

"睡了。"申盈盈大惊,"你俩要不要进展这么快,还没缓冲就直接高潮了?"

林意窘:"你想到哪儿去了。"她解释,"就是他受伤那天,我在他房间里睡了一觉。"

"哦哦。"申盈盈摸摸下巴,"所以说,西琛哥是真的受伤了。"

林意更窘,申盈盈的侧重点转变太快,没人能跟得上。

申盈盈给她出招:"有的时候女孩子也要主动点,不能等着男人来追。"

"那我怎样算主动?"她还真起了心思。

"就是试探拉个手,或者往旁边靠靠,最猛的就是直接告白。"

林意还在寻思申盈盈给她的建议。

"哎,今天晚上原创部要聚餐吗?"申盈盈看着电脑挠挠下巴,"怎么之前没听张艳说呢?"

林意也看了一眼群消息。

果然有一条消息。

袁主编:今晚原创部聚餐,大家务必出席。

下班的时候，林意接到顾西琛的电话。

"下班了吗？"声线依旧沉稳。

林意淡淡地回应说"下了"。

"晚上局里有个聚餐，你没事过来陪我吧。"

林意刚想兴奋地说"好"，便想起了那句"务必出席"，立马蔫了。

"晚上部门也有聚餐，主编严令要出席。"林意小声说。

"好吧。"顾西琛的声音有点冷，"那吃完给我电话，我来接你。"

林意答应着，挂了电话，心情瞬间有点低落。

原创部一共六个人，两男四女。申盈盈挽着林意的胳膊，冷风过境，瑟瑟发抖。

"主编，聚餐吃什么？"其中一个人问。

"主编请客，吃什么都行吗？"

"吃泰国菜吧，最近有个泰国餐厅新开业，还有优惠。"

大家七嘴八舌地讨论。

袁景看向林意这边："你们俩想吃什么？"

申盈盈皱着脸："主编定吧，我现在只想赶快走，实在太冷了。"

林意攥紧挎包带，心想，顾西琛每次聚餐都跑大排档，现在是初冬，大排档就那么几家，估计能碰见。

"大排档烧烤行吗？"林意提议。

袁景点点头。

"我知道有一家超级好吃的店，我们可以去那儿。"男同事提议。

大家都赞同，于是决定去大排档。

冬天是大排档的淡季，不像夏季的时候，店家都会把桌子排列在路边的街道上，烧烤的迷雾带着孜然辣椒酱的味道翻滚在空气中。

几个人推门进入店铺里面,选择了一个靠墙的位置,然后把两张桌子拼在了一起。

大家在点餐,林意一个劲地往门口看。

袁景把菜单递到她前面:"你想吃什么?"

林意收回目光,看着菜单。

门口传来开门时玻璃碰撞的声音,林意下意识地抬头,几个身穿便服的高大男人进了屋,都是她熟悉的面孔。

顾西琛走在后面,被江涛和汪民夹着,还是一如既往的黑色夹克衫,精神清爽的寸发,还是那天她陪他剪的。

"哥,是林意。"江涛先发现她的。

同事也闻声看过去,袁景也看向那伙人。

林意和大家打了声招呼:"你们先点餐,我过去一下。"

留下惊叹的所有人,只有申盈盈咬着筷子贼兮兮地笑。

林意白了她一眼,往顾西琛那边走过去。

他们人多,需要三个桌子拼在一起才能坐下,林意坐在顾西琛的旁边。

"不是说聚餐?"公司聚餐很难会跑到这种地方吧。

"对呀,聚餐又能陪你,一举两得。"也许是申盈盈的话起了作用,林意今天说话特别大胆。

顾西琛心里一动,摸了摸她的头,嗤笑:"鬼灵精。"

林意嘻嘻地笑。

"小丫头也聚餐啊。"汪民瞅了一眼靠墙的那帮人,话锋一转,点了根烟笑嘻嘻地说,"我听局里的同事说,最近你往我们那边跑得挺勤啊。"

林意用笑来应对。

"西琛在局里可老实了,局里的小姑娘他瞅都不瞅一眼。"汪民打趣道。

林意抿嘴,还是没说话。

"头儿。"顾西琛叫了一声。

"不逗了，大家点菜吧。"汪民吐了口烟，轻笑一声。

一群人开始谈论吃啥。

"一会儿回家吗？"

"你送我啊？"林意反问。

顾西琛也点了根烟："我不送你谁送你。"

林意心里甜着呢。

"去吧，一会儿一起走。"

林意笑着答应。

距离十米处的另一桌人已经开始吃上了。

"那人是谁啊？"一个同事问。

"我上次好像看到他来接林意下班的，还是一辆吉普车。"

"是不是男朋友啊？"

大家谈论着，只有申盈盈啃着鸡翅抿嘴笑。

"你知道吗？"有人问申盈盈。

她放下鸡翅，又撒了点辣椒粉。

"别卖关子，知道就告诉我们吧。"同事捅着申盈盈的胳膊肘。

"不是男朋友，是比男朋友更亲密的人。"申盈盈悠悠地说。

比男朋友更亲密的人，大家在咀嚼这句话的意思。

还有什么人能比男朋友更亲密呢？

"林意已经结婚了？"同事大惊，接着说，"这年头不就流行隐婚吗？"

比男朋友更亲密的人不就是老公了吗？果然漫画工作者没有脑洞是不行的。

一旁坐着的男人眉头紧皱，冷面如霜，看着对面相视而笑的男女，他心里对那个男人的身份有了答案。

两桌几乎是同时散场的，林意打了声招呼就跟顾西琛走了。

回家的路上。

"那个人是谁？"顾西琛冷不丁问了一句。

林意还没反应过来，转过头看他："谁呀？"

"就是你旁边那个。"

她回想了一下，她身边坐的是袁主编。

"是我工作室的主编。"林意忍不住皱着小脸接着说，"就是我之前和你说过的，总是毙掉我漫画提案的那个。"

闻言，顾西琛修长的手指敲了敲方向盘，像是思考什么，然后直接跳跃话题："前两天我还是挺忙的，局子里有个聚众赌博的案子。"

一说到案子，林意立刻被带走了思路："案子进展怎么样？"

顾西琛打着方向盘漫不经心地说："一伙人窝在据点赌博，领头的人是当地的地皮蛇，为人很狡猾，我们蹲了好几天才抓到他，正好直接把据点给全部封了，所有人今儿早才送往监狱。"

林意听得认真，思索着，这可以成为漫画新章节的内容。

顾西琛微微侧头，余光打量着认真思考的女人，勾唇而笑。

到家的时候，姜淑和顾名都睡了。

林意简单收拾了一下，便在房间里画画。

她设计了一个画面，男主躲在面包车里望向窗外，前方是一个身上有文身的男人。

她勾着男主的脸部线条，硬挺的鼻子，轻薄的嘴唇，她一直顺着线条勾勒，修长的脖颈，上下滚动的喉结，因为是特写画面，所有的画面都在她的脑海中无限放大，每一幕细微的细节在她眼里都成为活色生香的撩人画面。

明明是寒冬腊月，她竟然觉得有点热。

停下笔，她准备去洗把脸，她觉得自己越来越变态了，对顾西琛想入非非的念头在逐渐加深。

大把大把的凉水扑在脸上，林意抬头看到镜子里的自己，面色微微红润，眼里氤氲着水汽，水珠在侧耳的头发上滑落。

那是动情的样子。

再这么下去，她是不是该流鼻血了。

真是没出息啊！

"你在做什么？"身后传来漫不经心的询问。

林意心头一紧，赶紧回头。

"大晚上不睡觉，玩水呢？"

"我哪有？"她小声辩驳。

顾西琛走近些，用指尖探了探她的额头。

修长的手指，骨节凸出的手背，林意又心猿意马了，喜欢一个人就是不管看着他的什么地方，都会心动吧。

"是不是吃了烧烤，肚子不舒服。"顾西琛轻声问，"还有点热。"

林意在心里咆哮：我热不是因为烧烤，是因为你呀，因为你。

"我去拿体温计。"

"不用了。"林意拉着他的手，轻轻摩擦着他的手指，不停地在他手上画圈圈。

她有些不自然地问："你后面的伤还好吗？"

"没事了。"

"我想看看。"

"怎么着，又想脱我衣服？"顾西琛笑。

本来话就有点暧昧，被他一笑，卫生间的空气都烧得慌。

"别看了，就是留块疤，不好看。"顾西琛劝说，用指腹摸一下林意的眼睛，"时间不早了，赶紧睡吧，不然该有黑眼圈了。我可不想和一个国宝朝夕相对。"

"国宝怎么了，稀有动物，你还不喜欢。"林意白了他一眼。

顾西琛一脸认真："我是不喜欢国宝，可是我喜欢你。"

轻飘飘的一句话，让林意落荒而逃，躲在房间里靠着门背大口大口地喘气。

这是她过的最热的冬天，脑袋里全是顾西琛。

这个带有心跳和灼热的夜里，林意终究还是没有睡着。

另一边，精装的公寓里，落地窗被掩盖了一层黑色的神秘面纱，电脑屏幕在漆黑的房间折射出清冷的光，男人在办公桌前眉头紧锁，手指飞速地滑动鼠标。

屏幕上是一幅又一幅的漫画，内容是女主去公安局给男主送饭、一起旅行时女主与男主在大火前相拥等画面。

这一幕幕看过去，袁景的眉头拧成了"川"字。

画面里的男主总是穿着黑色的夹克衫，与今天在大排档见到的那个男人不谋而合。仔细观察可以发现，男人的眉眼都与漫画里的男主极其相似，仿佛就是同一个人。

不，应该就是同一个。

袁景证实了心里的猜测，眉头更加紧锁了。

第二天早上，林意刚进办公室，就被几个女同事给围住了。

"昨天吃饭的帅哥是谁啊？"

"申盈盈说是你很亲密的人，难道你真的结婚了？"

"结婚都不和我们说，你实在太不够意思了。"

"你老公是做什么的？"

……

林意无奈，这都什么跟什么啊？

林意看向申盈盈，后者无所谓地耸耸肩，那意思好像在说：我可什么都没说，是她们想象力太丰富了。

林意无语，果然办公室是没有秘密的。

她举起手做投降状："各位，各位，不要问了，那是我哥。"

轰乱的场面一下子安静下来了。

"你哥哥？"

林意点头。

"以前怎么没听你说起过？"

林意苦笑，自己是来上班的，没事老提什么哥哥干吗。

其中一个同事兴奋地说："你哥长得好帅啊，有没有女朋友，没有给我介绍一下呗。"

林意不知道怎么回答。

她思索着，昨天顾西琛说喜欢自己，那算不算交往了呢？

申盈盈过来打圆场："工作了，大家都别八卦了，小心袁主编一会儿出来。"

一提袁景，大家都散去了。

林意按着胸口，吐出一口气。

申盈盈笑嘻嘻地说："你这情敌可真不少。"

林意抬眼看她，申盈盈接着说："你别看西琛哥打扮得跟个糙汉一样，但骨子里的帅气还是无法掩盖，何况现在女孩子的审美越来越不正常了，精致的男人都不爱，就喜欢有点个性的糙汉大叔。"

林意撇嘴，顾西琛才不是大叔呢，他可比大叔年轻多了。

"你可得抓紧点，别一个不小心，西琛哥真的给你领回个嫂子，那时你可别找我哭鼻子。"

林意没接茬，申盈盈捅了她一下："想什么呢？"

林意抠着自己的手指甲，小声嘟囔："有人跟你说喜欢你，两个人算不算交往了？"

"西琛哥说喜欢你了？"申盈盈一下子就抓住重点，有点惊讶。

林意小声"嗯"了一声。

"那你答应了没？"

她答应了吗？她昨天晚上太慌张了，什么话也没说就跑了。

申盈盈叹气道："那就不好说了。"

啊？林意有点着急了："为什么不好说？"

"你要是答应了，基本就属于在交往了，可是你跑了，那完全有可能当作没说过。"申盈盈解释。

"你不是说能看出顾西琛喜欢我吗？"林意有点委屈，她怎么就跑了呢。

"我看得也不一定就准啊。"申盈盈说，"感情本来就是说变就变的。"

能把这人给带走吗？

这才过多久啊，说过的话就完全变了一个样。

林意沮丧。

申盈盈劝道："为了防止有牛鬼蛇神惦记西琛哥，你得看紧点。"

看林意趴在桌子上不说话，她又说："你跟别人比有两个先天优势。"

林意眼睛亮了："什么先天优势？"

"第一，你和西琛哥是青梅竹马，你知道有多少言情小说里面的女配都打不过青梅竹马这个官配吗？"申盈盈又竖起两根手指，"第二个就是近水楼台，天天住在一个房子里，想没有花火都难，袁湘琴要不是和男神住在一起，怎么可能抱得男神归。"

听起来还是挺有道理的。

"好了，赶紧工作吧，一会儿被袁主编发现就真的惨了。"

"袁主编请假了。"张艳踩着高跟鞋过来了，对申盈盈说，"明儿周末，百货商场有折扣，要不要约一个？"

申盈盈打了一个 OK 的手势，张艳又问林意去不去。

林意摇摇手，这种活动不适合她。

"袁主编是出了名的工作狂，怎么突然会请假呢？"申盈盈不解。

张艳翻手里的两页纸："不知道。"她把纸递给申盈盈，"过一段时间，武汉有个室内漫画展，这是资料，你们看看有没有兴趣？"

申盈盈接过资料，扫了一眼参与者名单："这么好的事情，怎么没有人参与呢？"

张艳叹口气："因为是周末出差啊，没有人愿意去。"

申盈盈摇摇头："那我也不想去。"

林意也说自己不愿意去，她可不想这么短的时间内连坐两次飞机。上一次躲在顾西琛怀里的场景还历历在目，这次没有他，怎么可能熬过那漫长的几个小时。

张艳走后，申盈盈继续八卦袁景："林意，你说袁魔鬼怎么突然请假了。"

林意不太关心，手里的笔就没怎么停过。

申盈盈突然说："我觉得他们俩应该亲一个了。"

"啥？"林意被这句话刺激到了，"你说谁俩？"

"他们俩呗。"申盈盈分析，"这抱也抱了，衣服也脱了，都在一个床上睡过了，竟然还没亲过，你是想让看你漫画的粉丝急死吗？"

闻言，林意耳朵都红了，可是自己和顾西琛还没有亲过啊，所以当然想不到那儿去。

申盈盈说完就跑了，留下林意自己一个人看着屏幕，脸红。

周末，林意本想约顾西琛的，但是他最近又是忙到不回家，索性连电话都没打。

她在房间画画，突然接到顾西琛打回来的电话。

他打的是座机，林意是在二楼的走廊接的。

"还没睡？"声音明显有点疲惫。

"嗯。"林意应着，"姜姨他们都睡了。"

"这两天局子里的事情比较多，最近先不回家了。"

林意听着他的声音透过声筒显得格外无力，忍不住有点心疼。

"你也早点睡，不要熬夜画画了。"他交代着，"没事我就先挂了。"

"哥。"她叫他，"早点回家，我等你。"

他"嗯"了一声便挂掉了电话。

　　他一直都很辛苦，但是林意今天才彻彻底底心疼他的辛苦。在这个寂静的二楼走廊上，林意对着顾西琛卧室紧闭的门看了许久，她多希望，门推开，就可以看到他坐在书桌前。

　　在这个夜晚，她格外想他。

独宠小青梅
duchong
xiaoqingmei

第七章
从漫画走到我身边

公安局的小陈最近迷上了网漫，只要一休息，她就会打开网站，去看最新的更新。

"哎，今天怎么没更新。"小陈啃着刚买的鸡蛋灌饼，含糊地说。

刚来实习的文职小姑娘探过头问："陈姐，你最近在看什么啊？"

"一个网站连载的漫画。"小陈特别开心地推荐给她，"特别好看，女主父母双亡，从小被男主给收养了，她自己还是画画的，把哥哥当男主角画进去了，有点戏中戏的意思。"

小姑娘听得也了起了兴趣："叫什么名字，我也看看。"

小陈咽下一口食物，嘻嘻一笑："《家有警察》"随后又评价，"这名字听起来就是少女言情漫画。"

小姑娘被带起了兴趣，也点进网站开始看，两人一边看一边谈论剧情。

顾西琛和汪民从一楼的审讯室出来。

连日不休息，顾西琛整个人的精神有点不太好。

"这案子算是彻底收尾了。"

"头儿，上一次漏查一个赌博窝点，是我的失职。"顾西琛垂着眉眼。

汪民拍拍顾西琛的肩膀："这不全是你的错，大家都是一个队的，出了差错，大家都有责任。不过你作为小队长，还是要注意一点。"

顾西琛答应。

"停职一个星期是上面给你这次的处分。"汪民说，"你可以趁此机会休息一下，自从你来到这儿之后，好像还没好好休过假，上次国庆还提前归队了。"

顾西琛点头说是。

"哎呀，这个太帅了。"小姑娘叽叽喳喳赞赏，"陈姐，这个男主太帅了，从火里出来的那一刻，还有女主抱住他的时候，太酥了。"

小陈笑着应和。

"你们俩干什么呢？"汪民问。

小陈说："领导，你看不看漫画，最近有个漫画超好看。"

汪民笑着摇摇手："这都是给小姑娘看的玩意，我一个大老爷们可不感兴趣。"

"啊。"小姑娘叫了一下。

"怎么了？"小陈问。

"西琛哥和这个漫画的男主好像啊。"小姑娘指着顾西琛，又看了一眼屏幕，"连穿着都好相似。"

汪民起了兴致，走过去看看："我看看，能有多像啊。"

顾西琛心里有了点盘算。

"还别说。"汪民笑着感慨，"真的挺像啊，西琛，你小子都长得像漫画人物了。"

顾西琛凑过去看电脑，屏幕上正好是男主从火里抱着小孩走出来的一幕，依照自己为模版的漫画人物进入眼帘，瞬间扫清了他所有的疲惫。

那是她画出来的他。

这几天忙得昏天黑地，最后一次通电话还是一个星期之前，她说让他早点回家。

小陈也跟着附和："你这么说还真是，以前没太仔细看，现在这么一瞅，好像西琛就是画里的男主角。"

顾西琛扯着嘴角，不自觉地想笑，心想着，这丫头要不要画得这么神似？

"这作者和你也算有缘分啊，明明不认识还画得这么像你。"小陈说。

不仅仅是有缘分那么简单。

"这些画漫画的脑洞都大，有这样的巧合，并不奇怪。"

他什么都知道，却还要难为他在同事面前装无知。

"我先走了。"顾西琛说，"头儿，回头停职令时间一到，我立刻归队。"

汪民拍拍他的肩膀："去吧。"

小陈和小姑娘还在谈论漫画，汪民回了办公室。

顾西琛这次没有走国道，在十字路口等红灯时，他手指敲打方向盘，若有所思。

绿灯起，他踩动油门，往回家相反的方向打了方向盘，那是写字楼的方向。

有一种迫切的心情随着心里的欲望瞬间开成了花。

他想见她。

天空有些阴，高大的银色建筑顺着直线插入天际，就像东海龙宫的定海神针。

十二月份的天气，轻轻呼吸，便可以看见浓浓的水汽。街边的树只剩下光秃秃的枝干，树的主干被包上了好几层的塑料布，像穿了衣服站在路边。

顾西琛把车停在老位置，他穿了一件棉质的夹克，靠在树边静静地抽烟，他很疲惫，需要用这样的方式给自己提神。

写字楼正门出来几个人，林意穿着长款过膝的羽绒服，没有帽子，腰部是收紧的，即使是厚重的衣服，也展现了身体具有弧度的流畅曲线。膝盖以下的小腿露在衣服外面，黑色紧身的长裤显得小腿又瘦又长。

她从小就瘦，就像一根小豆芽菜一样，总是跟在顾西琛后面转悠。长大后还是很瘦，只不过该长的地方好像还是长了。

"你哥在对面呢。"一个眼尖的同事先认出了顾西琛。

林意顺着同事指过去的方向看，因为有点距离，她看不清面貌，但那莫名的熟悉感依旧让她认了出来。不过，她很怀疑同事是怎么认出来的，明明只见过一次，难道顾西琛真有那么大魅力？

哼，申盈盈说得对，她真的需要看紧点才行。

"把你哥拉过来认识认识啊，上次都没机会打招呼。"同事提议。

"对啊，对啊。"

跟着附和的全是小姑娘。

顾西琛那边已经掐了烟，向这边走过来了。

林意一咬牙，急忙撒了个小谎："我先走了，刚才家里还打电话催我和我哥回家吃饭呢。"

申盈盈在一旁幸灾乐祸地笑，认识林意这么久了，她一向以冷静自持，就算面对袁景给的工作压力顶多也就是背着吐槽两句，这还是第一次看见她为什么急得跳了脚。

"回头见哈。"林意无视申盈盈的幸灾乐祸，连忙打了声招呼，小跑走了。

林意跑到顾西琛的身边，没等他反应过来，就直接拽着他的胳膊往停车的方向走去。

"怎么了这是？"顾西琛懒懒地笑。

"没事。"林意有点赌气。她总算有了点危机感，毕竟顾西琛还是很招女人喜欢的。

好多天不见，顾西琛好像变了个样儿。林意盯着他看，头发有点毛躁，下巴上的胡楂也重了很多，整个人显得疲惫又颓废。

她看着心疼。

"我开车。"林意伸手向他讨钥匙。

"没事，我能开。"

"我可不想出车祸。"林意强调，"你最好还是听我的。"

她固执的样子很可爱，眼睛的光随着她眨眼一闪一闪的，顾西琛舔了一下唇，没动。

林意看他不动，直接伸进他上衣的兜里去掏钥匙，左摸一下，右摸一下。她手指柔软的触感通过棉质的材料抵达到了皮肤，顾西琛微不可察地抖了一下。

没有？林意手要往裤兜去伸，顾西琛下一瞬抓住了她的手。

这双小手太不老实，他得抓牢了。

"给你。"顾西琛拉过她的手腕，把车钥匙放进她手里。

林意攥紧车钥匙，然后打开副驾驶那边的门，装模作样地说："请进。"

顾西琛勾着唇，掩盖不住笑意，上了车。

林意高考之后在家的那段时间闲得无聊，就和顾西琛一起考了驾照，虽然她开车的技术不算十分熟练，但正常行驶还是没有问题的。

但是她一般开的都是轿车，吉普还真是头一回。

车底盘太高，林意坐上驾驶座有种指点江山的错觉，明明都是一样的操作设施，但是怎么看怎么觉得不对劲。

这挡要往哪个方向挂？油门在底下吧？转向灯的开关是在方向盘底下吧？

林意脑子里瞬间出现十万个关于车的问题。

"别紧张，就和你之前开过的一样。"顾西琛提醒她，"直接挂挡，踩油门走就行。"

林意点头，照着顾西琛说的做。

这一路开得极其稳当，车速也是顾西琛有史以来坐过最慢的，车里又开了空调，缓慢的速度和温暖的温度让他慢慢地、慢慢地阖上了双眼。

明明是半个小时的路程，林意硬是开了一个小时。车停好了，林意侧过头便看见顾西琛熟睡的侧脸，温润沉稳的呼吸声在狭小的空间内显得特别清晰。

林意仔细地看，顾西琛两鬓的头发极短，耳朵的轮廓全部露了出来，微皱的眉心，硬挺的鼻子像连绵不绝的小山峰，再往下看是紧闭的薄唇。

林意觉得自己有点紧张，身上也开始微微发烫。她没忍住，手指向顾西琛的脸探去，触感不怎么好，有些皱皱的，她猜他肯定好几天没洗脸了。

手被抓住，林意心里一紧，顾西琛眼睛没有睁开，声音嘶哑又慵懒地问："到了？"

林意手用了点力往回抽，没抽出来，这人睡觉力气还这么大。

"到了。"

顾西琛一只手还抓着她，另一只手揉揉脖子，睁开双眼。

"下车吧。"这一次她抽回了手。

下车后，林意锁了车门，顾西琛点了一根烟提神。因为刚睡醒，眼睛里面布满了血丝，那是疲惫的证明。

"最近是不是很累？"林意忍不住关心。

夜幕早已经落下，只有小区的路灯发出微亮的橘黄色灯光，月光洒在回家的街道上，营造出一种静谧的氛围。

"嗯，最近会休息几天。"他又说，"这样你就可以天天见到我了。"

零下二十摄氏度的气温，林意硬生生被这句话弄得全身都热。

"我还要上班呢，谁要天天见你啊。"她小声嘀咕。

哼，谁想天天见到你了，臭美。

顾西琛瞅着她不好意思的样子勾唇笑："那我就天天接你下班。"

林意更热了，这个话题不能再继续了，她可不想自己在寒冬腊月变成燃烧的木炭。

顾西琛抽完了烟，林意急躁地推着他上楼。

姜淑在捣鼓晚饭，顾名在沙发上喝茶，上了年纪的男人都喜欢这项活动。林意低头想象了一下以后顾西琛坐在沙发喝茶的样子。

嗯，还是很帅。

"你们俩今天怎么一起回家的？"姜淑抱怨，"你不是天天都不着家的吗？"

顾西琛笑着赔罪："妈，我这不是回来了吗？"

他接着说："我去公司接的小意，所以一起回来了。"

姜淑脾气软，性格好，只要简单三言两语哄着，就什么都好了。

"赶紧吃饭吧。"姜淑催促。

吃完了饭，姜淑和顾名回房间休息，林意和顾西琛也上了二楼。

顾西琛直接就要推开卧室房门，林意拉住了他。

"怎么了？"他转头挑眉问。

"你还没洗呢？"

"不洗了。"他打算进屋，林意却拉住不放手。

林意看着他，倔强道："不行，最起码你要洗个脸刮过胡子吧，你瞧瞧都多长了。"

她伸手去摸顾西琛下巴上的胡楂。

扎手。

"走,我帮你刮。"林意拉着他就进了卫生间。

顾西琛没拒绝,享受她的支配。

卫生间里,林意先是用水冲了一下刀片,然后在顾西琛的下巴上打了一堆泡沫。她紧盯着,手拿着刀片从最边缘开始往里面刮,每刮一下,她就用毛巾把刀片上面的脏东西给擦干净。

动作熟练,如此反复。

林意刮得认真,完全没有感受到顾西琛身体的变化。

两人站得很近,林意的小脑袋就在他的下巴下面,洗发水的香气一个劲地往他的鼻子里面钻。林意也闻到他身上淡淡的烟草气味,卫生间的空间狭小,暖色灯光照映,一室暧昧的气流浮动。

忘记了他们俩是谁后进的洗手间了,玻璃拉门紧闭着,与外面的空间做了一个隔断,这一方小天地,只有他们俩。

顾西琛紧张地滚动一下喉咙,目光闪躲,下意识地偏了偏头。

"你别动。"林意手指掐住他的下颌,把他的脸调整回来,另一只手捏着他的脖子,手掌下是温热的麦色肌肤。

林意提醒:"你老实点,小心脸划伤了。"

她说得太认真正经了,反而显得顾西琛有点心虚。

"我妈以前就是这么给我爸刮胡子的,因为我妈说电动的刮不干净。"她柔软的小手捏着刀片在顾西琛的脸上触碰再触碰。

她接着说,他静静地听着:"我妈给我爸刮胡子的时候,我就在一旁看着。"

无论曾经有过多么惨痛的回忆和嘶吼,在经过岁月的沉淀后,只能成为两种结局。一是我们无法忘怀而甘愿走进万丈深渊,二是当我们提到当时的人和事后可以云淡风轻。

林意做到了后者,她痛恨命运带给她的惨痛,同时又感恩命运对她的给予。

遇见顾西琛，遇见他们一家人，是她此生最大的幸运。因为他们，她才没有走进万丈深渊。

她用干净的毛巾擦了一下顾西琛的脸："好啦。"

她准备起身，顾西琛伸手把她揽进自己的怀里。他刚刮干净的下颌埋在林意白嫩的脖颈里，嘴唇贴着她的肌肤，温热又湿润。

"怎……怎么了？"这突如其来的动作，让她说话都有点不利索，她紧紧攥着手里的毛巾。

两个人的上身紧紧贴着，室内有暖气，两人早就脱了外套，穿着单薄的上衣，稍微动一下，都是一种刺激。

顾西琛的声音闷闷的，嘴唇轻微浮动，带起肌肤的一阵酥痒："我会一直在你身边的。"

这么多年他的确做到了，他会守着这份承诺，一直等着她，一直陪着她。自从那年，她带着一身还未痊愈的伤来篮球场找他，他便放不开她了。

林意不知道说什么好，抱了好一会儿，顾西琛才放开她。

"我要洗澡了。"他又恢复了不正经的样子，"你是现在出去还是留在这儿看着我洗？"

林意脸色微红，小声嘟囔："你刚刚不还说不洗了吗？"

那是刚刚，现在被刺激得全身都热，不洗澡今晚估计是睡不着了。

顾西琛没回答，动手就要解上衣的扣子。

林意随手甩掉手里的毛巾，风一样跑出卫生间。

她靠着玻璃拉门喘气，这个流氓！

卫生间内，顾西琛看着磨砂玻璃投过来的模糊背影，再也掩盖不住笑意。

袁景这个假请得真是史无前例的长。他回到办公室的时候，一帮人都用奇怪的目光打量他，他没在意，拿着公文包走到林意的座位前。

他敲了两下林意的桌子："跟我去主编室。"语气有点生硬。

林意看着袁景的背影，心想，最近她的漫画点击成绩不是挺好的吗，她应该没惹到这只魔鬼啊。

"你犯事了？"申盈盈悄悄地问。

这话说得好像她进的不是主编室，而是公安局。

林意放下笔，摇摇头。于是，她在原创部同事可怜的目光下走进了主编室。

她轻轻敲门。

"进。"

林意推门进去，袁景正把脱下来的西装外套搭在椅子背上。

"坐。"

林意忐忑坐下。

"我想和你聊聊漫画。"袁景开口。

"我的漫画有什么问题吗？"

"没有，目前成绩还挺好的，就是有些细节想和你探讨一下，所以我想请你私人吃个饭。"袁景看着她，第一次主动地抛出邀请，"你什么时候有时间，今天下班怎么样？"

林意想拒绝，但是还没有找好理由。

看她没说话，袁景直接定下了："那就这么定了。我其实很早就想找你了，但是前些天有些事情，请了一周假，就耽误了。"

林意的确很久没见过袁景了。

她例行公事地关心一下："您没事吧？"

"没事。"袁景说，"家里的一点私事。"

林意沉默。

"下班一起走，餐厅的话……"袁景在思考。

"您订就行了。"她打断他的思考。

袁景点头说好。

　　袁景订的是一家西餐厅，装修很讲究，西方的布置和视感，墙壁的布置是中国文化简单清雅的水墨画。

　　中西结合，很是独到。

　　林意对西餐没有什么意见，袁景点了两份一样的牛排。

　　林意切着盘子里的肉，连着筋，很难切。

　　"关于这次题材的灵感，能和我聊聊吗？"袁景开了话题。

　　林意又切盘子里的玉米，她一口也没吃到："其实就是一个朋友是做警察的。"

　　"上次那个朋友？"

　　"啊？"随后，她想起那次大排档的聚会，"嗯"了一声。

　　"我听办公室的同事说，那是你哥哥？"袁景抿了一口红酒，又问，"亲哥哥吗？"

　　话已经说到这儿了，林意是绕不开了。

　　"没有，是我养父母的孩子。"林意实话实说。

　　袁景神色一暗，他其实猜得七七八八了，但是听到林意亲口说出，还是有些吃惊。林意刚来漫娱乐面试的时候，家庭联系人填的就是和她不同姓的人，只是怎么也没想到原来还有这层关系。

　　对于他来说，顾西琛的存在，已经打乱了他本想温水煮青蛙的计划。

　　他不能再端着了。

　　提起这件事情，林意明显神色不好，袁景思忖片刻后开口。

　　"我父母常年不在我身边。他们是翻译官，常年在国外，我从小就是在各种亲戚的家里长大的，父母对我的照顾可以说是少之又少，后来我成年后还要时常去照顾他们。"袁景切着牛排说，"父母其实并不是我们生命中的全部，他们只占据我们人生的一部分时间，甚至有可能会更少，人生中要珍惜的除了你自己就是那些爱自己的人。"

　　今晚的袁景的确有些奇怪，林意觉得自己能和袁景像朋友一样聊天吃饭实在很难得。在她的认知里，袁景一直是一个总毙掉她稿子的严厉主编。

"但是，亲情毕竟只是亲情，你说我说得对吗？"袁景又说。

袁景切好了一盘牛排后，伸出手将她那盘切得乱七八糟的牛排调换了位置。

林意不太能明白袁景最后一句话的意思，于是没有接话茬，只是连忙道了声谢。

这顿饭总算开始吃上了，林意塞了一口肉在嘴里，挎包里的手机在振动。袁景示意她接电话，她放下叉子，嘴里的东西还没咽下去就接了。

"喂。"声音含糊。

"你干吗去了，不让我去接你。"

下午的时候，林意从主编室出来就给顾西琛发了一条短信让他不要来接她下班。

林意抬头看了一眼对面神态悠闲的袁景，捂住话筒小声说："我和主编在外面吃饭，我一会儿就回家了。"

"地址。"顾西琛冷着声音说。

他声音很冷，林意感觉到他的醋劲了，她可不想把他惹毛了。

她报了一个地址，那边就挂断了。

这人还真是。

林意抿着唇收起电话，袁景察觉到了对面人的变化，明知道是谁打来的，他还是问了："怎么了？"

"我哥说一会儿来接我。"她擦了一下唇，"主编，您没什么事的话，我想先走了。"她都做好拿包起身的姿势了。

袁景也擦了一下唇："不用着急，你哥过来也是需要时间的。"

他都这么说了，林意也不好意思抬屁股，只能老实坐着等了。这顿饭吃到最后还是变了味道。

出了餐厅，林意就看见了那辆熟悉的吉普。她想起昨天晚上开它的时候，手心里的汗好像现在还在手上粘着，她喜欢那辆车，更喜欢那辆车里面的味道。

还有开车的人。

袁景也看到了，男人站在车边，抽着烟，一身休闲的深色着装，和自己身上的西服截然不同。

顾西琛早就看到了林意，掐了烟走过来。两个男人简单打了招呼，眼底却都有浅薄的敌意，不易察觉。

"我们先走了。"顾西琛客气地说。

"主编，今天谢谢您，那我们就先走了。"林意恭敬地说。

袁景点点头。

回家的路上，顾西琛一直不说话。

气氛尴尬到了冰点，林意绞着手指也不知道说什么好。

顾西琛斜眼看她："最近你的漫画点击率很高啊。"

林意停下小动作，瞪大了双眼。

他怎么知道的？难道他已经看过漫画的内容了？是不是已经全都看出来了？

"你生气啦？"原来他冷着脸是因为这件事情。

"嗯。"顾西琛淡淡地应道，谁让你跟野男人出去吃饭的。

"我画得好不好看？"林意笑着问，这个时候要采用嬉皮笑脸的模式才能蒙混过关。

顾西琛没反应。

"你不知道，留言区有多少小迷妹喜欢你？"她抛点糖衣炮弹。

顾西琛还是没有反应。

"我还给你官配一个肤白貌美的女主角。"继续糖衣炮弹。

顾西琛终于有反应了。

"你不是把自己配给我了吗？"顾西琛好笑道。

林意吃瘪。

随即而来的就是脸红心跳，原来他全都看过了，他什么都知道了。

一路脸红回到家。

姜淑在家挑照片。

林意好奇，走过去看："姜姨，你这是做什么呢？"

姜淑挑出一张照片，上面的女孩子真的就像林意说的肤白貌美。林意不懂，看了又看。

"你姜姨打算给你哥找个媳妇了。"顾名喝着茶水，悠悠解释。

啊？

林意看向旁边坐着的顾西琛。

后者毫不在意地把玩手里的车钥匙。

他怎么这么淡定？

这个时候他不是应该立马拒绝的吗？

"西琛，你看看这个怎么样？"姜淑拿着刚刚挑好的照片递过去。

他评价："还行。"

林意咬唇泄露了小紧张。

姜淑打了他一下："什么叫还行，你给我认真点。你和林意两人都二十好几了，毕业也两三年了，没有一个说给我领个对象回家见见面的。"

姜淑又指着林意说："你哥弄完了，下一个就是你。"

顾名插嘴："别把孩子逼得太紧了。"

姜淑转头看他："人家的孩子去年结婚，今年都抱孙子了。咱家这两个连一个交往对象都没有，你还说我逼得紧。"

"行行行，我说不过你。"顾名向来宠姜淑，她说什么是什么。

"妈，这事回头再说吧。"顾西琛发表意见。

"回头说那就是不说了。"姜淑下了狠劲，"反正这周趁着你休假必须给我见一个去，回头上班了，又找不到人。"

顾西琛沉默。

"你真要去啊？"挤在二楼的走廊，林意忍不住问。

顾西琛坏笑："紧张了？"

"谁紧张了？"林意撒谎。

"没事，就是安慰一下我妈。"

"那到时候我陪你去吧。"

"还敢说你不紧张？"

林意被调戏，不想和他说话，推开卧室的门。

顾西琛跟着进了卧室。

"你干吗？"林意大惊。

顾西琛一脸她大惊小怪的样子："你不是要画我吗？"

脸凑近，呼吸都急促了。

温热的气息铺洒在耳畔，如扰人心智的魔音。

他说："我不离你近点，你怎么画我啊？"

夜很长，情意渐浓。

独宠小青梅
duchong
xiaoqingmei

第八章
慢吞吞的亲密关系

林意快被试衣间门口的人给挤死了。

姜淑非说他们俩没有一件像样的衣服，而且林意作为妹妹，陪哥哥去相亲也需要穿得体面些才行。于是早饭后姜淑不由分说地拽着他们俩就去了商场。

他们去的是一家小众品牌，价格不是很高，但材质也是有一定保证的。

这是姜淑这么多年买东西养成的特性，可能就是因为姜淑的影响，顾西琛和林意在花钱这方面从来都不大手大脚的。

虽然顾名常说不用那么计较花钱，但是这个家的本质就是这样，没有人能改得了根深蒂固的习性。

这家服装店男女装都卖，试衣间分为左右两个部分，左边是男试衣间，右边是女试衣间。

女装的试衣间基本都排着长队，林意好不容易等到位置。

顾西琛从试衣间出来，一脸不耐烦的样子："妈，不就是吃个饭，要不要这么麻烦。"

姜淑拍了下顾西琛后背："瞧你说的是什么话，就你平常那一套穿着，人家女孩子看了，能相中你吗？"

顾西琛心里嘀咕：相不中才好。

"这套好看，颜色也合适。"姜淑看着镜子里的顾西琛评价道。

他穿的是一套休闲款西装，深灰色的色调，质地棉绸的料子，里面搭配的是干净的白色衬衫，简约又不失贵气。顾西琛身材修长，把衣服的整个效果都给撑起来了，稍稍有些宽松的西裤，不仅没有掩盖腿型，反而更显立体。

林意看惯了他一身简单的夹克，此时此刻看到他穿着西装的样子，突然眼前一亮。

老话常说，佛靠金装，人靠衣装，还真没错。

"这身真好看。"姜淑强调，"你去见人家，总得体面些，留下一个好印象。"

顾西琛的注意力已经不在这边了，他没有听进姜淑的话，镜子里那个穿着连衣裙的身影吸引了他的目光。

是林意。

她安静地站在那儿看着自己，目光折射出吊灯散发的白色银光，在镜子里对上自己的视线下意识地闪躲，像一只受惊的小鹿。顾西琛听见自己胸膛那颗心脏沉稳有力且跳动的声音。

没有频率，乱七八糟的。

林意穿了一条呢子布料的无袖连衣裙，收紧的腰身，黑蓝相错的蓝条，裙摆是不规则的，带有一些毛边，显得俏皮可爱。裙子里面搭配着一件紧身的黑色羊毛衫，穿过裙身无袖的胳膊精细细长。

姜淑也看到了镜子里的林意，回头赞叹："真漂亮。"

顾西琛转过身，目光锁着她。

林意长得本来就白，穿什么颜色都好看，平常就是清汤素面的样子，穿的衣服也毫无讲究，突然穿上精致的衣服同顾西琛一样都让人眼前一亮。

林意被夸得有些不好意思，右手不自觉地攀上左边手臂轻轻地摩擦。

导购员笑着夸赞："您真是好福气，儿子和儿媳妇都这么好看，两人站在一起真登对。"

姜淑跟着笑："是我儿子和女儿。"

"不好意思。"夸错了方向，导购员尴尬地道歉。

姜淑不在意，心情好得很："没事，没事。"

气氛有点尴尬，林意抬眼正好对上顾西琛似笑非笑的眼睛，只是那么一秒，林意又躲开了。

姜淑兴致很高，非要给顾西琛和林意再添置几件新衣服。

"再过两个月就要新年了，总要换点新气象。"姜淑扒着衣架上面的衣服，然后抽出一件连帽的棉绒卫衣在林意身上比对，"这件好看，粉色的，衬你。"

林意下意识地拒绝："姜姨，还是算了吧。"

姜淑问："不喜欢？"

"没有。"林意低着声音说。

姜淑把衣服塞进林意的手里："那就去试试。"

拒绝不了了。

顾西琛上厕所回来，就看到林意抱着衣服进了试衣间。

他看出来她神色不对，但不知道原因，直到林意穿着衣服出来，他才恍然大悟。

"这件就别买了吧。"林意试图发表意见。

"这件颜色衬你。"姜淑抻帽子后面的褶子，"而且现在冬天，有个帽子还能保暖，我看你平常都不戴围脖和耳包的，每次小脸和耳朵都冻得红彤彤的,这个比较省事,直接护着脖子还能盖住耳朵。"

姜淑说着就要把帽子往林意脑袋上扣,后者下意识抖了一下。

顾西琛眉头紧蹙,不知道怎么化解这处境。

姜淑接到顾名的电话,走到旁边去接。林意低着头在镜子前站着,双手不自觉地拉着衣服脖子处的前襟,她有点难受,好像后面有人勒住了她。

白炽灯的光线突然消失不见,眼前只有一片黑暗。黑暗本是冰冷的,但是林意被一片温热给包围着。

耳边传来温热的气息,就像一股电流瞬间遍布全身,带来无止境的力量支撑自己几乎摇摇欲坠的身体。

顾西琛说:"不要想其他的,想着我就好。"

那件衣服最终还是买了,林意把它压在衣柜的最深处,不想看见它。姜淑接到电话说,下个星期五安排顾西琛和对方见面,正好也是顾西琛停职的最后一天。

林意在晚饭后就窝在房间里面画画。

"他们俩亲密戏是不是太少了点啊?"身后的声音让林意后背一麻。

林意没思考直接关掉了电脑屏幕,后知后觉才想起来。

她没保存!

"你不敲门怎么直接进来了。"林意转身瞪肇事者。

顾西琛耸耸肩,悠闲地坐在床边指了指卧室的门。

门开着。

"那你为什么不出声,还偷偷地进来。"

顾西琛义正词严:"不偷偷地怎么看你是怎么画我的?"

林意面上微红,嘴里辩解:"就那么画呗。"

顾西琛不逗她了,笑意一敛:"心情好点了吗?"

林意点点头。

顾西琛拍拍身边的位置，示意她过来。

林意很听话地走过去，坐在他旁边，床很软，坐下去就压下去一大块，此时此景此人，让她感觉都是软的。

顾西琛抓住她的一只手轻轻揉搓："害怕或者抗拒都可以说出来，不要一个人扛着。"

"可是那是姜姨的好意。"她蔫着声音。

姜淑待她视如己出，这么多年没有一丝亏待，就算当年林奶奶怎么照顾姜淑，如今她做的都已经够多了。她无论如何都不想违逆姜淑的意愿，她宁愿掩住自己的喉咙，让呐喊和嘶吼的恐惧全部吞进肚子。

顾西琛揉着她的手指。良久，他开了口。

"那你以后只要有一点害怕或着难受，记得就往我怀里钻。"他说得认真，仿佛山盟海誓，"你所有的恐惧和无助，我都接着。"

窗外星空漫天，但是所有的星光都比不上顾西琛带给她的光芒。

林意眼眶微微含泪，然后身体一倾，重重地扑进他的怀里。

武汉漫画展出差的事情最后花落林意的头上，她在公司群里接到通知的时候还没有完全反应过来，她不敢相信这是真的。

申盈盈提醒她："林意，你被钦点去漫画展了。"

林意主动去人事部找到张艳。

"你不是说这个是自愿的吗？"林意带了点脾气，"为什么我没报名却要通知我准备去武汉的事情。"

"这是公司临时调整的方案。"张艳给她解释，"你是上个月点击率第一的画手，所以直接安排跟着袁主编去参加这次漫画展会。"

林意没反应过来："你说跟谁去？"

张艳强调："是袁主编。"

"为什么不按照这个月的来，我这个月不是第一。"她看了最新的数据，她的漫画因为情节发展太慢开始有了下滑的趋势，排名第二。

她知道自己的想法有点变态了，但是她真的希望此时自己的成绩能够不好，这样她就不用和袁景去武汉了。

她不想坐飞机，更不想和袁景一起坐飞机。

张艳干笑两声，把林意晾在一边工作去了。

林意垂头丧气地回到座位上。

申盈盈跑过来："张艳怎么说的？"

林意用双手托着自己的脸，声音是遮掩不住的丧气："她说是公司的安排。"

申盈盈哼了一声："我看就是袁主编的安排。"

闻言，林意身上颤抖一下："你不要说得那么吓人好不好？说得就像真的一样。"

"本来就是真的。"随后，申盈盈话锋一转，"最近看你面色桃润，被滋养得不错啊？"

这话怎么听怎么暧昧。

什么叫被滋养得不错？果然是耽美漫画画太多了，申盈盈越来越不单纯了。

"你别瞎想啊，我是说你被爱情滋润的。"

林意尴尬，好吧，是自己想太多了。

"喂。"申盈盈暧昧地眨眨眼睛，"你和西琛哥发展到哪一步了？"

林意漫不经心："什么哪一步？"

"你少来，那天西琛哥当着大家的面把你接走，那感觉就是男朋友来接女朋友的。"

林意陷入思考，他们俩从来都没有说正式交往的事情，就像某种默契一样，即使不说也知道对方的心意。

"接吻了没有？"

她摇头，他和她之间最亲密的动作不过就是拥抱。

"你这人就和你的画一样，慢吞吞的。"

林意无语，在感情方面她的确不怎么主动，一直以来都是顾西琛在引领她。

片刻后，申盈盈担忧地问："家里人知道了吗？"

她从来没想过这个问题，林意摇摇头。

"你和西琛哥情况特殊，最好还是早些解决为妙，不要一直拖着。"申盈盈劝道。

林意点点头，陷入思考。

她明白这个道理，可是她和顾西琛的感情才初现端倪，要在姜淑面前开诚布公，她还没有做好心理准备。

况且，姜淑一直以来都对她和顾西琛的关系用兄妹来衡量，即使实际上没有血缘关系，但这个认知早就烙印在这个家庭里面。

她不敢想象后果，也不愿去想。

最起码在这一刻她想做一个逃兵。

顾西琛相亲饭局的时间和林意出差的日子相撞，林意和姜淑简单说了一下原因，就回房间收拾行李。

顾西琛来敲她房门。

"怎么突然就要出差？"

林意坐在铺着毯子的地板上装行李："我也不知道，公司临时决定要我去。"

男人的敏感程度在此时极度放大，顾西琛眯着眼问："和你去的人还有谁？"

"袁主编。"林意把叠好的衣服放进行李箱。

头顶半天没传来声音，林意以为顾西琛走了。她抬头却看到男人抱胸靠着墙冷冷地看着她。

室内很热，顾西琛只穿了一件单薄的套头衣衫，宽阔的肩膀，手臂紧致的肌肉线条都看得一清二楚。他漆黑的眼睛就像浓重的黑夜，散发着神秘的色彩。

林意被他看得有些心颤，眼睛一转，起了小心思。

林意挪开行李箱，空出位置。顾西琛心领神会地直接坐在地板上与她四目相对。林意的脸色有点微红，嘴唇因为刚刚她下意识抿了一下，被光一照，透着亮晶晶的粉嫩。

"我明天不在，你可别妄想勾搭人家小姑娘。"

"那可不一定。"她都要跟野男人出差了，还不允许他勾搭别人吗？

只许州官放火不许百姓点灯的事，他顾西琛可不能忍，怎么着都得刺激她一下。

林意急了，顺着他的胳膊就掐了一下，力道不重，对他来说就像挠痒痒一样。

"你不是吃醋了吧？"林意狐疑地看着他，解释道，"我就去看个画展，你怎么那么小气啊？"

"这都冬天了，武汉还办什么漫画展？"顾西琛的刑警本能又出来了，"要说没有别的用心，这根本就不成立。"

林意憋着笑："我能有什么可被人图的，还别有用心。"

"你怎么过去？"

林意想了一下："我让公司特地帮我订的火车票。"

其实她要坐的是飞机，可是她害怕顾西琛担心，撒了一个小谎。

一时之间，两个人陷入了沉默。

林意攥着手指，扭扭捏捏："我们现在算不算在交往？"

本来她不想问，可是申盈盈今天的话刺激到了她。有些事情她会选择暂时逃避，但是有些事情她想认认真真地确认。

顾西琛挑眉瞅着她，没说话。

屋子里陷入了沉寂，林意等顾西琛回答的这段时间，手心出了薄汗。

顾西琛侧身凑近她，右手抚上她的脸蛋，唇凑到另一侧脸颊，温热又柔软的吻，带有烟草的气息，温度和气温从脸颊上开始逐渐蔓延。

林意攥紧手指，骨节在手背上凸出小小的山峰。

良久，温热的气息退开，林意微微喘气，脑子里突然出现杂七杂八的东西，混成一脑袋糨糊。

"你说算不算？"顾西琛的声音低沉嘶哑，说话时吐出的气息温热，全部铺洒在林意的鼻翼。

林意心神不稳，咬着牙说："不知道。"

"那我就让你知道知道。"话音后半部分直接隐没在了唇齿中。

林意惊讶得瞪大了双眼，天花板的吊灯闪得她眼睛都迷乱了，周围的一切都是混乱缥缈的，只有唇上的触感一下一下撩拨着发烫的神经。

她以前和陈泽接吻的时候，心跳从来没有这么快过。

只是片刻，浅浅的唇瓣摩擦，随后，顾西琛与她额头相顶："这回知道了吧。"

飞机上，身边的袁景问她要不要喝水，林意说不用。她想起昨天顾西琛的"不成立"言论，心里有所好奇。

"袁主编，武汉的漫画展向来都是聚集在夏天，从来没听说冬天会搞什么大型活动，为什么这次我们公司会得到受邀呢？"

袁景喝了一口水："这是一个私人的展览，我和主办方的人以前在合作上有点交情，所以就收到了这次的邀请。"

林意点头，原来是这样。

她和顾西琛在一起久了，好像也对某些"不成立"的事件开始思考。

想到顾西琛，她脸色微红，嘴角不自觉地勾起。

经过昨天那个混乱的吻后，顾西琛特地告诉她不要带那件刚买的裙子，林意觉得他莫名其妙，后来转念一想，心中泛起欣喜。

认识顾西琛这么多年，还是第一次看到他为了某件事情斤斤计较。

"你要不要睡一觉？"袁景问她。

嗯？林意回过神。

"我不困。"

"一会儿起飞你会难受的，最好还是先睡着比较好。"

林意诧异，袁景怎么会知道？

袁景像是读懂了她眼中的疑问，主动解释："是不是很好奇我为什么会知道你畏高的事？"

他语气平静，好像在诉说内心掩藏多年的秘密："去年春游，公司举行爬山，你说什么都上不去；今年年初原创部的同事都讨论去蹦极，只有你不参加讨论。我就是判断力再差也该知道你是因为畏高才拒绝的吧。"

袁景继续说："如果不是这次行程比较急，我一定让人事部订火车票的。"

林意彻彻底底惊到了，原来一直以来，对自己严苛变态的主编，其实对她很关注。

"你真的不睡？"袁景再一次问她。

林意摇摇头。

袁景笑说："没事，你要是害怕就掐我。"说着他还露出了自己胳膊。

两个月前的记忆就像潮水一样在脑海里面涌现，那一次她坐在候机室因为害怕手指都在颤抖，身边的人用沉稳有力的声音对她说过同样的话。

他说："实在不行，你就掐我。"

他还说："比起疼，让你不再害怕更重要。"

那时，她的嘴角不自觉地翘起，从进入候机大厅到坐在飞机座上，她一点害怕紧张的感觉都没有，恐惧已经被某人驱散，她的脑子里除了顾西琛，什么也想不起来。

"在想什么？"袁景看她在愣神。

林意从自己的神游中回神。

"没什么。"

"是不是平常出行都不坐飞机的？"

"嗯。"林意说，"我上大学的时候来往坐的都是火车，唯一一次坐飞机还是两个月前和家人去旅行的时候。"

"你旅行都去过什么地方，有没有什么好的推荐？我常年工作，去外面都是出差，基本没有享受过什么好的风景。"

林意眨眨眼睛，想了一下，她只去过两个城市，一个是自己的家乡，还有一个就是长沙，这两个城市都是她曾经想要逃离，后来又被治愈的地方。

当然，治愈她的人是顾西琛。

过了一会儿，她轻声说："长沙吧，那儿挺好的。"

"为什么？"

"对我来说，有人赋予了这座城市一个全新的意义。"

那座城市的回忆不再是她上一段恋情的苦涩和现实的打压，而是一个爱人陪伴她看风景的温馨。

还有，凤凰古城的那场大火，让她燃烧起心底埋葬多年的感情，这一次是彻彻底底再也收不回来的感情。

到达武汉已经是下午了，漫画展览在第二天，袁景让林意好好休息。

公司订的酒店位于当地比较繁华的地段，酒店内部风格都比较偏欧式，装潢奢华，墙壁的纹路，暗黄色调的壁灯，灰色柔软的地毯，无一处不展露浪漫风情。

袁景办好入住手续，把房卡交给她："我的房间就在你隔壁，如果有什么事情可以来找我。"

林意接过房卡点头。

"晚餐我已经在酒店直接订了位置。"袁景问,"你有没有想去的地方?难得出来一次,据说夜晚长江大桥的风景不错,要不要去逛逛?"

"不用了,我想休息一下。"比起那些桥,她更想一个人在房间里面待着。

"好吧。"袁景有点失望,"那你好好休息,晚饭我来叫你。"

"谢谢。"

房间是大床房,白色整洁的床单被暗黄色的光线照映着,感觉周围的氛围都变得柔和起来。窗台上是新鲜的百合花,花瓣和枝叶都在绽放着姿态,房间内浮着淡淡的百合香气。

她躺在床上放松身体,经过小半天的折磨,总算能好好待一会儿了。林意向来不喜欢出行,浪费在路上的时间就够她睡俩觉了。

她望着洁白的天花板,不由自主地想到了顾西琛。

不知道他在干什么。今天早上她出门的时候,姜淑还唠叨他相亲的时候要注意形象,给对方留个好印象。

林意掏出手机,白色的光照亮了她的小半边脸,林意输入手机密码,主页面打开,一个未接电话也没有。

竟然一个电话都没给自己打?

难道真的是相亲相"嗨"了?

他们不是昨晚才刚刚亲过吗?

为什么现在她就有了一种倦怠期的危机感了?

林意烦躁,随后给自己催眠,谈恋爱的人都是这么患得患失的,不就是一个电话嘛,她不在意。

她把手机撇到一边,翻了个身,小脸埋在柔软的被子里,深吸一口气,开始使劲地乱蹬双腿,像一只逼急了发疯的兔子。

蹬累了,她就趴在那儿一动不动。

她分散自己的注意力,拿出电脑开始画画。

画漫画是她的职业也是她的爱好，她有时候很感谢自己找到一个喜欢的事情，即使在没人陪伴的寂寞岁月，她也知道自己做什么，不会空虚以度。

袁景敲她房门的时候已经是傍晚，武汉没有北方天黑得快，这个时间还能看到远处天空泛着淡淡的浅白。

晚饭是在酒店的餐厅吃的，和上次的西餐厅档次差不多。袁景的品位向来都比较高端，从他上班时穿的西服就可以看出来。

酒店餐厅的正中间有一个小型喷泉。

"看什么呢？"袁景问她。

"没什么。"她摇头。

"你好像总是喜欢发呆。"

"是吗，我自己没太注意。"

袁景看了一眼林意没怎么动的食物，关心询问："是不是不合你胃口，要不要重新点一份其他的？"

"不用这么麻烦，我其实就是坐飞机时那股难受劲还没缓过来。"

林意抬起余光瞄了一眼对面的男人，袁景动作缓慢悠闲地拿着刀叉在切盘子里的牛排。

她寻思了一会儿，总觉得有些话还是要说明白的，一直暧昧不清并不是什么恰当的行为。

她放下手里的刀叉，深吸一口气，终究还是没忍住："袁主编，这次出差的事情原本是自愿的，但是公司突然就指派我了，请问是您的安排吗？"

闻言，袁景切牛排的手停下动作，然后拉起白色的餐巾悠闲地擦了一下唇，声音清冷："是我的安排。"

他没想到林意会问得如此直白，索性他也回答得直白一点。

林意瞪着眼睛，袁景接着说："是我提出的安排，为的就是和你一起出差。"

这回答太明显了，再迟钝的人也明白意有所指。

"您喜欢我吗？"

申盈盈一直都有提醒过她，只不过她一直没当回事，顾西琛无缘无故的吃醋也不是完全没有道理。她不能逃避这个问题，感情的事情向来讲究干净利落，拖泥带水只能让事情往病态的方向发展。

袁景没说话。

林意看着他，他长着一张精致的脸，气质华贵，黑色的发丝微微挡住了他戴的眼镜边框，细长的桃花眼在镜片后面微微眯起，他坐在那就是一种浑然天成的姿态。

过了半响。

"我很喜欢你。"

"为什么？"

他反问："为什么我会不喜欢你？"

"我不漂亮，没有能力，也没有个性。"她一项一项地否认自己，还是不敢去相信一直对她严苛的主编竟然喜欢自己。

袁景轻笑一声："你为什么要这么没有自信？"

林意说不出话了，可以说她不知道应该说什么。

袁景淡淡道："你还记得你来面试的那天吗，我问你为什么要放弃更好的机会而选择回来。"

她的回答是："这里有人需要我。"

那时所有的决定对于她来说都无所谓，如果要给自己找一个存在的意义的话，那就是她清楚地记得她坐火车时姜淑的不舍，还有顾西琛那句等她的承诺，她不能太过自私，因为还有需要她的人留在这里。

两人之间突然安静下来。

"你知道我为什么会关注你吗？"良久，袁景主动提起。

林意不解地看着他，没说话。

"你当时说你因为被需要而留下来，这一点让我很触动，后来确切地说是因为你的作品还有你的态度。"

他接着说："我在工作上异常严苛。以前工作室里面有很多的画手都受不了我的审核而选择离开公司，后来是因为老总说如果我一直严苛下去可能会招不到人，所以才放松制度。你的作品很有风格和新意，你的到来让我重新想要把我对漫画的要求和理念给延续下去。

"我对你的漫画要求审核严，每次毙掉你的稿子我也是于心不忍，但是现在市场残酷，创新性不够的题材很容易埋没在后面，被市场抛弃。我想让你在这样的压力下快速地在公司成长，看到你一直坚持不懈地在努力，并且越来越出色，我很开心。

"我在你的身上看到了曾经的我，并且到现在为止只有你才能与我对漫画的创作保持有相同的态度。"

袁景说："你的努力我都看在眼里。"

袁景的话里都是对她的认可和赞赏。

林意还来不及消化这番话，在惊讶中久久没有缓过来。

"主编，谢谢您对我的肯定和指导，我很感激。"

袁景抬起桃花眼："我不用你感激，这都是我心甘情愿做的。"

言下之意，不用言说。

"您觉得您对我的感情属于哪一种？"林意找回了自己的理智，正视这个不容逃避的问题。

她的眼神像一把锋利的剑，单刀直入，躲闪不开。

"我相信所谓的一见钟情。"袁景说道。

一时之间，空气有点安静下来。

"您知道我喜欢顾西琛的事情吧。"这还是她第一次在外人面前直呼他的名字。

袁景看了她的漫画，又见过顾西琛。以袁景的老练，林意不相信他看不出来。

"我很诚实地告诉您，这世间上也许真的有一见钟情，但我更钟情于日久生情。"这一刻，她不是他的下属，而是一个和他平起平坐谈论感情问题的人，"顾西琛于我，就是岁月里面漫天堆积的浮沉，如今这浮沉已经形成了山峰，没有人能够移动它，也没有人能跨越过去。"

除非愚公移山，但可惜，这世界上并没有愚公。

独宠小青梅
duchong
xiaoqingmei

第九章
初雪相伴就是一生

那天，袁景最后什么也没有说。

林意回到房间，有一种如释重负的感觉。感情的牵引只要不是正确的，久而久之就会像树根腐烂的部分一样，伤人伤己，还不如一开始就把话说清楚，对彼此负责。

林意躺在床上，望着天花板愣神，肚子咕噜噜地在叫，刚才就顾着说话了，根本就没吃几口东西。她打电话叫外卖，放下手机的时候发现一通未接来电。

是顾西琛。

林意赶紧把电话拨了回去。

"做什么呢？"男人的声音有点疲惫，好像刚睡醒一样，林意听着有点心痒。

"什么也没做。"

"撒谎。"顾西琛揭穿她，"刚才打电话给你就在占线。"

林意吐着舌头："我就是订个外卖。"

"怎么这么晚了还没吃饭？"温柔的语气在这个夜里有种催眠的效果，萦萦绕耳。

她抬起手臂看了一眼腕上的手表。十点了，是挺晚的了。林意坐起身看着外面的夜景。

武汉的夜景很美，从落地窗看过去，外面一片灯火辉煌，远处街道的车水马龙都尽收眼底。

林意想起刚刚在餐厅里那么认真地说自己喜欢顾西琛的种种话语，而现在又听到他的声音，心里暖暖的。

她想了想，决定还是不要把刚才在餐厅里和袁景发生的事情告诉他，她已经解决得很好，不需要他什么事情都为自己操心。感情的事向来敏感，她唯一想做的就是全身心地对待自己的感情。

"你今天不是没时间给我打电话吗？"林意故意转移话题，她坐那么长时间的飞机都没有接到一通未接来电。

"这话怎么说？"

"那姑娘好看吗？"林意没吃飞醋，但是也要吓唬吓唬他，"比我好看吗？"

无奈顾西琛根本就不上套，反而还把她给套进自己的圈里面了。他根本没有去见姜淑给安排的姑娘，他准备和姜淑坦白说自己有喜欢的人了，结果在这节骨眼上就接到汪民的电话，当时就回了局里。为此，姜淑还为这事打电话训斥了他一番，说是放了人家的鸽子。

局里临时接了一件大案子，人手不够，顾西琛提前一天复职了。蹲了一天，现在才被人换下来歇一会儿。

"长得挺好看的，肤白貌美。"他故意假装思考了一下，放慢语调。

林意哼了一声，男人果然都是视觉动物。

"不过在我这儿。"他接着说，"都比不上你。"

闻言，林意抿嘴一乐。

外卖到了，林意开门接外卖。她想挂电话，顾西琛没让，说再聊一会儿。

"你就边吃边说，你吃饭的时候最爱说话，我在这边听着。"

林意一边吃一边念叨着问："你吃饭了没？"

顾西琛现在坐在自己的车里抽烟，给自己提神。他现在很累，只想睡觉，但是他更想听见她的声音。

她明明是早上才离开的家，现在还不到二十四个小时。

但是他很想她，比以往每一次都想。

"吃过了。"他把烟拧灭在车门上面的烟灰缸里。

她念叨了很多，一边吃一边说。

月亮不知不觉已经升到最高空，今天是满月，能看到清冷月光上的细致纹理，就像一个有年代感的白色盘子，留下岁月的裂缝，可依旧让人赏心悦目。

良久，林意不再说话，手机里传来沉稳均匀的呼吸声。

林意微微抿嘴，轻声说："晚安。"随后挂了电话。

外面的灯火依旧辉煌。不管过了多久，一座城市的光亮都不会暗下去，只要有人在，就会有光亮，这是一件长久不衰的事情。

林意看着玻璃镜上被光投射的身影，她看不到自己的表情，只有一个黑色清晰的轮廓。她想，在她不长不短的人生里，如果有一件是值得长久地去做的，那便是，一直喜欢顾西琛。

说是漫画展，其实就是一个私人展物的派对，来的都是主办方的朋友或者是以往有过合作的伙伴。

举办地点在一家私人的小别墅里面，两层楼，地理面积不算特别大，二百来平方米的样子。二楼是主人的卧室，一楼是招待客人的大厅。

小别墅的装修是后现代风格，整个风格都是朴素灰暗的，灰白色的墙体，清浅简约的花纹瓷砖，就连吊灯的装饰都只有一个简单的灯罩，上面勾勒着简单的花纹。

不高雅，却很体面。林意打量着，想必主人是一个比较简单的人。

墙面上挂了很多手绘的漫画，是黑白的。

最古老时期的漫画，都是画手用笔和纸画原稿，再经过大量的印刷集结成册。现如今这种方式早已经隐没在历史的长河中，科技的发达成就了很多行业，也让很多行业失去了以往的味道。

展示品大部分是以日漫居多，甚至有很多早年的日本漫画，林意很喜欢。日本漫画主要有两种概念，一是大环境的概念，主题以奋斗、推理、热血为主要的元素；二是爱情的概念，主题以校园、都市、言情为主要元素。

林意虽然是画言情的，但是她骨子里还是喜欢前者。她当初入坑漫画还是顾西琛那套爱不释手的《七龙珠》，后来她又跟着顾西琛看了很多。从最开始两人泡在租书店一天一天地看，到后来顾西琛把所有的漫画全部买回来收藏。

林意想画漫画的念头就是因为顾西琛才萌生的。她上学的时候很喜欢《灌篮高手》，当时她迷流川枫迷到不行。顾西琛也爱打篮球，她常常站在篮球场外帮他抱衣服，看着他在球场上来去自如地投篮。

顾西琛就像是一个漫画人物，她想把他画进去。想到这里，她突然有些感慨，这么多年她都快要记不得的初衷，如今却阴错阳差地实现了。

他真的成为她笔下的人物，被她画进了漫画里。

不知不觉间，从往昔到如今，他一直在影响她，影响她所有的路途与决定。

"你喜欢日漫？"林意站在一幅日漫前发呆，身后传来询问声。

林意回头，袁景站的地方和自己只有半米之隔。

这还是昨天谈话过后，两人第一次正式交谈，毕竟早上一起出门的时候气氛还有些尴尬。

"主编也喜欢？"她反问。

"我读书的时候很喜欢，算是启蒙漫画吧。"袁景目光看着墙上的漫画，没有看她，声音幽远，像是遥远的记忆从幽谷而来，"我父母常年不在身边，我都是靠着这些漫画度过少年时期的。最开始，我父母很反对我做这个行业，说我是不务正业，但因为我的坚持他们也就不再管了。我要求严格就是因为我有自己的想法和底线。"

这还是袁景第一次这么认真地叙述自己的事情，语气里有些悲哀和落寞。

林意看着他，还是一样的脸，一样的桃花眼薄唇，为什么会有一种快不认识他的感觉？

林意明白，他的坚持是对自己梦想的肯定，工作的负责。可是在大环境的背景下，越来越多的人与这样的想法背道而驰。尤其是创作行业，能将就，就绝对不会再费心去打磨，这也造成了很多东西的质量不够好，内容不够精致。

突然，这边有些安静，其他的人还在忙着结交好友，三三两两的人聚在一起谈笑风生。

良久，林意开了口："主编，您做得对。"

林意肯定他，语气认真又真诚："您在我身上就应该能看得出来，你的做法是对的。"

袁景侧过头看她。

她从来没有像这一刻一样感激袁景对她的苛刻，那是人生的经历。在感情上她给予不了他什么，但是工作上她无止境地肯定和佩服着他。

她闪着明亮的眼睛，嘴唇张开，说出的话坚定又自豪："我可是公司排名第一的画手。"

她的眼睛闪闪发亮，仿佛装下了整片星辰大海。袁景看着她说不出话来，她那么那么好，却不属于自己。

展会结束已经是下午了，林意想早点回去，所以还是定了当天下午的机票，先到省会城市，之后再开车回家。林意看了眼手表，心里计算着时间，到家估计要很晚了。

也不知道顾西琛会不会在家？

候机室的大厅不停地广播着客人登机的消息。

林意拉着行李箱刚要站起身，手机就振动了。

是顾西琛打来的电话。

因为是登机的时间，林意手脚有点慌乱。

"喂。"她说话也有点急。

她特意用手半捂住话筒，不让顾西琛听到周围环境的声音，毕竟她之前和他说了是坐火车的。

"你在哪儿呢？"

"我在大街上，怎么了？"她被问得紧张起来。

"你什么时候回来？"

又广播了一次请旅客登机的消息。

"我明天就回去了，街上太乱了，先不和你说喽。"她挂掉电话，拉起身边的行李箱去检票。

今天天气很好，飞机穿透了阳光和云层。

到省会城市的时候已经接近晚上八点。刚出飞机候车室的大门，林意就看见一辆熟悉的车。

顾西琛的吉普车怎么会在这儿？

她揉了揉眼睛，确定自己看得很清楚，黑夜覆盖的汽车站依旧灯火通明。那个靠在车旁边背对着她的身影，她熟悉得不能再熟悉了。

黑色的衣角，黑色的短发，即使在黑色的夜里也还是很清楚。

因为是他，她一眼就能认出来。

"我去取车，你在这儿等我一下。"

林意喊住他："主编，您直接走吧，不用管我。"

袁景微微皱眉："从这儿回去少说还要三个小时的车程，而且现在已经没有回城的车了。"

林意有点不太好意思，感觉自己好像是重色轻友的浑蛋，只要是遇见顾西琛，她什么都没办法顾忌："对不起啊，主编，我哥来接我了，您先回吧。"

闻言，袁景打量了一下四周。

顾西琛转过身来，目光往林意的方向看过来。

"好，你注意安全。"最后，他只能憋出一句没什么营养的话。

没什么需要注意的，和顾西琛在一起她是最安全的，甚至可以说是开心的。

林意说："您开车也注意安全。"

袁景提着自己的东西先行离开了。

林意目送袁景离开，再转过目光，就看到顾西琛还站在那儿瞅着自己。

他穿着长款的黑色羽绒服，拉锁没拉，里面是一件套头的灰色毛衣，身材高大，站在那儿像一座黑色的山峰。

林意拉着行李箱走近，在只有两米的距离停下了脚步。

走得近了，脸的轮廓都变得更加清晰，顾西琛吸了口凉气，慢慢地张开双臂，身前的开襟随着他的动作开得更大了，冷风一个劲地灌入，微微带起两侧的衣服。

老话常说，小别胜新婚。

看不到的时候很想，看到的时候才发现自己特别地想。

距离大概能产生催情的作用吧。

林意松开拉着行李箱的手，然后钻进了顾西琛的怀里，填补了那个被冷风灌入的缝隙。

顾西琛先是把两侧的衣服紧攥着敞开，让林意能钻进来，随后双手环上了林意的细腰，大手覆盖在上面。隔着面料，林意都能感受到那份温暖的触感。

"你怎么来了？"她的头还埋在顾西琛的胸膛，声音有些闷闷的。

顾西琛轻轻亲一下她的发顶，头发丝上还带有洗发水的淡淡香气。他再次吸了口凉气，不答反问："谁让你骗我的？"

林意在他怀里眨了眨眼睛，小声嘀咕："不是怕你担心嘛。"

"不过你是怎么知道的？"林意抬起小脑袋，下巴顶在他胸膛上。

"给你打电话的时候就知道了，候机室的广播那么大，你以为你能混过去？"

林意撇撇嘴。

顾西琛低头看她，她小巧的鼻尖冻得有些发红，细细的眉毛像弯下来的月牙。

他身体微微前倾，低头用自己的鼻尖去碰林意的鼻尖。两个人的鼻尖都是冰凉的，可是碰在一起的时候又有一种淡淡的暖意。

这个姿势从侧面和后面看，很像顾西琛在低头亲吻她。

亲昵地蹭了蹭她的鼻子，顾西琛退开站直身体。

"我们回家吧。"

林意点头，嘴上答应着，小手还拽着他衣服的两侧，不愿离开，他的怀里太温暖了。

"怎么了？"顾西琛把气息停留在她的发顶。

林意摇了摇头，袁景的事情在她心里或多或少留下了一定的影响。虽然话说得已经很明白了，但以后上班的时候遇见，还是会尴尬的吧。

顾西琛看出了点端倪，但是他没问。

他侧过头，把唇移到林意的耳朵处："你再不起来，我可就要误会了。"

林意没懂。

误会？有什么可误会的？

他们之间还有误会吗？

林意抬起头看他，顾西琛按住她的头，一个劲地往她耳朵里吹气，惹得林意耳朵痒痒的，下意识地缩了缩。

良久，顾西琛说："误会你这么撒娇，其实是想让我亲你。"

林意条件反射地跳出顾西琛的怀里，温暖的感觉瞬间被冷风代替。而罪魁祸首此时正含着笑看她。

两人对视，顾西琛倾身侧过头。

林意下意识地捂嘴跑开了。

顾西琛看着她拉开车门的身影，那份甜蜜感瞬间涌了上来。

街道两侧的路灯散发着昏黄的灯光，在这个冬夜里尽显温柔。

林意坐在副驾驶上探头往外看，经过刚刚的"误会"，她有点不敢看坐在驾驶座上的顾西琛。

"你在看什么？"

林意有点害羞，说话变得结结巴巴："没……没看什么。"

"你的脖子都要伸得跟长颈鹿一样长了。"

因为没开窗户，林意又想看外面，所以下意识拉长了脖子往外瞅。

"你该不是害羞了吧。"顾西琛不怀好意地问。

林意嘴唇抿成一条线，不知道怎么开口。车里开着空调，本来就热，现在更热了。

有小小的雪花飘落，林意有了打岔的机会，指着窗户外面："你看，外面下雪了。"

雪花很小，如果不仔细看的话，真的不太看得出来。

顾西琛仔细打量一下："还真是。"

林意有点兴奋："这是今年的初雪吧。"

以前北方的雪都来得早，而且雪量多。小时候在乡下，只要下雪，顾西琛和林意就一定会出去玩，在地上踩出厚厚的脚印，然后一起堆雪人，而且堆好的雪人好几天都不会化。但是随着全球变暖，北方的雪来得越来越晚，下得也是越来越少，飘下来的雪花一落地就碎了。

因为下雪，顾西琛特地开慢了点，到家已经是深夜。

林意准备开门下车，顾西琛抓住了她推车门的那只手。

她转头对上了一双灼灼燃烧的眼睛。

车内的灯光很暗，但是顾西琛的眼睛很亮，黑色的眼瞳发出刺眼的光芒，林意被看得有点紧张。

"怎么了？"

顾西琛抿嘴一乐，说话意味深长。

"我们分开两天了吧。"

林意不解："然后呢？"

不就是两天吗？以前读大学的时候都没见过几次面，这有什么好说的？

"是不是该亲一个？"

这人还真是不含蓄，哪有直接问出来的？

车外星光漫天，小雪纷飞。

车内空气干燥闷热，旖旎流转。

林意觉得自己快要被这温度给烧成灰了。

她的眼睛眨了眨，带起了一点湿润，透着亮光的眸，粉嫩透亮的唇，额前的碎发因为顾西琛贴近的气息在浮动。

林意咬牙，这人是故意在勾引她！

顾西琛就这样盯着她，迟迟没有动作，林意挺起身体，抽回自己的手，顺势搂上了顾西琛的脖子，然后把唇贴了过去。

温柔又湿润的吻。

顾西琛嘴角噙笑，看着林意闭上眼睛贴近自己，他的心在那一刻就已经化了。

两个人都穿着羽绒服，但是并不妨碍身体的靠近。

气息纠缠，谁也说不清。

就这样搂着亲了一会儿，林意微微喘息，顾西琛顶着她额头笑。

"都说初雪这天接吻的情侣不会分开。"

林意也笑了："你还信这个？"

一个大男人还相信这些小姑娘才会相信的说法，看来她真的要对他重新审视了。

"因为是你才信的。"

林意退开脑袋，但是胳膊还搭在他的肩上。

"你就是故意的。"她控诉。

顾西琛装傻："我故意什么了？"

林意脸红，头撇到一边："故意勾引我，让我亲你。"

顾西琛笑，索性也不装了："那也是怪你意志不坚定。"

林意负气，转过头直接咬住了顾西琛的耳朵，不重，还有点痒。她的唇很软，他的耳垂也很软，顾西琛感觉耳朵上的触感带起了他心里的一片火。

顾西琛收紧了搂着林意的手，强忍着语气："你要是再乱动，我就对你不客气了。"

林意好歹是画言情漫画的人，那些台词里暗藏的深意她怎么会听不出来，这个"不客气"绝对不是我们常规理解的意思。她赶紧松开自己的嘴，从顾西琛怀里抽出来，伸手推开他。

她直接推门下了车，整个过程她都没敢看顾西琛。

下雪之后的空气特别清新，凉风正好洗刷了刚才身体的热度。

她得逃了，今天晚上的顾西琛有点危险。

留在车上的男人透过车窗看着前方小跑的小姑娘的身影，心里格外甜。

嘴角忍不住勾起，唇上残留的温度和柔软依旧在唇齿间徘徊。

"你说什么！"申盈盈跳起来大喊，"袁魔鬼跟你告白了？"

　　林意一只手拉着她往下拽，一只手做了一个嘘声的动作："你小声点，这是办公室。"

　　现在还不是上班时间，其他同事基本都是踩着点来公司，所以现在只有几个其他部门的同事在吃早饭。

　　"那你怎么回答的？"

　　"还能怎么回答啊，我不喜欢他。"

　　申盈盈向她竖起大拇指："姐妹儿就是喜欢你这魄力。"

　　"我以后面对袁主编还是会很尴尬啊。"林意有点垂头丧气，"而且我哥肯定都看出来了，我不想让他误会。"

　　"其实我也没想到袁主编真的就没忍住，我一直以为他会因为西琛哥的存在而直接放弃呢。"

　　男人和女人对待爱情的区别就在于，绝大部分的女人会因为懦弱直接放弃，但是所有的男人都会在尝试过后再放弃。

　　这算是一种男人的自尊。

　　"我要不要辞职啊？"

　　"千万别啊，你走了，我不就形单影只了。"申盈盈极力反对，还装委屈，"没有你我怎么办？"

　　林意忍不住笑了："你别搞得我好像和你有什么一样，还没有我你怎么办，你想怎么办就怎么办呗。"

　　申盈盈起了逗笑的心思，暧昧地眨眨眼："林意，其实一直以来我都喜欢你。"

　　林意身上瞬间起了鸡皮疙瘩，非常绝情："可是我不喜欢你。"

　　"嘿，我算领教你拒绝人的本事了。"申盈盈评价，"杀人不见血。"

　　林意向来如此，她亲缘浅薄，在她的生命里能占有地位的就那么几个人，虽然都逐渐离她而去。她从小性子淡，对于其他人都是直来直往的态度，不加掩饰。

　　她想起那天拒绝袁景的时候，几乎可以说是断了对方所有的念想，她想要的就是干干脆脆。

“你就那么喜欢西琛哥啊。”申盈盈好奇，“有多喜欢？”

林意陷入思考。

有多喜欢？

她好像从来没有去衡量过这个问题，一个人喜欢另一个人有多少，这能计算出来吗？

办公室有煮咖啡的声音，咕噜咕噜，香味肆意地蔓延。

良久，林意回神，抬眼看向坐在她身侧的申盈盈。

她开口，声音有点淡，可是任谁都能听出语气里的认真和坚定——

“我不知道自己有多喜欢他，但只要选项里有顾西琛，那就一定是他。”

辞职的念头最后还是扼杀在摇篮里了，林意想的是反正话已经说得很清楚了，她没必要为了这样的一件小事而放弃自己的工作，她依旧会按照袁景的要求做好漫画。至于顾西琛，那天来接她的时候，他估计已经猜出来了，他既然没提，就说明已经不重要了，只要自己没有那心思，就没有产生误会的机会。

时间就在寒风呼啸的日子里来到了年尾。

跨年的那天，公司的人走得都特别早，本来顾西琛是要来接她下班的，却因为临时的急事给取消了。

跨年也是情侣成双成对的日子，林意突然有点不太想回家，但顾西琛又不在，自己也不知道该去哪儿。

“晚上要做点什么？”申盈盈涂着口红，照着小镜子轻轻抿了一下嘴。

“画画呗。”林意关电脑。

她抬头看了一眼窗户外面，天阴沉得厉害，像是要席卷一切的黑暗。

"要不要去我家看片？"

"什么类型的？"

申盈盈挑起自己细长的眉毛，林意一直都觉得她打扮得虽然时尚，长相却有一种古典的美感。

申盈盈暧昧一笑："文艺的、爱情的、惊悚的，什么类型的都有，或者你想看刺激点的？"

林意知道她又想歪了："我可没你那么龌龊。"

申盈盈笑嘻嘻的，咧着红唇，瞬间决定："那我们买吃的去。"

林意给姜淑打了电话说了一下，姜淑嘱咐她不要玩太晚。

两人结伴去了最近的超市，搜刮了一堆零食。

林意和申盈盈一人拎了一大包。林意还好一点，申盈盈累得身体都变形了，扭着腰身气喘吁吁地说道："这个时候我算是理解有男朋友的好处了，等过完年我也去相亲，搞不好就让我碰见一个一见钟情的。"

林意笑着摇头。停车场很空旷，申盈盈的车停在 C 区，需要走上一段路程。

"谢谢袁主编。"

林意抬起头就看见袁景帮申盈盈提东西，随后又向她走过来。

"没事的。"林意打算拒绝，袁景却已经把她手里的袋子拿了过去，直接放在了后备厢。

"你们这是要去做什么？"袁景问。

"我约了林意去我家。"申盈盈说，"袁主编怎么才离开公司？"

"加了一会儿班。"

"我想和你说两句。"袁景对林意说。

林意抬头直视袁景，申盈盈看着情况主动闪到了一边。

"你的事情，家里人知道吗？"

林意听出来了袁景的意思，这也是申盈盈曾经提示过自己的事情。

她摇了摇头。

"你和他商量过吗？"他指的是顾西琛，他们才刚确定关系不久，林意不想让这个事情成为他们之间的烦恼。

她又摇了摇头。

"那你……"

"主编。"林意打断他的话，"我知道您的担心，但是我做出选择的那一刻，就已经有了全部的心理准备去接纳它，我不管是反对还是赞同，这都是我和他要面对的。很感谢您为我担心。"

这是她今晚第一次和他说话，态度坚定，让袁景几乎无话可说。

"主编。"林意叫他。

袁景看向她，这个女孩子几乎超出了自己所有的想象。她坚韧、努力，对待感情认真、专注，面对阻碍和挫折都有自己的处理态度。

这就是自己会为她心动的原因吧。

"新年快乐。"

袁景点头："你也是，好好玩，我先走了。"

林意坐进申盈盈的红色甲壳虫里面。

申盈盈坐在副驾驶看手机，头也不抬地问："怎么了，袁主编还没死心？"

林意叹了口气。

申盈盈终于抬头，皱着漂亮的细眉："怎么了？"

林意靠着椅子，垂着眼："你说，我应该把我们的关系告诉家里人吗？"

这是她一度想要逃避的问题，但是旁边的人却不停地在提醒她。

申盈盈放下手机："我还是建议早说早好，但这个你要和西琛哥商量着处理，虽说不是亲生兄妹的关系，但是毕竟这么多年过来了，你们俩的关系早就被家人视为一种常态，如今这种平衡的常态要被打破，还是需要缓冲的时间。"

林意盯着她。

申盈盈被看得有点毛："你怎么了，该不是真的爱上我了吧。"

"你放心，我是真的不喜欢你。"她有点开心，"我今天才发现你不仅是个情感专家，而且还是疏导能手啊。"

申盈盈摆出骄傲的样子："可不是。"

林意笑她臭屁，两人闹了一会儿。

"林意。"她难得认真地喊林意。

"嗯？"

"让时间来解决问题吧，我相信你和西琛哥能够幸福。"

"为什么你可以这么笃定？"连她自己都不敢确信的事情，却在申盈盈这里得到了无比肯定的答案。

"因为你的回答。"

她的回答——

无论是什么，只要选项里面有顾西琛，她都会选择他。

第十章
掩盖不住的心跳声

顾西琛从局里出来的时候已经是深夜了，今晚没有月亮，黑夜覆盖了整片大地。

他本来是要去接林意的，结果因为临时有点事给取消了。寒风打在身上刺骨地冷，顾西琛紧了紧身上的衣服，然后从上衣兜里掏出烟，在手背上磕了两下抖出一根烟直接咬在嘴里。

他咬着牙，从另一只兜里摸出电话，然后调出通讯录。第一个就是林意，因为顾西琛在她的名字前面打了一个拼音 A。

这个时间估计那丫头还在画画，因为林意基本每天都要画到半夜。

他按下拨号键。

"嘟嘟嘟……"

没人接，难道真的睡了？顾西琛刚想切断电话，那边接了。

电话那边传来女人的号叫声。

"你在哪儿呢？"顾西琛吸了口烟，皱眉问。

"在盈盈家呢。"

"干吗呢？"

申盈盈被恐怖剧情吓得嗷嗷叫唤。

"看片呢。"林意觉得这话有点不对劲，随后赶紧纠正，"看鬼片呢。"

顾西琛闻言乐出了声音，林意被这笑声刺激得脸有点烫。

"要不要我去接你？"

"不用了，我今天睡盈盈家。"

顾西琛用脚踩灭烟头，橘红色的火光瞬间变成一片黑色的烟灰融在夜色里。

"行，没事早点睡。"

"你也是。"

谁也没按挂断键，浅浅的呼吸声通过手机传到对方的耳朵里。

夜色宁静。

过了一会儿，顾西琛笑着提醒她："别瞎看。"

林意会意，瞬间脸红，小声"嗯"了一句挂掉了电话。

临近春节，姜淑一直在忙过年的事，顾名在小年那天正式开始休假，忙活了太多年了，今年想过一个舒心点的除夕，所有的订单都挪到年后再处理。

顾西琛却因为局里的琐事赶了好几个通宵。

林意最近的画稿也不用常常熬夜赶了。袁景为这事和她简单地聊过，说是现在点击率不错，收费的章节也一直保持着上升的状态。漫画的连载是附属公司而不是个人，所以过年放假的这段时间，准备暂停一下，也是为了勾起读者的好奇心。顺便在这期间能够多积攒一些读者，年后恢复更新，也许会有一场点击率的大爆发。

"那如果读者在这段时间脱粉怎么办？"这是林意当时因为担忧

而问出的问题。

袁景淡淡地回答："往年我们公司在放假期间都是停更的，去年为了保持热度做了一次连更实验，其实效果并没有预想的好，过年这段时间虽说是大部分人的休闲时间，但更多的是忙碌年节，倒不如我们抓住这种心理，吊着读者的胃口，也许会有意想不到的收获。"

林意垂着眼听。

"过年只有七天的假期，一周而已，这么短的时间内，一个人是不会那么轻易地放弃自己感兴趣的事物的。"他喝了一口咖啡，停顿了一下再次淡淡地开口，"除非有什么事情导致必须死心。"

林意听出袁景的意思了，他在侧面告诉自己，他对她死心了。

她点点头，同意了袁景的说法。他一向都是一个有决断力的人，不管是漫画的创意构思，还是漫画的营销方式，他的想法都是正确的。

在工作中，林意很佩服他。

她站在厨房的料理台前摘韭菜，想着想着就出了神，动作慢了下来，手指在一根韭菜上揪来揪去。

"哎呀，你再揪下去，就不能吃了。"姜淑抢过她手里被揪碎的韭菜。

林意回过神，吐了吐舌头。

"你今天不用赶画稿？"姜淑一手掐着韭菜，一手在摘，动作快速又熟练。

"嗯，不用了，现在没那么急。"她一直赶画稿，就是为了保证不断更，如今袁景发话了，她也可以借此放松一下。

"那你就出去和朋友玩玩，别老宅在家里。"姜淑劝她。

林意这孩子也算她从小看到大的，这孩子什么都好，就是话少，有点孤独，总是自己一个人待着。小时候顾西琛还能带她出去走动走动，现在长大了，一放假就宅在家里画画，也不说和朋友出去逛逛街什么的。

"你这样天天在家，什么时候能给我带个男朋友回来啊？"

"姜姨，我不着急。"

"还不着急，你过完年就二十五岁了。"姜淑感叹，"我还想抱外孙呢。"

上了年纪的家长都是这套说辞，林意听惯了，但是不知道怎么接话。

"嘭"的一声，客厅响起关门声。

这个时间段刚回家的人，还能有谁？

"妈，今天吃什么。"未见其人，先闻其声，顾西琛的声音总是那么有穿透力。

顾西琛来到厨房，就看见林意站在那儿听姜淑苦口婆心地劝。

"你抓紧了哈，最好明年就给我带个男朋友回家看看。"姜淑没完没了地唠叨，"家世不用多好，有个稳当的工作就行了，最好是会心疼人的，我可不想你嫁过去之后受委屈。"

"姜姨，您这不公平，这马上就到明年了。"林意撒娇，然后给顾西琛使眼色，姜淑低头忙着摘韭菜也顾不得看。

顾西琛站在那儿勾着嘴角笑。

"妈，今天吃什么？"

"没得吃。"姜淑白了他一眼，把韭菜放在水龙头底下冲洗，"你俩一个德行，上一次好不容易给你安排个姑娘见面，你还给我放鸽子。"

顾西琛耸耸肩："队里临时召我回去，我也没办法啊。"

林意抬头看顾西琛，后者一脸欠扁的笑容。

他上次明明说，对方是肤白貌美来着，结果他竟然是在骗她。

大骗子！她忍不住小声嘟囔。

"等过完年，我先给林意安排。"她瞪了一眼顾西琛，甩了甩手上的水，"你总是有借口，要不就见不到人。"

林意委屈："姜姨，不要啊。"

"什么不要，难道你俩真想让我七老八十的都抱不上孙子和外孙吗？"

顾西琛笑得意味深长："外孙估计真悬了。"

姜淑刚想说什么，顾西琛的电话就响了，侧出半个身子接电话。

"嗯，我马上就过去。"

顾西琛收了线："江涛在外面等我，说是几个人凑了个局。"

"去吧，去吧，别在我眼前烦我。"姜淑赶他。

林意借此机会插针："带我去吧。"

顾西琛跑了，姜姨肯定要念叨自己。

"对，带林意去，顺便看看有没有合适的，给林意介绍一下。"

"好。"顾西琛似笑非笑地答应。

林意跟着顾西琛去取车，刚出单元门就接到了申盈盈的电话。

"姐妹啊，来陪我啊。"

林意瞅了一眼发动车子的顾西琛。

"我和哥要出去吃饭，你来不来？"

"你俩去甜蜜，我才不当电灯泡。"

"没有，和同事，你上次也见过的。"

"行。"申盈盈一口答应下来了。

"那我一会儿给你发地址，你过来找我。"林意挂了电话，直接打开副驾驶的车门，探身坐到位置上。

"一会儿盈盈过来找我，我们去哪儿啊？"

顾西琛说了一个地址，随后林意给申盈盈发了短信。

她抬起头，觉得气氛有点不对。顾西琛勾唇看着她，漆黑的双眸盯得人发紧。

"怎么了？"

林意紧张，声音有点颤抖。前不久在车里的记忆突然涌进脑海，她顿时觉得这样贸贸然地跟出来，不是明智之举。

气氛安静得不像话，顾西琛越沉默，她越紧张。

她要先发制人。

"你为什么要骗我？"

顾西琛挑着浓密的眉毛："骗你什么了？"

"就是姜姨给你安排相亲的事情啊，还肤白貌美，你都没看见人家，瞎评价什么啊？"

顾西琛乐了，伸手在林意的脸蛋上掐了掐："小醋坛子，那说的不是你吗？"

林意撇撇嘴。

顾西琛突然说："你看我行不行？"

"什么？"林意抬起眼睛看他。

"我有稳定工作，家世还算行，最主要的是我会心疼人。"顾西琛似笑非笑地说。

林意小脸一红，姜淑那套说辞正好被他拿来调侃自己了。

突然想起什么，林意开口："我们什么时候和姜姨说？"

顾西琛淡淡地开口："随时都能说，我现在告诉我妈都行。"

"哎，别。"林意抬起手，"还是过一段时间吧，我怕姜姨接受不了。"

"这件事对我们来说并不是阻碍，只要你想。"

他给了她做决定的权利，只要她想，他能为她挡住和承担一切。

"那什么在你这里算阻碍？"她小声地问。

顾西琛揽住她的肩膀，嘴唇轻轻触碰她的额头："你呗。"

她不喜欢他才是最大的阻碍。

聚会的地点是一家酒吧，天崩地裂的音乐，震得耳朵发麻，五颜六色的激光闪得人眼花缭乱。

顾西琛拉着她的手穿过人山人海。

"哥，你怎么才来啊？"江涛先打的招呼。

他们俩在车上腻歪了一会儿，耽误了点时间，申盈盈都已经到了，穿着漆皮小短裙坐在沙发上喝鸡尾酒。

"怎么突然约在这种地方了？"林意向来喜欢清净，酒吧真的不是她会涉及的场地。

她拽了拽顾西琛的衣袖。

"年前这段时间局里的人都是绷紧的状态，今天好不容易清闲点，就打算出来放松一下。"顾西琛解释，"你要是不想待，我带你走。"

"那多不好啊。"林意说，"你玩你的，我就坐在旁边喝饮料。"

林意坐在申盈盈旁边，顾西琛也就随她去了。

"你来得这么晚，该不是做坏事去了吧。"申盈盈暧昧的目光在她身上扫了又扫。

林意被她看得不自在，缩了缩脖子。

"是不是西琛哥对你做坏事了？"申盈盈逼问。

其实刚才在车里顾西琛什么都没做，就是抱了她一会儿。不知道是酒吧的温度太高，还是受不了申盈盈暧昧的逼问，她的脸还是红了。

申盈盈看她的样子不禁"啧啧"感叹："小花终于不再是小花了。"

"那是什么？"

她嘻嘻一笑，暧昧地说："已经是娇艳的玫瑰了。"

林意又不争气地红了脸。

顾西琛被江涛拉着玩骰子，江涛一开始状态就不好，心不在焉的，没事总是三两下就回头看一眼，顾西琛用胳膊顶了他一下。

"你该不是看上人家了吧？"

江涛面子薄有点不好意思："哥。"

上一次在大排档人多，申盈盈坐在角落的地方，根本就没注意到。刚刚他在酒吧等顾西琛，申盈盈一进来就直接认出了他。

"你是西琛哥同事对吧？"申盈盈伸出自己纤细的手，"你好，我是林意的朋友，是她让我来这儿找她的。"

申盈盈化了浓妆，棕色的细眉，浓艳的唇色，眼底和鼻子上打的高光在酒吧激光的照应下一闪一闪的。

"你怎么认识我？"江涛没见过这么好看的女人，一时之间有点慌乱。

申盈盈脱了外套，她今天里面穿的是雪纺的白色衬衫，下身是高腰的漆皮小短裙，腰身纤细，身材高挑，修长的大腿包裹在裙子底下。

她坐在沙发上咧着红唇笑："上次在大排档见过你，我对长得帅的人都是过目不忘。"

这种无形的诱惑，好难抵挡。

顾西琛点了一根烟："你要是喜欢就追呗。"

江涛挠挠头，像个小学生一样请教："哥，你喜欢谁也会直接去追吗？"

顾西琛吸了一口烟，看向另一头坐着的林意。林意脱了羽绒服，里面还是朴素的白色无帽卫衣和贴身牛仔裤。

她和申盈盈在咬耳朵说什么，时不时还笑两下，就像百合花一样纯净。

这么多年了，他依旧忘不了当年在球场见到的那一幕，她抱着他的衣服，站在那儿，对他说"我是来找你的"。

人的一生总有一个瞬间是难忘的，它不会被过去的记忆影响，也不会为你指引未来，但是它就定格在那儿，你想到它的时候总会有情绪翻滚，不管它是甜的还是苦的。

顾西琛的声音变得低沉深远，像是从低谷中传来的回声："是呀，我追了很多年了。"

他追了很多年，同时也等了很多年。

酒吧里面乱糟糟的，烟味和汗味在这个空间里充斥着，申盈盈不知道去哪儿了，林意喝了好几杯可乐，这会儿特别想上卫生间。

顾西琛还在玩牌，林意自己摸着路去了。

去卫生间的路上有一个过道，很隐秘，林意被一对纠缠的人吸引了视线。

她眯了眯眼，漆皮小短裙和白色雪纺的上衣，大长腿……

这背影好熟悉，这身穿着，怎么这么像申盈盈穿的那身？

林意看不清那大长腿主人的样子，不过她下意识有了一个想法。

申盈盈遇见色狼了，她要去救申盈盈。

她撸起袖子，刚想过去，就被人捂住了眼睛，身体也被一只手给环住了。

不是吧？

难道自己也要被吃豆腐了？

她刚想挣脱，耳边就传来一声沉稳的声音。

"别动。"

这声音不管过了多少年，她都不会认错，她停止了挣扎。

耳边传来温热的气息，林意闻到了浅薄的酒气。

"让你别瞎看，真人的也不行。"

林意心里纠结，张张嘴，不知道怎么解释，申盈盈被人吃豆腐啦。

"放心吧，她没事。"顾西琛打消她的担忧，"你顾好你自己就行了。"

她不是好好的吗？

不行，她要忍不住了。

"顾西琛，我忍不了了。"

这没头没脑的一句话惹得顾西琛蹙紧眉目。下一秒，林意直接挣脱他的手，奔向了卫生间。

顾西琛看着林意着急的背影，忍不住笑了起来。

散场的时候，林意也不见申盈盈，不知道那个丫头跑哪儿去了。

虽然顾西琛告诉她说没事，但只要想起那一幕，她还是忍不住担心，那男人到底是谁啊？为什么和申盈盈那么亲密？

连续好几天，申盈盈一下班就跑，林意都没机会问一问。终于在假前最后一天上班的时候，她把申盈盈堵在了卫生间。

此时，申盈盈刚刚补完一个妆，艳丽的嘴唇像一朵娇艳的红玫瑰。

林意站在卫生间门口。

"大爷，有事吗？"申盈盈调笑。

林意白了她一眼。

"上次在酒吧，我看见你和一个男人抱在一起。"林意问，"你是谈恋爱了还是被人骗了？"

申盈盈冷艳的红唇勾起弧度："我有什么被人骗的啊？"

"那你是谈恋爱了？"林意瞪着眼睛，"你的一见钟情出现了？"

申盈盈突然有点扭捏起来："还没正式开始呢。"

没正式开始你就在酒吧被人抱住亲，这也太劲爆了吧。

林意觉得自己的三观需要重新刷新一下。

"谁啊，我认识吗？"林意难得八卦起来。

申盈盈小皮包里面的手机在振动。

"姐妹，我回头跟你说。"申盈盈拍了拍她的肩膀，一溜烟消失了。

林意再想拉住已经来不及了，谈恋爱的女人就像脱缰的野马，谁也拉不回来，自己对顾西琛不也是这样嘛。

林意回去收拾东西准备回家。

袁景从主编室出来正好撞上同样要坐电梯的林意，她站在了按钮的那侧，没等她主动问，袁景先开口了。

"帮我按下负三层，谢谢。一会儿是要回家吗？"

林意按完一层又按了负三层，回答袁景："嗯。"

"袁主编一会儿也是要回家吗？"她客气地回问。

"不，我去机场。"袁景声音淡淡的，"我去国外陪我父母过年。"

林意点头。

一层到了，离别的时候，林意说："主编，新年快乐。"

这话她在跨年的时候就对他说过，意味却不一样了，那时只是客气地一说，而现在是真的希望他能和家人一起过一个快乐的春节。

在电梯准备要关上的时候，林意听到袁景轻声说："你也是。"

她也会过一个快乐的春节，比往年都要快乐。

姜淑在做饭，林意刚到家就跑进厨房帮忙打下手。

"你哥没有一天是能看到人的，后天都要过年了。"姜淑又忍不住抱怨，"这做了警察之后，都没时间谈个恋爱。有了孩子以后啊，还能顾家点，现在成天在外面野。"

林意闻言嘴角忍不住勾起，继续手里面的活儿。

饭上桌的时候，顾西琛才进家门，脱了鞋放了钥匙就打算上桌，林意打了一下他伸向筷子的手，随后瞪了他一眼。

"你没洗手。"她提醒他。

顾西琛反手攥住林意的手，她的手很白，摸起来软软的，他揉着她手背的骨节，然后用力一提，自己站起身的同时把她也拽了起来。

"陪我去。"

来不及反抗，林意就被顾西琛连拽带搂地弄到了卫生间。顾名在一旁喝茶，背对着他们看新闻频道，姜淑从厨房端菜出来。

顾名起身坐到饭桌前的靠椅上，优哉游哉地说道："我发现西琛还真就听林意这孩子的话。"

姜淑摆弄桌上的碗："他们俩从小一起长大的，感情自然好得没话说。"

"你说，林意这孩子有没有机会做咱们的儿媳妇？"

姜淑闻言停下动作："瞎说什么呢。"

顾名说："这不是正好吗，知根知底的。"

姜淑心里突然有点不舒服："那也得要两个孩子有那意思啊，这么多年过去了，要真有意思早就表露出来了，还用等到现在吗？"

顾名摇头感叹："也是。"

姜淑摆好碗筷坐下："以后这话就别瞎说了。"

顾名点头。

另一边，卫生间里，顾西琛把她困在自己的身体和洗手台之间，不让她出去。

林意乖乖地给他打香皂，忍不住小声抱怨："你现在怎么跟个小孩子一样。"

他的手掌宽厚，十指修长，当初抓着自己的那双手不知不觉已经变得更大更温暖了。

林意在泡沫中揉着他的双手，他的指腹有些粗糙，摩擦着自己的皮肤有些微微地疼。

顾西琛把下巴埋在她的脖颈，吸取她身上的味道。

林意扯下手巾擦了擦他的手："好了。"

她想挣脱开束缚，顾西琛手臂却收得更紧，不让她动。

"你别闹了，一会儿姜姨该催我们了。"

顾西琛把她身体转过来，目光锁着她的眼睛，低着头就要亲下去。林意立刻捂住嘴巴。

"你干什么？"

顾西琛不满地皱眉。

女生是不是都是这样，明摆着的事非要再问一遍吗？

"不行。"她的嘴捂着，声音闷闷的，"姜姨和顾叔叔就在外面呢！"

顾西琛满不在意："发现就发现呗，反正早晚也要说的。"

林意赌气似的掐他："那也要等到过完年啊。再说，你也不想大过年的让姜姨不舒服吧。"

顾西琛不为所动。

林意看着他，他上身只穿了一件套头的灰色卫衣，头发最近好像又理过了，干净利落。漆黑的眼瞳被卫生间柔和的灯光映得发亮，浓密粗黑的眉毛，英挺的鼻子，紧闭的薄唇。

林意不禁感叹，这张脸不管看多少次都看不腻啊。

她转了转眼珠子，小心思又起。

林意主动拽上顾西琛卫衣的两侧下摆，轻轻地晃一晃，半撒娇的语气："你就收敛一下嘛。"

没反应。

她再晃一晃："好不好嘛。"

腰上的手劲松了松，林意立刻就明白顾西琛算是答应她了。

姜淑的声音从客厅传来。

林意决定给顾西琛点奖励，踮起脚在他的侧脸上亲了一下，然后飞快地跑出了卫生间。

顾西琛愣了一会儿，摸着自己脸颊刚刚被亲过的地方，嘴角忍不住地翘起。

饭桌上，姜淑提起过年的安排。

"我今年接姜媛过来过年。"

姜媛是姜淑的亲妹妹，早些年嫁到杭州，一直没有回来。前几年因为离婚的事情闹得一直很不愉快，姜淑还去看过她一次。

林意知道姜媛，因为那次姜淑特地去了杭州，她和顾西琛被扔在家里好几天，都是靠着泡面和下馆子度日的。

顾名吃了一口菜："她现在情绪怎么样了？"

姜淑声音有点飘："前些天给她打过电话，状态还不错，我让她回来和咱们一起过，她不愿意。但过年我还是想接她过来，昨天她松口了，说是赶今天晚上的火车，明天晚上就能到。"

"小杰过来吗？"林意嘴里还咬着荞麦菜。

小杰是姜媛的儿子，今年才上幼稚园。

姜淑说："一块过来的。"

顾西琛夹了一块红色的锅包肉，不动声色地放在林意的碗里："明天我去接小姨吧。"

"你明天不是上班吗，我和你爸去接。"

"明天是最后一天岗，可以正点下班，我直接去车站接小姨，你明天和我爸在家准备年货吧。"顾西琛说。

"那我呢？"林意插话，大家都有事情做，好像只有自己很闲啊。

"你和我一起去。"

"那我明天直接去车站找你。"

"不，你和我一起去上班，然后再去车站。"

呃，好像只能答应了。

城北的公安局对林意来说还真是一个有缘的地方，不到半年的时间，她都进三次局子了。

最近没有需要警员出动的案子，顾西琛一整天都在处理案件的后续。

"江涛呢？"今天好像一直都没有见到跟在顾西琛身边的小跟班了。

顾西琛敲着键盘："我今天替他值班，让他走了。"

"哦。"

明天就是除夕，很多人都已经早走了，能守到最后的都是战士。林意抬眼看了看面前的这位战士。

整个二楼的办公室，只有他们两个在，一个叼着烟敲键盘，一个舔着棒棒糖看他敲键盘。

"有那么好吃吗，小心全变虫牙。"

林意继续舔了舔，苹果味的香气弥漫整个口腔。

她不甘示弱："那你那个好抽吗，小心牙齿全部变黄。"

顾西琛挑了挑眉头，按灭烟头，打下最后一个字后，关掉电脑，整个动作一气呵成。

他起身向林意的方向走去，林意本能地察觉到有危险，下意识地就往门口跑。

无论是速度还是力量，她都抵不上顾西琛，门没拉开，人倒是被扣到门板上了。

棒棒糖落地的声音异常清脆。

林意推了推贴在自己身上的人："你不是答应我要收敛的。"

昨天才答应的，怎么今天就说话不算话了？

"现在是在外面。"他的声音有点缥缈，林意听得迷幻，"所以不作数。"

顾西琛的脸开始在林意的眼睛里逐渐放大，他凑近，嗅了嗅鼻子，称赞道："闻着挺甜。"

她是苹果味的气息，他是烟草味的气息，交织缠绕。

外面走廊传来脚步声。

林意连忙推开顾西琛，两人迅速调整好状态，仿佛刚刚的插曲不存在。

周成推门而入。

"哎，西琛怎么还没走？"周成回自己桌子上拿钥匙，"没事赶紧回家吧，保不齐什么时候就紧急召唤，别在这儿浪费时间了。"

"嗯，马上就走了。"顾西琛答应。

林意静静地站在一旁，还在为刚刚的事情悄悄地平复着乱跳的小心脏。

接到姜媛已经接近深夜了，姜淑难得没有早睡，一直在家等着。两姐妹见到，好多话要说，于是姜淑带着姜媛住进了客房里。

除夕早晨，迎来一个艳阳天。

林意也难得睡了一个懒觉，风透过窗帘的缝隙钻进来，吹动她额前的碎发，弄得额头有些痒。

　　她坐起来揉了揉眼睛，然后起身在二楼的卫生间洗了一把脸，下了楼。

　　小杰在客厅里摆火车，这是昨天她和顾西琛一起在百货商场挑的。姜淑在他们出门的时候特地交代要买点小孩子的玩具。

　　本来是在一个组装飞机和摆火车之间犹豫不定，后来还是顾西琛下的决定。

　　"买这个吧？"

　　"为什么，这个也挺好的。"林意犹豫着，举起手中的飞机模型。

　　顾西琛半开玩笑地说："因为你怕啊。"

　　林意恍然大悟，瞬间不再犹豫。

　　他连买一个玩具，都能想到她。林意心里甜得不像话，嘴角也悄然勾起微浅的弧度。

　　"想我呢？"调笑的声音从身后传来。

　　她站在楼梯处，后面声音不大不小，但是正好她全部听得清楚。

　　林意回头瞪他。

　　这人，大早上就开始不正经了。

　　顾西琛不再逗她。

　　顾名坐在沙发上看晨间新闻，姜淑两姐妹在厨房忙活晚上的年夜饭的食材，地上的小朋友折腾来折腾去的。

　　晨光透过客厅的落地窗铺洒在地板上。墙角的绿植生长得正好，室内温暖的温度和恰到好处的阳光，给它充足的生长空间，枝叶茂盛，生机勃勃，用最好的姿态迎接新一年的到来。

　　"爸，你说你朋友送的那些烟花什么时候去拿？"

　　林意听着疑惑，烟花？不是因为小区管制，每年都不能放的吗？

　　顾名喝了口茶："下午吧。"

　　一听到有烟花，小孩子是第一个兴奋的。

　　姜淑抱着一盆韭菜放在茶几上，林意帮忙过去摘。

"这小区管得那么严,烟花能放吗?"姜淑担忧。

顾名说:"在我们附近的小公园放,这样物业就管不了了。往年都太平静了,今天怎么着也要弄出点响声来。"

林意被顾名的话勾起了小时候的某段回忆,以前爸爸也喜欢烟花,妈妈不让他弄这些东西说是危险,可是爸爸说,没有响声的年怎么算是过年。

小时候的林意也特别喜欢烟花,父亲负责点,她负责看。

烟火是顾名和顾西琛一起去取的,直接放在了车库里面。

夜幕降临,外面断断续续的爆竹声开始响起。

吃过晚饭,一家人准备起身去小公园。

小公园的人很多,由于市中心小区安保的管制,大家不得不聚集在这儿。往年姜淑嫌麻烦,所以对于春节的这个环节都是作罢。

这次全部都是大礼花,顾西琛把礼花摆好,依次点燃,五彩缤纷的颜色在黑色的天空炸裂,形成耀眼的花朵。

顾西琛侧头看向一旁的林意,她仰着头,忽明忽暗的光在她脸上映射,她咧着嘴在笑,那是发自内心的笑容。

不是别人刻意去逗笑,不是勉强的笑容,而是一种发自内心的、真心实意的笑容。

那笑容里,有纯粹和天真。

顾名突然感叹:"以后咱们家每年都要放上几个礼花,这才有年味嘛,这次要不是西琛逼着我去弄,今年不又是这么不声不响地过去了。"

姜淑也感慨:"以前在乡下的时候,哪一年不是这样过的?进城里之后,就被限制了。"

小杰在一旁开心地玩着。

顾西琛轻声问林意:"喜欢吗?"

林意轻声"嗯"了一声,随后又说:"喜欢。"

"喜欢就行了。"

不知道是不是她的错觉，林意觉得今晚的安排都是顾西琛为她计划的。也许可能是她自恋了，但是那种念头就像定在砖墙上的钢钉，拔不下来。

她看着他漆黑的眼睛，漆黑的短发，脸不自觉地开始烧了起来。

声声爆竹，掩盖不住她的心跳声。

独宠小青梅
duchong
xiaoqingmei

第十一章
这一次他非亲不可

烟花放完了。

但是一切还没有恢复平静。

电视机里面放着小品，郭冬临的光头形象的确很吸引眼球。

"面和馅都和好了，想什么时候吃？"姜淑拍着手上的面粉问。

顾名茶不离手："晚点吧。"

小杰玩累了已经去睡了，姜淑提议搓会儿麻将。三缺一的场面，林意不得不顶上去了。

"没事，别紧张，就是消磨时间。"姜淑劝林意。

"林意不会玩吗？"姜媛问。

"不太会。"她老实地回答。

"西琛会，而且打得好，让他当你军师。"姜媛笑说。

林意瞅了一眼坐在沙发上漠不关心的军师，心里默默流泪。

两圈下来，林意一个劲地点炮。

第三圈刚开始，她就摸不清楚牌路了。牌是很整齐的，只有一张红中是单张的，林意对于麻将的认知就存在于小学生的阶段，单张就打，双张就碰。

她刚想把手里的红中打出去，就被人阻止了。

"打七条。"

不知道什么时候，顾西琛坐在她身后。

他又说了一遍："打七条。"

林意放下手中的红中，打了一张本来是双张的七条出去。

姜媛笑着摸牌："军师坐不住了，出来帮忙来了。"

摸了一圈，林意又摸了一张红中，把单张的七条打了出去。

对家的顾名打了一张红中，林意看看自己的牌好像和了但是她又拿不准。

顾西琛站起身随手把林意面前的牌给推了。

对家点炮，和的是飘牌。

不鸣则已一鸣惊人，讲的就是这个道理吧。

顾名笑说："你小子，还真是阴，算计你老爸点炮。"

顾西琛勾着嘴角没说话。

又新开了一局。

"西琛过了年有二十七岁了吧，没有个女朋友啥的？"姜媛打出一张三万。

姜淑摸牌："这小子也不做这方面的打算，只有我们做家长的干着急。"

顾名笑了笑打出一张牌："儿孙自有儿孙福，你别老惦记那么多。"

姜淑抱怨："隔壁老孙家的孩子去年就抱上孙子了，我看着能不眼馋吗？何况老孙的孩子和咱家西琛同岁。"

这个话题听得林意心里发紧，心思彻底不在牌上面了。

"摸牌。"

顾西琛提醒,林意才想起伸手摸牌。

她运气不错,牌面每次都很整齐,没有什么碎牌,她摸了一张五条,正好手里还有一张五条。

她再次犹豫打什么牌。

顾西琛推牌:"自摸。"

吵吵闹闹又打了几圈,因为顾西琛的帮忙,林意和了好几把。时间接近十一点,姜淑准备去包饺子,麻将局就此散伙。

林意准备去洗个澡再下来吃饺子。

洗完了,林意才发现自己忘记拿睡衣了,可能是刚刚搓麻将时糊里糊涂的,整个人都是蒙圈的状态。

她只围了一条黄色的浴巾,头发还在滴水,因为被热气熏过,脸上还透着粉嫩的红。

她拉开卫生间的门时,顾西琛正好上二楼,就看见了这一幕——林意围着黄色的浴巾,裸着双肩和白嫩的胳膊、纤细的小腿,就这样在二楼的走廊站着。

林意是看到顾西琛才停下来的,她双手紧张地揪住了胸前的浴巾,以防它不小心掉下来。

气氛有点尴尬,气温也有点热。

"我……我忘记拿睡衣了。"她磕磕巴巴地说,"我先去穿衣服。"

顾西琛躲闪着目光,轻轻地咳了一声。

他难得不好意思起来。

不等顾西琛有什么反应,她推开自己的房门进去了。

她没敢换睡衣,换了一身新的卫衣和牛仔裤,头发吹半干就下楼去了。

顾西琛不在客厅。

林意又跑去他房间,发现他也不在。

她回到客厅坐着，心想他跑哪儿去了？

姜淑端着饺子出来，打量一下四周，然后问："西琛跑哪儿去了？"

林意给自己碗里倒了点醋，用筷子点了点然后递在嘴里。

这陈醋真酸。

"刚刚那小子说出去抽根烟。"顾名看下表，"这都出去半个小时了，怎么还没回来？"

林意瞅了一眼沙发上的外套，又看了一眼窗外，窗户半开着，能听到寒风呼啸的声音。

她有点担心他了。

林意放下碗，拿起外套就去门口穿鞋。

"你干什么去？"姜淑问。

林意一边提鞋一边说："我去给我哥送个衣服，外面太冷了。"

"找到你哥，快点把他带回来。这都多晚了，还在外面瞎逛。"

林意答应着，推门出去了。

出了单元门，林意就看见了顾西琛的身影。他站在小区绿化的小树旁边抽烟，看不见烟雾，只能看见忽明忽暗的橘红色星火。

林意走到他的身后，轻轻踮起脚，给他披上衣服。

他转身，眼睛黑得发亮，林意一时之间竟然不知道说些什么。

垃圾桶上已经聚集了很多的烟头，它们聚在一起，证明一个事实。

他抽很久了。

"你怎么没被我吓到？"在心里踌躇了半天，只能用这个话开头。

顾西琛轻笑一声："你忘记我是做什么的了。"

他是个刑警，五官的触感经过训练都比常人要敏感。就算林意的动作很轻，但从她出了单元门的时候开始，他就觉察到了。他之所以不动声色，是因为他在克制自己的欲望。

林意的头发没有全干，残留的水被零下的气温凝结成了冰霜，头发变得硬邦邦的，还有些微微翘起。林意被寒风吹得有些冷，忍不住打了个寒噤。

顾西琛直接摁灭抽了一半的烟，拉着林意就往回走。

"你不抽了？"

"嗯。"

出了电梯，气氛瞬间变得有点尴尬，两个人就站在门口，谁也没掏钥匙，谁也没敲门。

林意出门急没带钥匙，她看向顾西琛，他就站在那儿也没动作。她不知道顾西琛在想什么，但是他没动，自己也就跟着没动。

待了半天，林意忍不住了，伸手准备敲门，手指还没碰到门板就被人攥住反扣到了身后，她还没反应过来就被抵在了墙上。

这个现象她太熟悉不过了，自从他们俩恋爱以后，顾西琛有事没事就把她往墙上推。

下面要做什么，也就不用多解释了。

唇被轻轻碰了一下。

林意紧闭着双眼，耳边传来询问。

"你吃醋了？"

林意不懂他的意思，她一直以来不都是大方得体的女朋友吗？什么时候乱吃醋了？

林意半睁着眼看他，白色的灯光有些刺眼，顾西琛的脸被无限放大，她看见他轻舔了一下嘴角。

她恍然大悟，刚刚她出门的时候尝了一口碗里的醋，顾西琛说的是陈醋的味道。

"想什么呢？"

林意小脑袋摇得跟拨浪鼓似的，她可不能让他知道刚刚冒出来的愚蠢想法。

他又轻笑了一声。

淡淡地笑声，格外撩人。

　　林意一直对顾西琛的声音格外敏感，那是一种极具有穿透力的声音，不管中间隔的是迷雾还是围墙，林意都能够听得到。

　　走廊的声控灯灭了，周围事物陷入了黑暗。

　　人的五感在黑暗中肆意放大，顾西琛的气息和覆在她身上的体温，就像一条导火线，随时都有可能控制她的理智。

　　外面还有爆竹的声响。

　　林意感受到了顾西琛又要贴近的趋势，她下意识地小声提醒："姜姨他们在里面呢。"

　　一墙之隔，家人在里面嬉笑，他们在外面缠绵。

　　林意想踮脚点亮声控灯，顾西琛察觉了她的小动作。

　　"别动。"

　　林意真的就没动。

　　她紧张得心都要跳出来了，心跳频率就和飙车一样。

　　她又提醒了一次。

　　"会有人听到的。"

　　顾西琛一只手穿过她湿润的头发，头发上还有些没有融化的碎冰霜，有些冰手，他的手覆了她的后脑勺，捧着她的脖颈，不让她动，另一只手探进羽绒服里，环住了她的腰。

　　黑暗像一只野兽，吞噬了人所有的理智。

　　耳边被喷洒上温热的烟草气息。

　　"别出声。"

　　林意在黑暗中瞪大了双眼。

　　下一秒，顾西琛就不管不顾地亲了下去。

　　他忍得够久了。

　　天高皇帝远。

　　这一次，他非亲不可。

　　林意失眠了。

她在床上翻来覆去就是睡不着。

她爬起来瞅了一眼手机，清晨六点，天还是一片黑茫茫的，还能听见零星的爆竹声。

她鼻子有点不通气，怎么都睡不着。

就在五个小时之前，她和顾西琛回家的时候，被姜淑好一通训斥，不好好在家吃饺子，非要去外面作妖。林意捂着嘴连打了几个喷嚏，连饺子都没吃就上了楼。她捂着当然也不只是打喷嚏，因为刚刚和顾西琛的吻，她有点心虚，她害怕被发现。

身上还像火烧一样，不知道是自己发烧了，还是刚刚发生的事情带来的后遗症。

她决定下楼找点药吃。

林意脚步很轻，昨天大家睡得都晚，林意怕吵醒他们，蹑手蹑脚地摸进了厨房。

她用杯子接了点热水，然后在储物柜里面找了退烧药和感冒胶囊，也没看日期就混在了一起。

刚准备吞下去的时候，手被截在半空中，林意张着嘴看向身侧的人。

这人走路真的是一点声音都没有！

顾西琛拿起琉璃台上的药板，眯着眼看了看。

"这个不能吃，过期好久了。"他哑着声音。

林意不说话，就呆呆地看着他。

顾西琛穿着棉质的灰色睡衣，身材匀称修长，一身简单的睡衣也能被他穿得十分好看，隐藏在棉质布料下的肌肉线条若隐若现。

几个小时之前的记忆又回到脑海里，她的脸又不自在地红了，好想伸手摸摸那紧致的肌肤。

脑袋被温热的大手覆上，林意赶紧摇摇脑袋回过神来。

"怎么这么烫？"顾西琛担心地看着她。

林意脸颊泛着潮红，唇还有些微肿，眼睛里透着厨房灯光映射的暗淡光芒，水润又明亮。

林意心想，还不是你刺激的。

顾西琛从药盒里拿出体温计，伸手就要去解林意睡衣最上面的两颗扣子。

哎哎哎？这是要做什么？

林意用双手捂住胸口。

"我不量。"

顾西琛耐着性子哄小孩似的："你现在身上很烫，量一下体温，如果温度太高要去医院打针。"

"那我含在嘴里。"她伸手去拿。

顾西琛攥住她的手："脏。"

林意撇嘴。

"那我自己来。"

"有什么不好意思的。"他凑近，暧昧地说，"刚刚都摸过了。"

暖气开得太足了，林意头一回觉得北方的暖气供暖这么好。

有细密的汗珠开始在额头浮现，顾西琛拨动一下她额前的碎发，伸手解开了林意身前的两颗睡衣扣子，把体温计放在她的肩窝下面。

他的动作轻柔缓慢，林意看着心紧，最近两人的暧昧举止太频繁了，总觉得下一秒就会忍不住扑向对方。

顾西琛起身去洗手间，浸湿了毛巾。他替她擦去薄汗，然后把毛巾覆在她额头上。

体温计显示，37.5度，有点低烧。

顾西琛在药盒里挑挑拣拣，把过期的药都扔进了垃圾桶里，然后拿出两粒白色的药片和一瓶口服液。

"这个是退烧的。"他指的是白色药片，"这个口服液是治伤风的。"

林意乖乖依照顾西琛的吩咐把药都喝了。药和口服液都太苦了，她小脸皱着，五官都扭曲了，特别难。她又喝了口水来缓解嘴里残留的苦味。

"去睡个回笼觉。"顾西琛摸摸她的头，"捂身汗出来，明天就好了。"

林意点头，回房间睡觉去了。

这个回笼觉她睡了很久，感觉全身都湿透了。

等她睁眼，神智清明，鼻子不堵了，也不觉得热，只是手在身上随便一抹，都是湿漉漉的。

她洗了个澡，换了身新衣服。

正午的阳光正好，大年初一是一个崭新的起点，周围的一切都是旧事物，但是又带给人什么都是新的的感觉。

林意看到自己书桌上面摆着的东西，瞬间就笑了。

她知道，是顾西琛准备的。

有一束光努力地爬上桌子。

一瓶感冒口服液和一根苹果味的棒棒糖。

那是她喜欢的味道。

大年初五，顾西琛被紧急召回队里。汪民打来电话，顾西琛接电话时候的神色很不好，紧促着眉峰，说不出的沉重气息。

距离春节正式收假还有两天，没有了和顾西琛的打情骂俏，林意就躲在屋子里面画画。

屏幕上未画完的内容是男主去车站接女主的画面，黑色的夜，男主张开怀抱，女主拉着箱子站在他的对面。

那是不久前她从武汉回来，顾西琛去接她的时候。

林意给男主的轮廓加工，画得更深邃一点。

衣角是随风飘扬，眉眼中的细节是藏不住的怜惜与爱意。

手机振动，打断了她要描绘的动作。

"你干吗呢？"申盈盈声音懒懒的。

"画画啊。"

"喊，除了画画你就不能找点别的事情干。"申盈盈评价。

林意寻思了一下，自己除了画画以外能干的事情还有什么。她想着想着，脸红了，好像还有和顾西琛腻歪。

"我从今天开始要寂寞了。"申盈盈带着一点抱怨的小语气。

林意"喊"了一声："你最近不是有情郎在陪着吗？"她拿起在肩上夹着的手机，正色道，"你男朋友到底是谁啊？"

提到这个话题，一向大大咧咧的申盈盈反倒扭捏起来："还不算是正式的男朋友呢。"

林意心想，必须要好好和她讨论一下关于恋爱观的问题了。

"不是男朋友，你在酒吧还和人家接吻？"

"哎呀，那是他主动的。"

"那你不是默许了吗？"

"女人不能太端着了，不然好粮食都被人家抢走了。"

申盈盈这个比喻，让林意很是无语。

"你别绕弯子了。"林意逼问，"你跟我说到底是谁？"

申盈盈特别小声地说了一个名字，林意没听清楚。

"谁？"她问。

申盈盈咬牙："江涛。"

林意好想掀桌啊。

暗度陈仓说的就是这个吧。

申盈盈和江涛怎么就扯到一块去了呢？感觉是八竿子打不着一块的两个人。

在林意的印象里，江涛就是一个特别单纯无害的男孩，成天跟在顾西琛的身边，有的时候还很害羞。他这种性格的人，她怎么也不会想到会主动追求申盈盈。

人的感情果然无法推断。

原来顾西琛早就知道是江涛了，所以当时他的语气才会那么笃定，自己的担心果然都是多余的。

好像只有自己一个人傻了吧唧的什么也不知道。

唉——

"真是他主动的？"林意还是有点怀疑。

"你不知道他这人有多单纯。"申盈盈兴奋地说，"他把我堵在酒吧的那天，特别害羞地找我告白，那样子别提多可爱了。告白是他主动的，接吻是我主动的。"

只不过后来是江涛化被动为主动了。

申盈盈说完自己还在那边嘻嘻地笑。

她接着说，语气中是藏不住的笑意："看起来害羞单纯，其实他特别黏人，我故意逗他说他现在不是我的正式男朋友，他为了这事总是跟我撒娇。"

她给自己总结："我可能真的一见钟情了。"

一见钟情这话袁景也对林意说过，她不信这个，但是她相信最初的好感会在时间的磨砺中渐渐加深，然后成为永恒。

前提是两厢情愿的好感。

林意知道申盈盈虽然表面上总是谈论感情，看起来瞎闹又不正经，但她的内心单纯又深情。只不过她需要一个契机，而这个契机就是她一直崇尚的"一见钟情"。

林意真心为她高兴。

"他临时接到消息归队了，现在我很寂寞啊。"话题绕了一大圈，终于回来了。

林意想到了顾西琛，他也是接了电话之后临时归队了。

林意问："他什么时候走的？"

申盈盈忍不住有点抱怨："今天早上，他好不容易初四从老家赶回来的，我们俩在一起的时间还没到两个小时呢，他就被叫走了。"

林意了然，因为顾西琛也是今天早上被叫走的。她现在还能想起顾西琛早上接电话的时候，那股沉重的气息。

好似天降暴雨前的乌云那般阴暗浓重。

她开始有点担心他。

挂了申盈盈的电话后，她突然很想打一个电话给顾西琛，指腹在手机屏幕上摩擦犹豫，最终还是没有按下去。

他那么强，一定什么事情都不会有的。

一定只是自己想太多了。她这样告诉自己。

顾西琛在公安局准备任务出动的事情。

"线人发来的最新消息，这几日会有大动作。"江涛敲着键盘整理最新的数据，"哥，上一次的团伙和这一次已经确定是同一批了。"

汪民打量着手里的人像模拟："估计错不了了，应该是他。这次我们不要打草惊蛇，缉毒队那边已经得到通知了，稍后会来支援我们。"

顾西琛说："头儿，线人的消息总是会有些偏差，不如这次我们先潜伏进去一个人，打探一下情况之后再行动，这样也以防上次的事情再次出现。"

这批犯罪分子主要是做一些不正当的生意，时不时会有一些不法的交易勾当。年前得到最新的线人消息，在这次交易中会有白粉。刑侦队接到消息后，直接出动，熬了几个星期的通宵也没等到那群人背后的大黑手出现。

公安局安排的眼线在那边还是个小人物，得不到什么最核心的内部消息。刑侦队破案在即，由于春节将至领导那边催得也紧，导致顾西琛他们提前收网，错过了最佳时机，只抓到几个小喽啰，主要核心犯罪人物带着罪证全部逃跑。

这批犯罪团伙自从上次之后就消停了。直到这次，线人又给来消息，说他们最近会在城西的破旧工厂交易。

"他们现在急需买家，把这批货给脱手。经过上次的动荡，他们已经被吓破胆了，不敢轻易地来回走动。如果我估计得不错，他们选在城西交易，很有可能城西就是他们现在的窝点。那里荒废多年，破工厂里面阴森诡异，很少有人会注意到。"顾西琛根据目前的形势进行分析。

汪民点头："的确需要再打探一下情况，才可以行动。"

江涛问："那我们怎么再安排一个人混进去呢？"

汪民道："那里人烟稀少，突然出现他们必定会起疑心的。"

顾西琛淡淡地说："民以食为天，再怎么谨慎小心，人不吃饭是不可能的。只要让线人做点铺垫就行，我们就通过送外卖的机会混进去。"

城西是这座城市最荒凉的地带，这边主要是以工厂为主，早些年的化工厂、纺织厂都聚在这一处。由于工厂占地面积大，化工类排污物对人类有害，所以很多房地产公司选址盖房子都不会选城西。

随着时间的推移，那些厂子大部分都倒闭了，后来有很多房地产想开发这块。所以现在有很多楼房已经盖起来了，很多厂子已经都被推倒，建起了高楼。

经过汪民和顾西琛的讨论分析，已经差不多确定了地点。那是一个废弃的化工厂，现在还没有被开发。

刑侦队以化工厂为轴心，方圆几里都有警察，他们把这里给包围了。

汪民问："线人那边接到通知了吗？"

江涛答："收到通知了，他说他会找机会的。"

他们坐在附近的监听车辆里面。顾西琛在换衣服，他准备混进去。那个线人是缉毒队两年前安排进去的，当时拟造的身份是从北方到南方打工的社会青年，警察特地安排了一次机会让他接近。

半年前，这个小分支犯罪团伙在云南被通缉，当时的缉毒事件比较大，警察全力顾着大头目，导致这一小批不起眼的人偷渡来到北方小城做起不正当的生意，线人就跟在这支小队里一直来到北方。

他们踏上这片土地的时候，汪民就接到了上头的消息，费了很多精力才联系上里面的线人。线人用自己北方人的身份暂时被领头的注意到了，也因这机会给刑侦队提供了不少消息。但是领头人疑心重，核心消息还是得不到，例如那批货是什么种类，到现在还不得而知。

顾西琛换了一身饭店服务员的衣服，上面还印着饭店名字的标志。目前还处于监视阶段，线人没有动静，他们就只能蹲点。

"如果被人怀疑了，也不要轻举妄动，我们会立刻支援的。如果目标人物出现，你直接说暗号就行。"汪民交代。

顾西琛点头："放心吧。"

"这次把他们一举歼灭，我们也能好好休息几天。"

顾西琛低头笑了一下，心想，那他可以好好陪那个傻丫头几天了。不知道她现在在干什么呢，今天已经初七了，该去上班了吧。

那天早上走得匆忙，都没好好说话，不知道林意的病好点没有。想到这里，顾西琛微微蹙眉，拿出手机发了一条短信。

新年后的第一天上班，林意有点心不在焉。

"你没事吧？"

林意回神，申盈盈用担心的目光盯着她。

"你没睡好，还是不舒服？"

林意摇头，放下手里的笔，抽出一张面纸，擦了擦鼻子："有点伤风，鼻子不舒服。"

"喝点热水吧，我帮你接。"申盈盈拿杯子准备起身。

"不用了。"林意拉住她的袖子，"江涛这两天跟你通过电话吗？"

提起这个话题，申盈盈也泄劲了："没有。平常他那么黏人，自从那天被队里召回去之后，就一直没和我联系，我都怀疑他是不是变心了。"

林意笑着劝她："男人忙起来都这样，小江人特别单纯，你不要多想。"

她能劝申盈盈不要多想，但自己在有些事情上却不由自主地会想多。

　　顾西琛以前出任务也有很长一段时间不回家的情况，但是当时她没有这么敏感。如今他们俩之间的关系已经不同往昔，只要顾西琛有些风吹草动，她都会紧张得不行。

　　已经两天了，什么消息都没有，她很想他啊。

　　以前她害怕他的亲近，如今却思念他的体温。

　　"叮叮！"

　　手机振动。

　　林意拿过来看，是顾西琛发来的，短信很简单。

　　"我没事，记得吃药。"

　　窗外是新年之后，夕阳漫天的景象。

　　林意心头的乌云总算被顾西琛的一句话给消散于天际。

　　春节收假之后，袁景一直没有来公司。

　　对此，众说纷纭。

　　有人说，他家里出事了，还有人说袁景好像要辞职，因为有职员撞见他和老总谈话。

　　林意把最近的漫画章节发到了袁景的邮箱后，一直没有得到反馈，但是漫画还在持续更新中。

　　后台技术部负责网漫更新的部长找到林意："林意，最近的漫画你直接检查好了，简单审核一下就送到我这儿来吧。"

　　林意不明白："可是袁主编还要审核的。"

　　"袁主编交代过了，你的故事剧情走向基本没有什么问题，只要给校对审一下就可以。而且袁主编找了实体漫画部的主编帮你把关，不会出纰漏的。"

　　袁景竟然找了另一个主编审自己的稿子，那他呢？

　　"袁主编是不是发生了什么事情？"林意忍不住好奇问了一嘴。

　　"他没说，不过他说下个月才能回来。"

部长去工作了，留下林意自己在那儿寻思。

连续几日，目标人物都没有出现。

风在鬼哭狼嚎，为这寂静荒凉的夜添上一笔更惊悚的色彩。

汪民再一次打量人像模拟图："线人对目标人物描述得很详细，不可能是错过了。"

"明天就是交易的日期，他肯定会出现的。"顾西琛说。

"头儿，哥，有新动向。"在一旁监听的江涛突然摘下耳机。

顾西琛和汪民凑近监听器，江涛放了扩音，把音量键往上推放大音量。

监听器里传来对话。

"你说，买这批货的人到底是做什么的？"

"不知道，听威哥说在北方这一带还小有名气。"

"威哥好几天不见人，也不知道干啥去了？"

"还能干啥去，肯定是找女人去了。只有咱们哥几个躲在这鸟不拉屎的地方看着货，他却在外边快活，等到交易结束，我让他好看。"

随后几个人开始说起了荤段子，在那里嘻嘻哈哈的。

江涛关掉扩音键，戴上监听耳机。

汪民摸摸下巴，思考着："看样子他们是要窝里斗了。"

顾西琛说："这样更好，他们心有猜忌，这样更利于我们行动。"

江涛摘下耳机，转头说："头儿，线人已经做了铺垫，他一会儿会出来接人。"

顾西琛准备了一下，拿着装盒饭的推车准备出去和线人碰头。

汪民打了一下他的肩膀，叮嘱道："万事小心。"

江涛也跟着说："哥，你小心一点。"

顾西琛点头，推开车门，走了出去。

以前他也出过伪装任务，那时汪民和江涛也像这样提醒自己要小心，每次他都是一听而过不放在心上。

但这一次，他牢牢地记在了心上。

他的心境不一样了，他不能够像以前一样，凡事都不计后果，只顾着前进。他要保护好自己，为了林意更好地保护自己。

天气很冷，对面的河岸凝结成厚厚的冰路，冷清的月光照映在冰路上泛起透亮刺眼的光，又加深了一层透骨的凉意。

顾西琛是在化工厂的墙角和线人会合的，这是他第一次正视缉毒队安排的线人——一个年纪不大的男生。顾西琛当时看过缉毒队传过来的线人档案，据说是警校刚毕业就被安排去做线人了。

那人走近，顾西琛拿着推车站在墙角。

线人轻声说："盒饭。"

那是他们之间拟好的接头暗号。

顾西琛点头。

"里面什么情况？"他问。

线人淡淡地说："里面一共四个人，都是小喽啰。领头的叫孙威，好几天见不到人，估计是找女人快活去了。"

"你叫什么名字？"顾西琛问。

"我叫陈强。"

顾西琛当时接到的线人的档案资料就是，姓名陈强，年龄二十二岁。

"我比你大，那我以后叫你强子，带我进去吧。"

"这几天吃饭都是随便糊弄过去的，我刚才找的借口是我有朋友在饭馆工作可以送饭过来，一说能吃到饭他们也就同意了我的提议。别看他们是小喽啰，其实他们是想交易结束后直接做掉孙威的。"陈强接着说，"那里面有一个人叫杨启，以前在云南的时候就不服孙威，表面上一直奉承，这次他想黑吃黑。"

顾西琛眼皮动了动。

"杨启疑心很重，你进去之后估计是不能全身而退。"

顾西琛笑了笑："我知道，走吧。"

明知山有虎偏向虎山行，这是警察的宿命。

他们躲在以前员工值班室的屋子里。

化工厂的格局复杂，他们藏身的地方比想象中要隐秘许多。多年的荒废，里面的东西残破不堪，墙体都开始剥落。里面的桌子腿都被人锯掉，只剩一张桌面在地上，剩下的残留部分是铁材质的，被锯掉的部分估计是被人弄去卖钱了。

陈强带着顾西琛进了一间最隐秘的房间，他敲了敲门。

"谁啊？"声音从里面传来。

"启哥，是我，陈强。"

里面传来窸窸窣窣的声音，过了一会儿，门开了。

顾西琛跟着陈强进去，屋子不大，光线昏暗，灰尘气息很重，呛得人嗓子发痒。四个人都坐在地上，不是眯着眼休息就是在玩手机，顾西琛打量了一下四周，墙角有几个黑色的箱子，被扣得很严实，上面还搭了一块布。

"启哥，这是我朋友，我让他特地给我们送了点好吃的。"陈强很狗腿地说，与刚刚在外面的形象判若两人。

卧底警察就是一个变色龙，跟着什么样的人，自己就要变成什么样的人。

"这是你朋友？"叫启哥的那个人打量着顾西琛。

陈强跑过去咬耳朵，声音故意压低，但是依旧听得清："启哥，你放心，他绝对不会泄露什么的。"

杨启的目光一直在顾西琛身上打量。

顾西琛感受到了他不善意的目光，连忙岔开话题："强子让我送饭过来，也不知道合不合各位的口味。"他说着边把推车里面的盒饭拿出来，这是事先准备好的饭菜，都是大鱼大肉，正好合了这帮饿虎的胃。

"来来来，各位兄弟，先吃。"陈强帮忙吆喝。

一说吃饭，那几个人都动起来了，拿起盒饭就开始狼吞虎咽。

"你们先吃，如果之后有需要我再来，那我现在先走了。"顾西琛瞄了一眼墙角的箱子。

他转身准备离去，便听到杨启的叫喊。

"站住。"

顾西琛停住脚步。

杨启说："你现在不能走。"

果然疑心很重。

"强子，明天是很重要的一天，你朋友还是先留下吧。等我们的事情结束了，再让他走。"杨启吃着饭淡淡地说。

不怒自威，声音冷得像毒蛇一样。顾西琛心想，这个叫杨启的真不简单。

陈强不能反驳只能应下来。

顾西琛被强制性留下了，手机还被杨启没收了。不过好在没有发现他是警察，他手表上的隐形监视器可以把屋子里的所有情况直接连接到江涛控制的电脑上。

江涛摘下耳机回头叫汪民："头儿，哥被困了。"

汪民搓着手腕上的佛珠，垂着双眸想事情，神色有些严肃。佛珠是她妻子从寺庙求回来的，为的就是保佑他平安。

每个人在选择警察为职业后，都要经历很多生死抉择。年轻的时候可以不顾一切地为国家效力，不求个人生死结果，但是年纪越大，反而有了很多的牵念。这不是贪生怕死，而是为了家人变得更加惜命。

顾西琛在化工厂的房间里面待了一个晚上，直到第二天下午孙威回来。

"威哥，您回来了。"杨启主动奉承，那一脸油嘴滑舌的样子让人看了就生厌。

孙威明显状态不太对，整个眼窝都深深凹陷进去，黑眼圈很明显。

"威哥，您怎么了？"杨启询问。

屋子里没有椅子，孙威就坐在中间最宽旷的地方，一脸颓废。他和汪民手里拿着的人像模拟图很像，都是一样的浓黑粗眉，眉心上面有一条深深的疤痕。

"今天买家不来了，我们要尽快离开这里。"

杨启急了："为什么不来了，不是一早就说好了吗？"

这个时候钱比什么都重要，带着一批货藏在哪儿都随时有被警察抓到的可能。杨启打算黑吃黑，现在买家不来了，一切计划都是空谈。

"不来就是不来了，你废什么话？"孙威发起脾气，随后又简单解释了一下，"最近风声紧了，买家说过一段时间。"

顾西琛躲在一旁静静地听着，这话基本就已经能听出一个大概。警队这边是想等交易的时候直接一网打尽，但是如今计划有变，顾西琛知道杨启已经要按捺不住了，说不定不等黑吃黑，今天就可能要动手。

孙威一脸不耐烦："赶紧拿上东西走人，这地方再待下去该不安全了。"

杨启默不作声，然后跟其他几个兄弟使了个眼色。

顾西琛看到了，看样子是要动手了。

陈强抛过来询问的眼神，顾西琛缓慢地摇了摇头。

现在的形势已经是剑拔弩张，只要稍稍松手，那致命的箭就会射出去。

时间已经接近正午，阳光透过尘土厚重的玻璃窗映射出一层昏暗的色调。

没有人动，空气中流动着一股阴狠诡异的气氛。

孙威已经察觉到了，询问："你们怎么不动？"

杨启舔了舔后槽牙，然后声音低沉地说："威哥，我跟你也挺多年了吧。"他顿了顿，自嘲地笑了一声，"但是好像你永远都比我幸运。"

孙威神色一震，他做老大也挺多年了，杨启突然转话锋，他基本什么都明白了。

"都到这个时候了，你还要和我争地位吗？"孙威脸色有点苍白，说话的声音有些抖，"别忘了，我们现在没在云南。"

杨启笑了一声，目光凶狠，瞬间化身成攻击力极强的猛兽："不管在哪儿我都要弄死你。"

杨启抽出一把匕首，刀锋被淡淡的光照映得锋利无比。

"你现在杀了我，你也不会有多好过。你现在只有货，没有钱，何况这边的警察肯定已经接到通知了，说不定快要通缉我们了。"孙威目光一直很平静。

顾西琛打量着孙威，不管是做什么，当领袖的人都有一种大智慧的思想，他们分得清局势，看得清自身。

孙威是一个聪明人，他思考的是大环境的利弊，而不是个人的得失，这一点是杨启那种只顾利益的嫉妒小人达不到的境界。

杨启呸了一声："你别和老子耍花枪，这就是没有枪，不然我肯定一枪毙了你。"

顾西琛的耳机里传出声音，是江涛。

"哥，你没事吧？"江涛说，"我们等会儿就会冲进去，你要注意安全。"

两人还在僵持，外面已经有警报的声音。

杨启一下子就慌了："警察怎么会来？"

"启哥，我们赶紧走吧。"有人提议。

刑侦队以破竹之势闯进，屋内顿时一片混乱，杨启自知已经无力回天，于是拼尽全力把手中的刀刃刺向面前的孙威。

顾西琛距离孙威只有两步的距离，瞬间起身，抓住孙威一个转身，刀口划在了他的左臂上，羽绒服里面的绒毛顺着缝隙跑了出来。

即使穿得厚，还是抵挡不住下了狠劲的力道，顾西琛的左臂划伤了一道长长的口子。血渗透衣服，浸染了羽绒服里面的毛绒，然后顺着胳膊和手掌滴在水泥地上，缓慢黏稠。杨启拿着刀准备再次扑过来，顾西琛伸出长腿一个飞踢将杨启手里的刀踢飞，刀落在地上，发出清脆的声响。

"你干什么？"杨启凶狠地盯着面前的顾西琛。

"我在阻止你杀人。"顾西琛掷地有声，"你已经冠上贩毒的罪名了，难道还打算罪加一等吗？"

"那我也要杀了他。"杨启被警察扣押着双手，身体极力地摇晃挣脱，就像一只沉寂多年终于爆发愤怒的野兽，"我们同时入团伙，凭什么他就一直受重用，而我就一定要受制于人。"

只要有人的地方，就一定会有战争。金钱、地位、权力就是人追求的金字塔，只有站在顶端俯视的人才能满足一切的虚荣心。而仰望的人只能日复一日地去嫉妒，最后化为虚荣的奴隶，渐渐走入万劫不复之地。

杨启被扣上手铐，最后被押走的时候，眼神凶狠，还是一副要把人撕碎的模样。

顾西琛帮忙押送犯罪分子上车。

江涛在一旁说："哥，你都不知道你被留下的时候，我和头儿都紧张得要死。"

顾西琛笑了一声："我没事。"

孙威被押到车门口的时候收住了脚步。

"走啊。"押着他的警员不耐烦地催促了一声。

孙威盯着顾西琛，其实他打拼这么多年，有时候真的挺累了，但还是舍不得放弃自己拥有的东西去自首，如今迫不得已被逮捕，也算是一件好事。

"谢谢。"孙威说。

不管怎么样，还是要谢谢你愿意救我。

顾西琛敛眉，没有说话。

他是警察，他的职责就是打击犯罪分子，同时他的职责也是救人。哪怕面前是一个罪恶至极的犯人，只要他接受法律的制裁，一样可以得到救赎的机会。

刑侦队押送犯罪分子回城北的公安局暂时看押。

"缉毒队的人已经到城北了，我已经把收网的消息通知他们了。"

"这是什么毒种？"这是顾西琛从一开始就好奇的问题，他不是专业的缉毒警察，以前警校训练，识别的都是基本传统的毒种。

传统的毒种都会有些味道，例如大麻，会有淡淡的香味。

"应该是新型的品种。"汪民说。

"现在毒贩子也会研究新的？"江涛不可置信，贩毒而已，还搞什么花哨玩意。

"不能小看他们。"汪民说。

顾西琛点点头，看向窗户外面，手上的血已经干涸，他不觉得痛，只是格外想念一个人。

第十二章
你是我全部的力量

　　林意刚刚完成一组漫画，坐在办公椅上伸展了一下身子，随后又揉了揉脖子。最近这个漫画的创作非常顺利，不管是剧情还是感情，都像她和顾西琛一样，一切都很顺利。

　　坐在旁边的申盈盈接到电话，整个人都很兴奋："行，那明天见。"

　　林意问："什么事情这么高兴？"

　　申盈盈一脸甜蜜，笑嘻嘻地说："是江涛，他说最近会放几天假，明天他会来找我。"

　　林意眼睛一转，那顾西琛是不是也该回家了？

　　自从上次他走了之后，已经有一个多星期没见过他了。

　　古代人所说的相思，她算是领悟到了。

　　林意看了看窗外，已经是朦朦胧胧的黑幕，心里起了个心思。她自己也觉得有点心急了，但是她阻止不了自己内心的冲动和渴望。

"一会儿要不要去看个电影？"下班的时候，申盈盈问林意。

林意摇头拒绝，手上继续收拾东西："不了，我有点事。"

申盈盈起身："你要干吗去？"

林意的样子有点着急，感觉好像出了什么事情一样。

"我去趟城北。"

申盈盈立马会意："找西琛哥？"

林意点头，扯了扯嘴角："我去接他回家。"

她现在想立刻见到他，之前是不确定他的时间，去了怕影响他，如今已经确定他结束了任务，她便忍不住了。

"可是天都黑了，去城北的公交车该停了。"申盈盈提醒。

"没事，我打车去。"林意说完跨上背包就打算走。

申盈盈把她拦住了。

林意皱眉："怎么了？"

申盈盈抿唇，犹豫片刻也下了决定："我也去。"

申盈盈侧过脸躲过林意的眼神，声音里暗藏少许害羞："我也想早点见他。"

她也想见江涛，想疯了。

"那走吧。"林意说。

有了申盈盈同行，便可以开她的甲壳虫去城北。两人给家里打电话交代了下，便一起去城北。姜淑嘱咐林意，说顾西琛给家里打了电话，今天会回家，也交代她早点回家。

林意心想，顾西琛怎么没打电话给自己？

她们驱车披着浓重的夜色前往城北的公安局。

申盈盈把车停在比较远的空地上。

"这附近怎么突然这么多车？"申盈盈拽下车钥匙。

林意摇头，心里也在寻思。她第一次来城北找顾西琛的时候也是赶上收队的状况，虽然当时堵车了，但是公安局门口也只停了两辆押送犯罪分子的车。

这次和上次的确有点不一样。

"我们走吧。"林意推门下了车。

申盈盈跟着她。

警员押着犯罪分子下车，顾西琛就站在一旁看着。

"西琛，你先去医院处理一下伤口，这些事情让我们先处理。"汪民交代。

顾西琛说："头儿，我没事。缉毒队才到，要转交的事情还挺多，何况我是目击证人，需要做笔录。"

汪民还在坚持："可是你的伤……"

"您还不清楚吗，这都是小伤，消个毒包扎一下就行了。"顾西琛抬起手臂看了一下，"而且现在已经不流血了。"

受伤对于刑警来说都是家常便饭，这道口子的确不是多要紧的事，汪民也就没再坚持了。

"原来你是警察。"

杨启被押下车的时候，冲着顾西琛狠狠地说："原来是你坏了我的好事。"

"是你自己坏了你自己的好事，怨不得别人。"顾西琛神色如常。

杨启混黑这么多年都没有混出成绩，主要原因是他这个人不懂识时务，不懂放宽利弊之心，不懂分析局势。他和孙威真的差太多了。

"老子要是还能活着出来，肯定让你好看。"杨启怒目圆睁，咬着牙说话。

"你觉得你现在对一个警察说这样的话，有用吗？"顾西琛抬起眼皮侧过目光。

审讯室一共就两间，一间在给线人陈强做笔录，另一间在审讯孙威。

杨启和一众小弟被铐在公安局大厅。

林意和申盈盈进去的时候，大厅就像菜市场一样嘈杂。只不过菜市场是你来我往的询问议价，而公安局是恶狠狠的吵闹声。

"警官，我是真的想上厕所。"一个人痞里痞气地说，"人有三急，你不能让我尿裤子吧。"

江涛跟几个警察在大厅看守犯罪分子，他冲着那人说："你别给我玩心思，等你真的尿裤子再说吧。"

"警官，我是真的要尿了。"那人还不死心。

江涛踢了下那个不老实的犯罪分子，警告道："你给我消停点。"

见惯了江涛的老实害羞，这种凶凶的样子，申盈盈还真是头一次见到，就连林意看着都觉得挺惊讶的。林意看向旁边的申盈盈，水润的眸透着水亮的光泽，林意自己脑补了她的眼睛已经变成了两颗红色的小心心，扑通扑通地跳。

江涛教训完之后，一抬头，就看到了站在门口的申盈盈和林意，转过身和旁边的人交代两句便向她们走了过去。

"你们怎么来了？"江涛语气里带着欣喜。

申盈盈憋着嘴，带着撒娇的意味："谁让你这么多天都见不到人的，那我只能来这里找你了。"

江涛傻笑摸着脑袋："等我今天忙完，明天一定陪你。"

申盈盈咬着唇，看着他的傻样，心里有种冲动。

好想亲这个傻小子啊。

林意已经受不了他们俩送秋波的样子了，自顾自地往里面走了。

周围环境乱糟糟的，接打电话的声音，电脑键盘的敲打声，人群的说话声，全部混在一个空间里面。林意穿过那些声音和人群，抻长了脖子在四周探寻，也没看见那个熟悉的身影。

突然，身边传来口哨声。

林意转过头便看见一群人冲她痞里痞气地笑，其中一个人还调戏她："小美女，这是找谁呢？"

旁边的警察训斥提醒："你们老实点。"

那人耸耸肩，摊着戴着银色手铐的双手，一脸无辜："警官，我们可什么也没干。你不让我上厕所，我找小美女聊聊天，不犯法吧。"

林意懒得理他们。

"喂，小美女，跟哥唠一会儿啊。"那人还在叽歪。

林意受不了那人的言语，刚想出声顶回去，结果那人就被人踢了一脚。那个小流氓发出一声惨叫。

"嘴里再不干不净的，就不是在这儿清闲地坐着了。"顾西琛的声音即使是带着怒气的，听在林意耳朵里也是一潭清澈的水。

"警官，你好像没有权利这样私自打人吧。"那人讪讪地道。

顾西琛蹲下，目光直视他："我打你最多也就是停职几天，但是你要想好，确定要和我计较这个问题吗？"那言语带着威胁，让人听了不寒而栗。

那人躲闪着顾西琛的目光，抿着嘴，不敢再说话。

顾西琛用没有受伤的手拉着林意，另一只手藏在身后。

二楼办公室明显比一楼清静多了，办公室里面没人。

"你怎么来了？"与刚才的语气截然相反，温柔的声音，好似黑夜中绵长的河流。

"姜姨说你打过电话回家了。"林意眼睛里含着水润，她吸了吸鼻子接着说，"你不给我打电话是不想让我知道你受伤了是不是？"

从顾西琛出现的那一刻起，林意就注意到他手臂上的伤了，尽管手上的血渍已经清理干净，但她还是发现了。

当喜欢一个人的时候，他所有的细节你都能发现。顾西琛故意侧过自己的身体，拽着林意上楼的时候还把受伤的手臂挡住了。

眼眶里的泪水盛不住了，滴滴答答地落了下来。

顾西琛心一下子就软了，他伸出手掌触碰林意的脸蛋，轻声诱哄："我什么都听你的，好不好？"

林意抬眼看他，水润的眸折射出淡淡的光，她撇嘴："那你要说话算话。"

她伸手去碰他受伤的胳膊，顾西琛下意识躲闪了一下，但最终还是接受林意的摆弄。

伤口的部分还没有处理，扒开羽绒服看到的是血肉模糊的样子，血红得触目惊心。

"去医院吧。"她声音软糯，带着哭腔。

"我现在是目击证人，一会儿要录口供。之后刑侦队负责的这个案子要转交给缉毒队，等这些处理好了，我就去医院。"顾西琛怕她担心，故意笑着逗她，"然后我让你一直看着我，寸步不离的。"

林意被他的话弄得害羞起来："那也要简单处理一下吧，这里有没有医药箱？"

顾西琛办公室有一个简便的医药箱，林意会一点简单的包扎。高中的时候，顾西琛在外面疯玩撒野时不时就会受点伤，他不想让姜淑知道，都是林意给他包扎。

林意给他简单消了毒，然后用纱布一圈一圈地缠上他的手臂。

"伤口好像有点深，好像又有点出血的迹象。"她嘴里不停地念叨，"还是去医院吧。"

这对顾西琛来说的确是小伤，他以前训练出任务受的伤比这严重的都有，但这是她第一次看到顾西琛这样受伤，她有些害怕。红色的鲜血是最刺激人感官的东西，染红了双眼，动荡了心神。

顾西琛没受伤的那只手揽住了林意，大手覆盖之下是一片雪白细嫩的皮肤。他倾身，唇落在了林意的额头上，黏稠湿润的亲吻，对林意来说是最好的安慰。

"别担心，先回家等我。"他在她的耳边轻声说。

顾西琛把林意送下去，刚到一楼就被局里做文职的陈姐截住了。

"西琛，这是云南刑侦队对于孙威一伙人收集的所有资料。"陈姐拿着资料过来。

"头儿看了没有？"顾西琛问。

"还没，是刚拿过来的，汪队在审讯室。"

"我一会儿拿给头儿。"顾西琛接过，然后询问，"有没有刀？"

装案件资料的档案袋比一般的材质要厚实很多，再经过密封，用手是撕不开的。

"你等一下。"陈姐回到自己的办公桌抽屉里翻了半天。

江涛和申盈盈也腻歪得差不多了。林意站在旁边，看到顾西琛可能又要忙起来了，小声说了一句："我先走了。"

顾西琛点头示意知道了。

陈姐拿着美术手工刀走过来，林意正好交错向门口走去，她还没走到门口就听到后面一阵轰乱，下意识地回头。

陈姐被撞倒，刀身的塑料撞击水泥地面的声音很清脆，杨启拿起地上的刀冲着顾西琛就刺了过去。旁边的警察来不及反应，顾西琛正要躲闪，电光石火之间，有人已经扑过去了。

是林意先扑了过去。

她把杨启整个人扑倒在地上。

杨启瞪着溜圆的眼睛，用愤怒的目光盯着顾西琛："坏老子好事，老子让你死。"

林意的手死死地按着杨启，眉头因为受到什么刺激而紧紧地皱着，有温热的液体浸湿了自己的衣服。

顾西琛连忙上前，周围的警察也上前帮忙。杨启手里的刀已经被抢了过来，刀锋已经被鲜血染红。顾西琛的愤怒和焦急一瞬间爆发，耳朵瞬间嗡嗡作响。

杨启手里的那把手工刀，因为挣扎刺进了林意的腹部。他去扶林意，她腹部涌出了黏稠血腥的液体。

顾西琛慌了。

申盈盈和江涛应声而来，拨开人群，看到林意闭着眼睛倒在顾西琛的怀里，脸色苍白，薄唇微启，好像在喊谁。

"哥。"

"林意。"申盈盈瞬间就哭了。

"我在呢。"顾西琛急出了汗，一只手扶着林意，一只手按住她的伤口，语气焦灼，"别怕，我在。"

林意的意识已经开始迷糊，最后彻底晕倒在顾西琛的怀里。

顾西琛对着嗷嗷大哭的申盈盈说："赶快叫救护车。"然后又对着江涛说，"我要去医院，你和头儿解释一下刚才发生的事情。"

顾西琛说话的语速显然急了。以前就是再惊慌失措的场面，他都可以从容不迫地对待，就连江涛看着这样的顾西琛都傻眼了。

"快点。"顾西琛大喊一声。

申盈盈哆哆嗦嗦地拿出手机叫了救护车，顾西琛一直按着林意的伤口防止出更多的血。

这是一个鲜血染红的夜晚。

林意直接被送进了手术室。

江涛留在局里收拾残局，申盈盈和顾西琛一起跟着救护车来了医院。

手术室的红色灯一直亮着，顾西琛和申盈盈坐在医院走廊的椅子上等待。

顾西琛攥着双手，手上还残留着红色的血渍，他隐约闻到淡淡的血腥味，像是在不断提醒着他今晚的惊心动魄。

他手腕上的白色纱布因为慌乱中的撕扯全部染成了红色。

她的血和他的血。

在交织。

"西琛哥，你要不要去清洗一下？"申盈盈坐在一旁提醒。

顾西琛一直沉浸在自己的世界里，被这一声提醒拉回了现实世界，他看向旁边的申盈盈，摇了摇头。

现在这种情况，他根本不能走，或者说不想走，他想第一时间知道关于林意的所有情况。

手术灯光熄灭。

顾西琛站起身，几步就走到手术室门口截住了刚结束手术的主刀医生，申盈盈也跟了上去。

"家属先别急。"医生摆手安抚顾西琛着急的心态，耐心解释，"现在患者的情况还算好，腹部的伤口不算深，已经过手术缝合。但是出血量有些多，所以患者现在很虚弱。从现在开始的二十四个小时内是观察期，如果腹部没有感染出现并发症的话，就可以转到普通病房了。"

"我能去看她吗？"顾西琛声音低沉。

"现在还不行，现在患者需要一个无菌环境，而且她很虚弱，即使消过毒也不能保证万无一失。目前还是让她好好休息吧，如果二十四个小时后过了危险期，你们就能去看她了。"医生交代完就走了。

顾西琛跟申盈盈说："你先回家吧，家里人该担心了。"

申盈盈摇头："没事，林意现在这样，我也担心。"

顾西琛突然想起什么："林意最近不能去公司了，到时你帮她请个假。"

"好。"

顾西琛向她道谢。

顾西琛在医院的卫生间简单地清洗了一下，然后回了家。

"林意呢？"姜淑手上织着围脖，"她打电话说要去找你，怎么还不回家？"

顾西琛默不作声。

姜淑没听见回话，停下手里的动作抬眼瞅顾西琛："问你话呢。"

姜淑打量他："怎么弄得这么脏？"说着起身过来，"快脱了，一会儿我给你洗了。"

姜淑又问了一遍："对了，林意呢？"

顾西琛抿着唇，好半天才说出口："妈，小意在医院。"

姜淑一下子就慌了，瞪大了眼睛，直觉告诉自己不是好事情。

"到底怎么回事？"姜淑追问。

顾西琛整理一下思绪，让情绪尽量平静下来："局里有个犯罪分子袭警，小意为了我受伤了。"

姜淑慌忙穿上衣服，拿起包就要走："快……是哪家医院，赶紧带我去。"

姜淑已经控制不住自己的情绪了，眼泪噼里啪啦地往下掉。

"妈，您稍微冷静点。"顾西琛拽着姜淑瘦弱的胳膊，"小意要住院，这段时间我会在医院陪她。"

姜淑反应过来："对，我去收拾东西，洗漱用品和衣物都要。"

姜淑在收拾东西。

二十四个小时还没到，顾西琛让姜淑过一天再去医院，他自己先去医院守着。

申盈盈这边去公司替林意请假。同一时间，袁景也回了公司。

同事都很好奇林意请假的事，因为林意在大家心里都是一个工作狂般的存在。申盈盈没有把林意受伤的事情说出来，只说是有事，自己也并不清楚。

袁景从年假之后一直在请假，因为父母在国外的琐事耽误了他回国的时间。假期结束后的第一天，回到公司的他就没有见到那个坐在位置上画画的熟悉身影，只是听人事部说，申盈盈给林意请了将近两个月的假期，问其原因也说不清楚。而林意本人一直没有露面也没有给公司打来电话说明原因。

林意请假的第三天，申盈盈着急去医院，结果被袁景叫进了办公室。

"林意最近有没有和你联系，为什么她突然请假，人也联系不上。"袁景打过电话，一直没人接。

申盈盈看向面前的袁景，神色紧张。

她心里踌躇，林意受伤住院的事情虽然没有必要隐瞒，但是也不想弄得尽人皆知。

她到底是继续装傻，还是对袁景坦白？

"你不用找借口。"袁景一早就看穿她了，"林意不是那种不负责任的人。"

从林意进公司的那天，袁景的邮箱每天必然收到一封林意的画稿邮件，就连放假请假也从不间断，即使他让人传达不用他审核的消息，但林意依旧每天发一封画稿到他的邮箱。

这已经成为了一种常态，就像呼吸一样自然。

但是，林意已经三天没有传过画稿到他的邮箱里了。袁景不得不怀疑事出有因。

"你说实话，林意到底怎么了？"

申盈盈自知瞒不住，所以老实交代："袁主编，您保证您别激动，我就全告诉您。"

袁景喜欢林意，林意受伤昏迷不醒住院的这个事让他知道难保他不激动。

袁景点头示意。

"三天前，我和林意去城北公安局，碰见犯罪分子袭警。"申盈盈语速有点缓慢，"林意被人刺伤，现在人在医院呢。"

袁景还是没控制住自己的语气："她在哪家医院？现在怎么样了？伤到了什么地方？"

申盈盈提醒道："袁主编，您别激动。她现在就在市中心医院，伤到腹部了，已经过了危险期，只不过现在还很虚弱。"

袁景心脏一紧，起身："我现在去医院。"

申盈盈跟着起身："您和我一起去吧，正好我也打算去的。"

江涛来写字楼接申盈盈，看到她和袁景一起出来。一个西装革履气质非凡，一个短裙长发美艳动人，怎么看都是一对天作之合的璧人，江涛有点吃味。

"这是我主编，他和我们一起去医院探望林意。"申盈盈主动解释。

江涛带点脾气地"啊"了一声。

申盈盈当然能看出江涛那点小心思，抿嘴笑了一下，随后冲着袁景说："这是我男朋友，城北刑侦队的刑警。"

袁景点头打招呼。

江涛瞪大眼睛不可思议，这该是申盈盈第一次承认他男朋友的身份。

"走吧。"申盈盈看他傻呵呵的样子，笑着提醒。

林意已经醒过一次了，只不过没说两句话，又睡了过去。医生说是因为流血太多导致伤了元气，多睡觉对于林意来说是好事。醒来之后不能立刻进食，可以吃流食或者补气补血的汤。姜淑回家准备去了，顾西琛依旧在医院守着，寸步不离。

躺在病床上的人，脸毫无血色，苍白得像一张白纸，多日未进水，唇有些干燥地起了一层白皮。

顾西琛用棉签沾水，在林意的唇上来回涂抹。

"哥，我们来了。"江涛在后面轻声喊。

顾西琛放下棉签，转过头，先看见的是袁景。

袁景打量着睡着的林意，一时之间不知道说什么。从年前到现在，他在国外都尽量不去想她，可是如今看到她受伤躺在这里，才发现心中其实堆积千言万语，只不过是不能说而已。

"西琛哥，林意怎么样了？"申盈盈问。

"刚醒过，又睡下了，我们出去说吧。"顾西琛对上袁景的视线又说了一遍，"有什么事情我们先出去说，让她休息。"

袁景点头同意。

出了病房，申盈盈就自觉地拉着江涛去别的地方了。

"你干吗啊？"江涛疑惑。

申盈盈打了他一下，故意说道："怕你吃飞醋。"

江涛傻兮兮地笑："你刚说的是真的吧？"

申盈盈装傻："我说什么了？"

江涛急了："就是男朋友那句啊。"

申盈盈抿嘴一乐："是真的。"真拿他没办法。

小男友撒娇的威力也难抵挡。

"我怎么觉得哥和你们主编之间的气氛不太对呢？"江涛想起刚刚顾西琛对上袁景的视线，感觉有点严肃啊。

"因为我们主编喜欢林意啊。男人之间的对决，肯定不能对劲。"

"啊，那不行。"江涛打算回头去掺和一脚，却被申盈盈给拽住了。

"你凑什么热闹。"

"西琛哥也喜欢林意。"江涛自己看出来的，没和别人说过。

"哟，你也不傻啊，这都看出来了。"

江涛挠头，顾西琛看林意的眼神，太明显了，再迟钝的人也能看得出来，除非是有意视而不见。

"行了，让两个男人好好淡淡吧。"申盈盈又说，"反正不管怎么样，结果大家都知道。"

她一直都忘不了林意当初回答自己有多喜欢顾西琛的话。那是怎样一种岁月打磨的感情，才能让人连说话都是坚不可摧的笃定。

医院走廊上。

这个时间还算比较寂静，只有偶尔路过查房的护士。

"林意现在情况怎么样？"袁景开口。

顾西琛淡淡地说："没事了，不过还没有彻底清醒。"

"她突然消失，我担心她出事，没想到果然出事了。"袁景的语气里是不加掩饰的关心和深情。

"袁主编是吧。"顾西琛正色道，"其实我和小意……"

"我知道。"袁景打断他，"我知道你们的事情。"

顾西琛眯起眼睛疑惑地问："你怎么知道的？"

"上次去武汉的时候，我主动和林意告白。"袁景顿了顿，然后说，"但是她拒绝了我。"

在武汉的时候，林意拒绝他，至今历历在目，那是一个女人对感情永不后退的坚定。

"你放心。"袁景很坦然，"我是很喜欢她，但是绝对不会插足你们之间的感情。"

他更清楚的是，自己在林意心里没有那个地位。

申盈盈和江涛买了点水果回到病房。

袁景和顾西琛还在走廊上交谈，突然，申盈盈跑了出来说林意醒了。顾西琛连忙回到病房。

林意刚醒，神志还不太清醒。

"林意，你能看见我吗？"申盈盈叫她。

"小意。"

那沉稳如山间清泉的声音，敲醒了她。林意气若游丝地喊了一声："哥。"

"我在呢。"顾西琛答应，随后握住了林意的手。

"我疼。"林意下意识地伸手去碰自己疼的部位。

"别动。"

林意开始打量四周的环境。先是天花板上挂着的长管白炽灯，然后是洁白的床单，最后她闻到消毒水浓重的味道，加上自己腹部疼痛的触感，她意识到自己是在医院。她流转目光，看到袁景的时候，有点惊讶。

"袁主编。"她叫了一声，气息不太稳。

"你别说话。"袁景制止她。

申盈盈在一旁掺和："你都不知道你都快吓死我了。"说着眼睛开始发酸，想要掉眼泪。

林意小声安慰她："我没事。"

袁景说:"你安心养伤,公司那边的一切我来打点。"

林意睨着他,最终只说了一句"谢谢"。

姜淑来医院的时候,袁景他们已经走了。她带来了补血的红枣鸡汤,看到林意醒了后,她先是摸着眼泪,随后又怪林意不注意自己的安全,念念叨叨地说了一通。

"妈。"顾西琛插嘴,"她才刚醒,你别说那么多话了。"

姜淑转头瞪顾西琛一眼,满口抱怨:"这事还真就怪你,你做警察连自己妹妹都保护不好,还怎么去保护别人。"

顾西琛默不作声地挨着训斥。

林意半个身子靠在床头,看着顾西琛突然严肃暗淡下来的神情,心里一紧。

姜淑现在懒得搭理顾西琛,转头对林意心疼地说:"你现在什么也别管,就只管吃管睡就行哈。"

林意扯着嘴角笑:"姜姨,那我该成猪了。"

姜淑嗔了她一眼:"这孩子,瞎说什么呢?"

林意笑着讨好。

天已经开始暗了,顾西琛劝姜淑早点回去休息,她临走的时候说明天会和顾名一起过来,还特意问了林意想吃什么。

林意现在根本什么也不想吃,但为了不辜负姜淑的好意,还是说想喝红枣猪蹄汤。

姜淑应下,便离开了医院。

黑幕落下,一切回归平静。

顾西琛送姜淑到医院大门,回来的时候看到林意看着窗外发呆。初春的寒气还很重,窗外庭院的树枝被风吹得吱吱作响。

病房是两人间,顾西琛特意让护士给调换的,环境清净。顾西琛特意关了房间的灯,只留下一盏昏黄色的小台灯,整个房间都是柔和的，很是舒服。

顾西琛推门进屋，林意收回目光一直盯着他。

久违的两人独处，一时之间竟然说不出话来。

顾西琛拧开姜淑带来的保温桶，把汤倒进瓷碗里，汤汁的香味瞬间弥漫整个房间。

林意看着面前倒汤的男人，眼窝有点深，下巴上面的胡楂聚集成肉眼可见的一片青色。男人被灯光照映的侧脸，依旧是那样俊朗。林意看着看着，心脏微不可察地悸动了一下，随后目光流连到他缠在胳膊上的绷带，心想，之前还说要带顾西琛来医院呢，结果现在自己却进了医院。

她想到这里，轻笑了一下。

"笑什么？"他问。

林意摇头。

顾西琛没追问，把盛好的汤放在自己嘴边吹一吹，然后再挪到林意的嘴边。

林意很乖，她轻微张口，把浓郁的汤汁顺着口腔咽了下去，吞咽的动作已经很轻了，但是还是觉得腹部连带动了一下，本来就疼的伤口受到刺激疼了一下。

林意皱眉。

顾西琛立刻察觉到了，停止了继续喂汤的动作。

"我去叫医生。"他放下碗准备起身，被林意抓住了手臂。

"我没事。"

顾西琛盯着她苍白的脸颊，额头上还有细密的汗珠，被台灯一照，格外刺眼。

"陪我待一会儿。"林意说的话轻轻柔柔的，像天空的浮云，柔软了顾西琛近日来焦灼烦躁的心脏。

顾西琛坐在她身边，让她可以把头靠着自己。林意将全身的力量都靠向他的怀里，发顶蹭着顾西琛的下巴。

良久，林意开口："吓到你了吧？"

顾西琛闻言，目光一怔。

林意一直没听到头顶传来声音，她微微叹了口气。房间里只有他们两个人，互相依靠，彼此离得很近，呼吸都可闻。

"下回不许这样了。"就在林意几乎以为顾西琛不会开口的时候，他却说了这样的话。

林意靠在顾西琛的怀里，抿了抿唇。

他接着说："你明明知道我能躲开的。"

他又强调一遍："你明明都知道的。"

顾西琛的声音里带着些埋怨。杨启那时的攻击对于身手矫健的顾西琛来说躲开根本就是轻而易举，这一点林意知道，但她还是宁愿自己受伤也要不顾一切扑过去。

林意起身，试图从他怀里出来。

顾西琛借给她力，推着她起身，目光投来询问："做什么？"

林意眼睛紧紧地锁着他，眸里渗出淡淡的水光。

她是知道，可是当她亲眼看到那把锋利的尖刃刺向顾西琛的时候，她无法思考。即使理智知道顾西琛可以躲得开那攻击，但身体还是不由自主地扑了过去。

当自己在乎的人受到生命的威胁，没有任何一个人是无动于衷的，理智的思考终究还是要败给感性的冲动。

四目相对，在寂静无声的房间，只有心跳声更加明显。

顾西琛没忍住，在林意的唇上落下了淡淡的吻。

林意的唇有些干，顾西琛甚至能感受到双唇摩擦时的淡淡痛感。他不敢用力，只是轻轻触碰。

"下回不许这样了知道吗？"他顶着林意的额头，再次强调。

林意小声地"嗯"了一声，算是敷衍地答应了。

这是无法给出确定回答的问题，因为她不后悔。即使有下一次，她想她依旧会这么做。

独宠小青梅
duchong
xiaoqingmei

第十三章
向现实洒点蒙蒙雨

林意出院已经是半个月后的事情了，之后一直在家养伤。姜淑天天变着花样给林意做大补汤，于是林意有了一种自己在坐月子的错觉。在这期间，顾西琛只是回了一次局里，之后便一直在家陪着她。

"最近局里不忙吗？"林意瞅着在床边坐着剥橘子的顾西琛。

上次公安局里扣押了那么多犯罪分子，他没道理可以闲得像一个家庭煮夫一样在家照顾自己啊。

林意觉得事情应该没那么简单。

顾西琛把剥完的橘子塞进林意的嘴里，无视她的问题："吃水果。"

"下个月姜姨说是要去寺庙，你知道吗？"林意享受顾西琛的服务，眉眼弯弯地问。

顾西琛手里的动作没停，把橘子掰成一小瓣小瓣的，点头："听她念叨了。"

从林意出院回家开始，姜淑就一直念叨要去寺庙拜拜佛，说是新年出了事，一年都会晦气，要去寺庙转运，顺便给顾西琛和林意求个平安。

"你去吗？"

"去啊，最近我一直都能陪你。"

林意狐疑，打量着顾西琛："你到底是怎么了？"

顾西琛满不在意："什么怎么了？"

"这个时间局里不应该是最忙的时候吗，你怎么突然变得这么清闲？"林意说出疑问。

顾西琛笑了笑，没说话。

申盈盈和袁景都打来了慰问的电话。林意和他们说了自己的情况，袁景说公司的一切都不用操心，让她安心养伤就行。申盈盈给她带了一个说不上是好是坏的消息。

"林意，你的漫画在年后果然聚集了一次人气大爆发，现在官网上好多人都在期盼你更新。"

林意不禁感叹，袁景果然厉害，他的营销方式出效果了。

"但是，我在评论上也找到了很多关于发现漫画原型的言论，有人甚至还去城北公安局一探究竟了呢，只不过没找到人。我听江涛说西琛哥最近被停职了，他现在还好吧？"

申盈盈的话林意消化了三遍才反应过来。

顾西琛被停职了！

林意寻思，难怪他最近一直在家，原来是自己的漫画导致的。

林意匆忙挂掉电话，慌张地就下了楼，顾西琛正在厨房看着姜淑熬汤。

"妈，这个是不是应该多加点红枣。"他在后面伸手指着炉盘上面的砂锅念叨，俨然变身成一个话多的小老头。

243

姜淑被他烦得不行，伸手推他："去去去，你去看看林意睡醒没，别在这儿碍手碍脚的。"

顾西琛摇头，心里叹息。女人真是搞不懂，以前自己不在家的时候姜淑天天念叨自己不着家，现在自己天天待在家反而嫌自己碍手碍脚的。

顾西琛准备出厨房，便听到客厅一声巨响。

林意步子迈得急了被楼梯绊了一下，发出不小的声响，腹部的伤口被牵动，她疼得皱紧了眉目。

顾西琛和姜淑闻声赶过来。

"你这孩子不老实在床上躺着，出来做什么。"姜淑嘴上训斥，心里疼得厉害，自己手里还捏着葱，嘱咐身边的顾西琛，"西琛，快把她抱回屋里。"

顾西琛展开双手直接把林意扶起来，后者怒气冲冲地盯着他。

顾西琛看着她的模样，不禁觉得好笑。

"你赶紧带她回屋，伤还没好利索，就出来瞎蹦跶。"姜淑催促着，说完转身回了厨房。

顾西琛双臂揽着她的身体，林意的目光依旧带着怒气。

"干吗一副要吃了我的样子？"顾西琛嬉皮笑脸地问。

林意说："我有话要问你。"

"好呀。"

顾西琛答应着，然后身体一侧，双臂一揽，把林意打了个横抱。

林意双脚突然腾空，下意识惊呼，随后害怕姜淑听见，捂住了自己的嘴巴，小声地问："你干什么？"

"妈让我抱你回屋，我不能不从。"顾西琛勾着唇，暧昧地说，"你不是有话跟我说吗，总得找个没人的地方吧。"

林意被顾西琛的调戏弄得微微有些脸红，她是有话要问他，但又不是什么见不得人的话，干吗还要找个没人的地方。

顾西琛抱着林意回到二楼的房间，把她放在床上。他的动作很轻，就像捧着瓷娃娃一样，生怕一个不小心触碰到林意的伤口。

"说吧，你想和我说什么？"顾西琛笑着问。

林意踌躇了一下，正色道："你是不是被停职了？"

顾西琛皱眉，心里已经有了盘算。江涛这个不靠谱的小子，怎么什么都和女朋友说。

"我知道是因为我的漫画导致你停职的，有人去城北公安局找过你了是不是？"林意语气有点着急，手指不断抠着自己的手指甲，低着头，语气湿濡，"我没想到会给你造成困扰，现在害得你连公安局都去不了。"

顾西琛伸手揉着林意的脖子，强制性地让她对上自己的视线。

她的眼睛里面含着泪花，顾西琛轻声说："不是因为你，是我自己想休息了。"

林意不信，小声辩驳："你骗我。"

"我没骗你。"顾西琛笑着解释，"是我最近主动申请的休假，正好逃脱了别人拿我当猴子看。"

林意有点相信了："真的吗？"

"真的。"顾西琛说。

他的确是停职了，但是停职的真正原因是他回公安局的那天，当着审讯室摄像头的面狠狠打了杨启一顿，当时他的样子就像疯狂的猛兽，谁拦他就咬谁。

只不过顾西琛下手有分寸，汪民他们拦不住索性也就不拦了。

他第一次露出那么凶狠的气息，杨启露着带血的牙齿说："你还真是敢下手啊。"说着抬着下巴示意墙上安装的摄像头。

顾西琛毫不在意，咬着牙说："你这辈子都别想出来了。"

贩毒加上袭警伤人，还有以前在云南所有的犯罪记录，不是死刑就是无期徒刑。

打完了杨启，顾西琛去汪民那儿主动申请停职。一是为了避免汪民受到牵连，二是正好可以借此机会好好陪着林意。

也就是这么巧，同一时间，有人跑到城北去找人，说是看见一个和现在大热的漫画里的男主长得极像的人。

"可是……"林意还没死心。

"你再可是，我就亲你了。"顾西琛半开玩笑地威胁，脸开始凑近。

林意老实了，再也不可是了。

林意身体逐渐好转，但是姜淑想让她多休息一阵，不放她回去上班。正好顾西琛也在停职阶段，于是去寺庙拜佛的事情被提上了日程。

姜淑特意挑选了顾名休息的日子，张罗着去了。

寺庙处于城市郊区，那边正是未开发的地区，就坐落在半山腰。

正值北方初春，春风刺得皮肤疼，夹道两边的树枝全是光秃秃的。

顾名拉着姜淑走在前面，顾西琛陪着林意走在后面。

林意身体刚好，爬山路难免有些吃不消。最近姜淑在家里给她做各种补汤，火气太旺，硬是在初春的寒风里，额头冒出了薄汗。

林意停下脚步，大口吸气。

顾名牵着姜淑早已经不见了身影，老两口还挺享受这难得的寂静时光，手牵手一起爬山，沿途看风景，好不惬意。

林意大口喘气，说不出话，手往前摆，示意顾西琛不用管她，让他先走。

顾西琛伸手去拽林意的胳膊，身体一步走上前半蹲下，然后带着力把林意拉到自己的背上。

顾西琛的背很宽厚，常年训练的原因，胳膊的肌肉很紧实，羽绒服挡住了肌肉流畅的线条，却能用身体感受得到。

"你干吗？"她嘴上问着，手臂已经不自觉地搂上顾西琛的脖子，使两人贴得更紧，她的胸贴着他的背。

两人比这亲密的动作也有过，但只要离顾西琛太近，林意的心脏就不自觉地瞎扑腾。这么多年她极力抑制的那种心跳，如今已经找到了突破口，一个劲没完没了地跳。再这样下去，林意觉得自己的心脏会出毛病。

顾西琛自顾自地背着她走，他的步伐很缓慢很稳。林意感觉很舒服，手臂搂得更紧了点，脸颊贴近他的耳朵。

顾西琛的耳朵被风吹得有些红，林意凑近了瞅能看见光线透出的淡淡血丝，像红宝石一样晶莹透亮。林意用脸颊贴近，触感凉丝丝的，她用嘴给他的耳朵哈气。

顾西琛被她弄得有些痒，下意识地躲闪了一下，笑着问："你又是干吗？"

"我帮你暖耳朵啊。"林意一脸正经地说。

"你老实待着吧，不用瞎折腾。"背着她就已经够难忍的了，她还在自己的背上玩得不亦乐乎，弄得心里面痒得难受。

林意撇嘴，乖乖地趴在顾西琛的背上，不再乱动。

到达寺庙的时候，天果然已经开始泛黑了，顾名早就和寺庙里面的人联系好了，今晚的晚饭和住宿问题都在寺庙里解决。

这寺庙算是当地的一种特色，算是小有名气的，很多人慕名前来求子、求财，甚至还有为孩子求前途的父母，不说都能一一实现，但也是讨一个好的彩头。

这寺庙面积不大，主要是以红砖堆砌而成，顶着四角挺立的设计，和古代庭院的风格如出一辙。再往里面走有几间厢房，专门为慕名而来的客人提供住宿。回廊的设计也很有复古味道，红柱子，原木长椅。

寺庙有个望台，视野开阔，正好可以把下半部分的所有风景尽收眼底。这要是赶上绿色盎然的夏季，一定是美不胜收。望台有个鼎钟，上面是密密麻麻的细致纹路，敲一下，清脆的声音响彻山林间。

林意甚至能想象到，钟声响起时，有飞鸟从绿色丛林中飞出的景象。

吃过斋饭，姜淑去大厅祈福，顺便添了很多香油钱。林意跪在那儿睁一只眼闭一只眼地打量四周。

顾西琛瞧见她的模样，故意小声提醒："专心点，小心佛祖生气。"

林意连忙闭上眼睛，心想佛祖千万别生气。

林意睡不着，躺在厢房的石板炕上，翻来覆去，就是睡不着。

林意在黑暗中瞪大了眼睛盯着天花板，一旁的姜淑已经睡着了，黑暗中是均匀的呼吸声。林意寻思了一会儿，悄悄地起身穿衣服，走出了房间。

夜晚的寺庙静得有些吓人，林意就是想瞎逛逛，最后逛到了望台。

那儿有橘红色的火星，忽闪忽灭，朦胧的夜色中有一个黑色的轮廓，以及周身围绕的淡淡烟雾。

是顾西琛。

那感觉太熟悉了。

林意站在离他几步之外的地方，顾西琛背对着她，左手手指上夹着的香烟亮着橘色光点随着他的动作在晃动。

林意微微皱眉，顾西琛是什么时候开始抽烟的呢？

高中的时候很多男孩子对这一领域感到好奇，跃跃欲试，但是顾西琛却没有。林意当时还问过他，当时他说那玩意就是慢性自杀，除非他不想活了。

他们之间有四年的时间几乎是空白的，中间有很多变数和无奈。她突然意识到自己好像忽略了很多事情，会和自己有关系吗？

难道他现在不想活了吗？

林意被这样的想法吓得哆嗦了一下，冷风吹得她心里的想法越来越寒冷，让她害怕。

林意悄悄地走上前，伸出双手，穿过顾西琛的胳膊环上他的腰。顾西琛身材看着匀称，但是实际上很宽厚的，林意抱着他的腰围微微有些勾不住，最后索性直接拽住了他衣服的两侧下摆。

"你什么时候开始抽烟的？"林意小声嘟囔，情绪揉碎在寒风里，"你以前不是说这是慢性自杀吗？还说除非你不想活了才……"

　　她有点说不下去了，好像是在撕裂往日伤口一样，有点难以启齿，又害怕去面对她曾经忽视的一切。

　　顾西琛将手里剩一半的烟摁灭，转过身把林意结结实实地揽在怀里，然后替她抻了抻脖领。

　　"冷不冷？"

　　林意不穿戴帽子的衣服，每次耳朵和脸颊都冻得通红。

　　林意窝在他怀里摇了摇头，手上还攥着顾西琛的衣服，用力拽了一下。

　　"你不要转移话题。"

　　顾西琛坏笑，继续转移话题："你这么晚不睡觉，出来就过来抱我，难免我会错意。"

　　林意还是被他带偏了，疑惑地看着他："什么意思？"

　　"以为你在给我暗示啊。"顾西琛的领子被风吹起贴着脸颊一侧，"还是说你就是故意来勾引我的，嗯？"

　　林意被他这一声"嗯"瞬间弄得脸红了，头埋在他怀里不敢抬起。

　　顾西琛用下巴蹭着她的发顶，勾着嘴角，揽着她的手又紧了几分，微微侧过身体，挡住不断袭来的冷风。

　　寒风在黑夜里肆无忌惮地咆哮。

　　过了好一会儿，林意才想起来正事。

　　林意："你说实话。"

　　顾西琛装傻："什么实话？"

　　林意抬头死死地盯着他。

　　顾西琛瞅着她水灵灵的眼睛在黑夜发出的光亮，他就像被蛊惑了，忍不住低下了头。

　　林意看出他的意思，赶紧把脸侧过去，躲开他。

　　顾西琛皱眉表示不满。

　　"你要说实话，才能亲。"林意红着脸小声说。

　　顾西琛挑眉，眉眼全笑开了，心想，现在都学会和他谈条件了？

他伸出一只手把林意的头扳过来，然后不顾林意脑袋的后退，唇就贴了上去。

隐没在唇齿间的还有顾西琛的呢喃。

"你上大学的时候。"

事后，林意再想起顾西琛那天晚上的回答，她基本就全部能想清楚了。她上大学的时候，也就是她和陈泽恋爱的时候，估计是那段时间，顾西琛开始染上吸烟的习惯。

原来顾西琛喜欢自己这么长时间了，林意心里还是有些小窃喜的，但是吸烟毕竟有害健康，她打算想办法找机会让顾西琛戒烟。

伤养得差不多了，三月中旬，林意正式回公司上班，顾西琛也接到了汪民让他回去复职的消息。

申盈盈大呼小叫："你可总算回来了，你都不知道你的漫画评论区都要炸了。"

林意不解："怎么了？"

"你突然停更，公司高层因为你无故请假而大发雷霆，袁主编以一人之力给你扛下来了。"申盈盈说，"你受伤的事情，公司都已经知道了，可是漫画停更这么长时间，对公司造成一定影响，袁主编说他愿意用辞职来承担后果，并愿意承担公司受到的损失。"

辞职？事态严重到这个地步了吗？

申盈盈继续说："评论区的读者在春节期间剧增，现在都在吵着退钱呢，有人甚至打电话到客服部投诉了。"

林意坐不住了："袁主编呢？"

"在主编室。"

林意起身，在去主编室的路上遇见同事也无心周旋，就连平时谨慎敲门的态度都抛到脑后了。

袁景正在收拾东西，看到林意冲进来，抬起头，笑着说："回来了。"

"您不用这样。"林意开门见山。

袁景停下动作看着她，在医院的时候还是那样惨白无力，如今却是气色红润、朝气满满地站在这儿。

他心里感叹，真好。

"从今天开始，我会保持更新，直到让那些读者闭嘴。"她带了点脾气，"我会承担我自己的失职，毕竟我受伤也是事出有因，公司也不会完全视而不见，您不用为了我辞职，您知道我的能力，我会让所有人都无话可说。"

这件事情可大可小，就看怎么处理。只要林意现在开始维持正常的进度，那些粉丝得到了满足自然就没关系了。至于因病耽误工作多时对于公司来说即便有再不好的影响，顶多就是扣工资补偿就行了，根本没必要弄得辞职那么大。

袁景看着面前的林意有些感慨，这是他一手带出来的人，果敢、自信。她如今在他面前说的这番话，一如当初她说自己是全公司成绩第一时那般闪耀。

林意身上有别人无法企及的魅力，这一点袁景从遇见她的那天便已经知道了。

"你误会了。"袁景淡淡地说，"我辞职是我的个人意愿，年前就已经有想法了。"

林意不可置信地看着他。

袁景接着说："因为你的原因，我才了解家人多难能可贵。梦想是生活的一部分，如今你已经替我实现了，剩下的时间我要多陪陪家人。"他停顿一下，继续手里的动作接着说，"你的稿子我之前就已经让实体部门的主编代我审稿，公司下一时间段会进行一部分改革，以后主编只有一个人，分别掌握网络部分和实体部分。你是我带出来的，我相信你在谁的手底下都能坚持追求的初衷。"

林意一时之间不知道应该说些什么。挽留还是安慰？不管是哪一种都不合适。

最后，林意只能说一句谢谢。

袁景正式离职手续办完还要一个月，这期间林意用大量的时间赶画稿。每天都处于一种无限加班的状态中，粉丝好感度已经被停更给刷没了，林意要扭转这个局势就必须要保证速度和质量。

"你这样身体能不能受得了啊，你才刚恢复。"申盈盈有点担心。

林意从画稿中抬头，看了一眼外面的天，青灰色的底，白色的云。

顾西琛刚回公安局复职，最近也是忙得不见人影，两人之间通话也是三言两语就挂掉了。

"你干吗那么拼命啊？"

林意收回思绪，思考这个问题。她为什么那么拼命？她自己也说不上来，但是她想让袁景在辞职之前看到一切都回到正轨，就算是为了给他一个临别的安慰，感谢这两年对自己的照顾和鞭策。

"啊？"申盈盈撞了她一下。

林意轻声说道，宛如自语："就当是为了感谢吧。"

经过林意的努力赶工，漫画已经开始逐渐回到正轨，很多粉丝从一开始的埋怨停更转变为称赞。

留言区经常看到的言论就是："原来作者憋着大招呢，这几集剧情紧凑，太好看了。"

漫画危机正式解除，林意也没有收到公司的处罚，她知道袁景最终还是替自己扛了责任，所以她也没有勇气再一次跑进袁景办公室。

原因她都知道，她既然已经不得不去接受他的好意，她只能用自己的方式回馈他。

袁景正式离职那天，公司有了好消息。

林意的漫画突破了公司网漫历史的最高成绩，总成绩排名第一。

他想看到的，她让他看到了。

时间一晃，又到清明节。

每年林意都会看完父母后回一趟乡下给奶奶扫墓。林奶奶被葬在当时村子里的后山上，老人家去世都喜欢在自己家乡的一片土地上落叶归根，这是那个年代的传统思想。

今年，顾西琛主动要陪她一起回去。

但是，去之前要去商场买个衣服。

林意整不明白他的脑回路："为什么突然要买衣服？"

"这不是过节了嘛。"顾西琛说。

林意窘：大哥，过的是清明节，我买什么衣服啊？

"你去见林奶奶也要穿件新衣服吧，她老人家可不想看见一个穿得邋遢的孙女。"顾西琛伸出手指指着林意。

林意伸手去打，顾西琛躲得快，没打着。

林意噘着嘴瞪他，顾西琛坐在沙发上坏坏地笑。

姜淑看不下去了："你俩能不能像个大人似的，别一天天只知道胡闹。"

"妈，那什么样的才算是大人啊？"顾西琛问。

"赶紧带个对象回家给我看看，你看人家……"姜淑话还没说完，顾西琛和林意难得心有灵犀齐刷刷地抬屁股走人了。

姜淑无奈地摇头叹息："这俩孩子……"

最后，林意还是和顾西琛去商场买衣服了，她觉得顾西琛的话还是很有道理的，最起码要让奶奶看到自己现在很好的样子，这不仅是尊重还是诚意。

林意买了毛衣和无帽卫衣，她在房间里面试衣服，顾西琛在旁边看着她。

"上次买的卫衣呢？"顾西琛特意强调，"带有帽子的那个。"

林意顿了一下，神色一暗："在衣橱里。"

姜淑给她买的那件带帽子的卫衣，她一次都有没有穿过。

"这次回家穿着那件吧。"顾西琛提议。

林意瘪嘴。

"拿出来试试，让我看看。"

林意不情不愿地去翻衣橱，手里拿着那件衣服，神色为难："真的要试吗？"

"嗯。"

林意举臂脱下毛衣，完全忽视了顾西琛还在场的事情，她里面穿了一件保暖贴身的长袖内衣，黑色的玲珑曲线顿时呈现在眼前。

顾西琛下意识地别开了双眼。

林意现在没有那么害怕了，但反感的感觉还是有的。她穿好衣服，闷闷不乐地用手指戳了戳旁边的顾西琛，示意他自己已经穿好了。

这件卫衣是粉色的，衬得林意本来就白皙的皮肤透亮透亮的。

顾西琛伸出手帮林意把帽子戴起来，修长手指在她的帽檐划过，嘴里说："你知道卫衣的帽子有什么作用吗？"

林意不懂："什么呀？"

顾西琛勾着嘴角，脑子里早就开始翻腾了。好想亲她啊，可是姜淑就在楼下，这么突然肯定会把林意吓着的，他告诉自己再忍耐忍耐。

"你穿着这件衣服回去，我就告诉你。"顾西琛意味深长地说。

林意随后白了他一眼，心里哼道，又卖关子。

林意最终还是穿了带帽子的那件卫衣，尽管心里有所反感，但是她对顾西琛卖的关子很感兴趣。

林奶奶在乡下的房子，林意不舍得卖，常年空置。只有林意回来扫墓的时候，才能打扫一下。她失去双亲的日子里，和奶奶度过的那些岁月是最珍贵的。

她这二十几年的日子过得颠沛流离，从一个地方到另一个地方，亲人也一个一个地离开她。有句老话说，有失必有得。也许就是因为她失去得太多了，所以命运让她遇见顾西琛。

现在这村子里很多人都动迁到别的地方了，留下的都是迟暮的老人，不愿颠簸。

扫完墓回来，吃过饭，两人无聊，在房间里大眼瞪小眼。房间的采光不是很好，有些暗，顾西琛的轮廓隐藏在阴影之中，周边安静得不像话，林意听到了自己的心跳声。

以前两个人孤男寡女独处的时间也不少，这次却有了一种不一样的感觉。

林意自己也说不上来。

"呃……"她试图想说点什么，"你上次和我说的作用到底是什么？"说完，她还把自己的羽绒外套给脱了，展示了自己穿的连帽卫衣。

顾西琛咬着烟，向她勾了勾手指。

林意凑近，顾西琛伸手把她拉过去，然后让她坐在自己的腿上。

呃……林意有一种被骗了的感觉，但是没办法，她现在心甘情愿被骗。

顾西琛十指攘着她的帽檐，语气危险："你真的想知道？"

林意把他咬在嘴里的烟拿下来，她完全没有感受到顾西琛的变化，此时此刻，她一直在思考如何才能让顾西琛把烟给戒了。

这个动作在顾西琛看来，就是挑逗。

脑袋突然被人拉了过去，林意来不及反应，唇部就被锁住了。熟悉的触感，熟悉的味道，熟悉的湿润，一切都是熟悉的，但她还是紧张又害怕。

她的双手攘着顾西琛的衣领，一动不动。

顾西琛的手从她的衣服下摆开始向上移动，手掌在她的后背逐渐摸索，他吻得有点用力，气息混乱地交织在耳畔。

除夕夜那天的记忆，一瞬间全部回到了林意的脑海中，那是他们最亲密的一次接触，几乎就要控制不住。

"顾西琛。"她叫他名字，试图找回失去的理智。

手掌探入了衣服里面，蓄势待发，顾西琛亲吻她的脖颈，大力地吸了口气，然后停下动作。

"我打算回去就坦白。"他埋在她的脖子里，哑着声音，带着未褪去的情欲。

林意脸红，根本不敢看他。

她小声说："可是姜姨……"

有句话她一直都觉得申盈盈说得对，她和顾西琛尽管并无血缘关系，但是这么多年在家人面前就是兄妹。一时之间来了个大转变，不管是谁都需要接受的时间，何况姜淑待她如亲生女儿般疼爱。如今她和顾西琛的关系已经不能回头，她也不愿意让姜淑受到打击。

在这段关系中，林意处于两难的境地。

"要不你先和姜姨说你谈恋爱了，但是先不要说我们的事情。"林意说，"你好歹要给姜姨适应的时间啊，不能一下子全盘托出不是？"

顾西琛轻笑了一声，戳穿她的小心思："你是担心我妈给我安排相亲吧。"

林意不满道："姜姨也说要给我安排了。"

顾西琛捏着她的下巴让她直视自己："你还是没领教到这帽子的作用是吧，还敢刺激我？"

林意抿着唇，她果然不能对顾西琛抱有期待，他卖的所有关子，都是和占自己便宜有关。

"你就听我的吧。"林意撒娇，"你先洒点蒙蒙雨。"

顾西琛挑眉，没说话。

"行不行嘛？"她攥着顾西琛的衣领就晃，撒娇技能用到顶了，顾西琛再不妥协，林意也束手无策了。

还是没反应。

好吧，林意想，只能出撒手锏了，她攥着他衣领的手用力一拉，随后在他的唇上印上一个香吻。

顾西琛舔了舔唇，终于有了动静。

　　林意知道他是妥协了，弯着眉眼笑嘻嘻地看着他。

　　空间有点凝结。

　　暧昧依旧在思绪中滚动。

　　顾西琛心里暗骂了一声，真是折磨啊。

　　黑夜当空的星星，见证了男与女的爱情，那里面有青春和等候，有陪伴和悸动。

第十四章
想实现你所有幻想

五一假期过后，林意听到了申盈盈的好消息，据说和江涛已经互相见过了父母，打算今年国庆的时候举办婚礼。

"你们俩这速度不会太快了吗？"林意画都画不下去了，惊讶地说，"你们俩才认识半年，现在连结婚的日子都定好了，闪婚也不至于这么闪吧。"

"谁说的。"申盈盈反驳，"有的人见面就结婚了，那才叫闪婚，我和江江已经属于细水长流型的了。"

"江江"是申盈盈对江涛的爱称。

林意陷入思考，半年都叫细水长流的话，那她和顾西琛十几年的感情，应该称为什么？

"你和西琛哥抓紧吧。"申盈盈抱怨，"拖拖拉拉的什么时候算个头啊。"

上次他们俩商量坦白的事情，因为一些事情耽搁了。顾西琛最近因为局子里的事情一直没回家，姜淑在家总是拉着林意看各种相亲对象的照片，不仅是顾西琛，连她都被安排了。

她现在也很烦恼啊。

晚上下班的时候，江涛来接申盈盈。

"今天不用加班吗？"林意问江涛。最近顾西琛忙得都没有时间回家。

江涛搂着申盈盈说："今天收队了，这几天会清闲下来。"

林意寻思，那这个时间顾西琛是不是已经回家了？

"我们送你回家吧？"申盈盈说。

林意可不想耽误他们俩谈恋爱的时间，连忙摆手："不用了，我坐公交车。"

江涛跟着附和："林意，让我和盈盈送你吧。"

"真的不用了，我打算转转再回家。"林意执意拒绝，眼睛瞟了一下后面墙角的人，黑色的衣，熟悉的人。

江涛和申盈盈不再坚持，手挽着手相携而去。

林意抬头看了一眼头顶的天，像被水洗过那般清澈，湛蓝的底，白色的云。

五月的天，白昼开始变长，空气中带有一些潮湿的味道，南风过境，夏天要来了。

腰突然被人搂住，带着烟草的男性气息从后面传来。

"想什么呢？"顾西琛问。

林意早就习惯他这样的伎俩了，轻笑了一声主动调戏："想你啊。"

顾西琛伸出一只手，捏着她的下巴把脑袋拧过来，侧过头就准备亲上去。

林意用手捂住了他的嘴巴。

大街上，这是要做什么，顾西琛现在越来越不注重场合了！

"你又抽烟了？"林意控诉。

顾西琛拧着眉头看她，他刚刚等她的时候闲着无聊就抽了一根。

"我给你买的糖，你是不是一回也没吃过。"自从有了这个想法之后，林意就买了一堆糖给顾西琛，说是只要想抽烟的话就用吃糖来代替。

顾西琛一个大老爷们，天天含着糖，好像的确不太像回事儿，所以他这段时间干忍着，还是挺辛苦的。刚才就是一个没忍住来了一根，结果就被林意抓包控诉了。

不行，不能让她死抓着自己的小辫子不放，他要用强！

顾西琛掰开林意的手，使劲把脑袋往上凑。林意一个劲往后躲，最后有点支撑不住了，身体要倒了，顾西琛用胳膊揽住了她的腰身。

林意双手抓着顾西琛的肩膀，害怕自己真的会倒下去，她笑："不闹了。"

顾西琛故意放低点，惹得林意惊呼。

"真不闹了。"

"那你让我亲一个。"

林意转着溜圆的眼珠子："那你先让我起来啊。"

她上身半吊着腾空，全靠顾西琛揽着的她腰身的手支撑着不倒，她现在说话气都不太顺。

顾西琛把她身体扶正。林意伸手推开他，然后跟只小兔子一样灰溜溜地跑了。

这可是大街上，做梦！

顾西琛看着林意逃跑的身影，哭笑不得。

回家这一路上，林意都挺忐忑，她把顾西琛给耍了，拿捏不准他会不会在车里兽性大发一下。她坐在副驾驶，一个劲地用余光瞄旁边打着方向盘的男人。

"你知道江涛和申盈盈十月份要结婚的事情吗？"林意主动找了个话题。

顾西琛手指敲着方向盘，漫不经心地说："你是在暗示我向你求婚吗？"

林意咂舌懊悔，自己真是傻，哪壶不开提哪壶。江涛天天跟着顾西琛转悠，怎么可能不知道，现在倒好了，把自己套进去了。

林意不敢再说话了。

身边的人没有动静，林意瞄了一眼。

顾西琛从兜里掏出烟盒，准备点火。林意急了，直接伸手将顾西琛已经咬在嘴里的烟给拿下来了。

林意忍不住瞪他，这人是在闹脾气吗？都多大了？

他停下车，将林意拉过来。

他挑眉，声音很危险："我有一个戒烟的好办法。"

"什么办法？"林意尾音有点颤抖，她觉得这次自己肯定逃不掉了。

双唇相贴之际，林意忍不住小声提醒："会肿的，姜姨会发现。"

最后，顾西琛还是没听进去，可能是在惩罚她刚刚跑了的事情，他很用力地把林意的嘴唇给亲肿了。

姜淑最近捣鼓那些照片都快魔怔了。

顾西琛和林意刚进家门，姜淑就招呼他们俩赶快过来瞅瞅，相中哪个了好约个时间见见面。

"姜姨，我最近挺忙的，真的没时间。"林意下意识伸手去推那些摆在自己面前的照片。

"你这孩子，工作哪有谈对象重要啊。"姜姨瞅着林意，发现点不对，"哎，林意，你的嘴怎么这么红？"

林意下意识地摸嘴唇，看向坐在旁边的顾西琛，罪魁祸首正在幸灾乐祸地笑。

"你看他干啥，我问你话呢？"姜淑急了。

林意赶紧答应，撒谎应对："我刚刚吃了特别辣的辣条。"

姜淑嘱咐："不要吃那种垃圾食品，对身体不好。"

林意答应着。

顾西琛咳了一声，抿着唇笑。

"那你最近有没有时间？"姜淑问顾西琛。

顾西琛悠悠地说："我有女朋友了。"

林意炸了，姜淑也炸了，就连从来对此事漠不关心的顾名，在拿起茶水的一刻都忍不住抖了一下。

"什么时候的事，怎么不和我说呢？"姜淑急了，好像终于看到了曙光，"多大了，家里是做什么的？"

顾西琛哭笑不得："妈，你冷静点。"

林意的心都提到嗓子眼了，她躲在后面的手一个劲地捅顾西琛的后背。

"过几天我带回家给您看看不就知道了吗？"顾西琛笑着说，"她最近挺忙，可能要过段时间。"

林意背后一凉，这不是她刚刚对姜淑说的推辞话嘛。

这个人还真是……

"行吧，但是见面的事，你可别忘了。"姜淑强调一遍。

"行，你放心。"顾西琛答应得轻松。

林意手掌心都开始聚集薄汗了，她还真的挺担心顾西琛直接就说出来了。嗯，她相信他能干得出来这事。

姜淑现在心里美滋滋的，一边哼着小曲一边收拾茶几上面的照片，起身去厨房做饭去了。

"你这太突然了。"林意小声地说。

"不是你让我洒点蒙蒙雨的吗？"

林意一时无言，但是为啥从顾西琛嘴里说出来就像是下暴雨了呢，给人一种措手不及的感觉。

"那过两天姜姨让你带人怎么办？"

"那能怎么办，把你带回去呗。"

跟没问一样。

顾名看着沙发上窃窃私语的两个人，不久之前的猜想再次重现脑中，心里暗道：这俩孩子，不会是真的吧……

姜淑最近一直在催顾西琛带女朋友回家的事情，林意坐在旁边听着他们俩的对话都心惊胆战的。

饭后，林意忍不住自己的胡思乱想，找顾西琛商量。

"你心里有想法了？"林意坐在床边看着对面站在书柜前的顾西琛。

"嗯。"顾西琛淡淡地答应着，随手翻过一页。

"我有点害怕。"

林意说的是真心话，她明白顾西琛在姜淑面前已经坦白女朋友的事情就一定有所计划了。她也明白这是早晚要面对的事情，但是事情面临决堤的关口，处理好了是皆大欢喜，处理不好可能是天崩地裂。

她会害怕是人之常情。

顾西琛从漫画中抬头，随手放在了书桌上，随后张开了双臂。

林意明白他在示意自己过去，她很自然地攥紧了他。顾西琛抚摸她的脑袋，轻声劝慰："不用怕，都交给我。"

林意闭上双眼，享受此刻的宁静。

窗户和门都没关，有穿堂风跃过。

"你什么时候有时间啊？"顾西琛在她耳边问。

林意不解："问这个做什么，最近一直赶画稿挺忙的。"

顾西琛寻思片刻，然后说："那就端午节的时候和我妈说，这段时间顺便让你做点心理建设。"

距离端午还有不到一个月的时间。

"嗯。"林意在他怀里闷闷地答应。

"你们在做什么？"一声呵斥打断两人。

林意瞬间从顾西琛的怀里出来。门口，姜淑和顾名在看着他们。

不用做心理建设了，因为风雨提前来了。

这是第一次家里有这么沉重的气氛，就像一块大石头压在心上，喘不过气来。

姜淑和顾名坐在沙发上看着对面站着的顾西琛和林意。

"妈，我们好好聊一下好吗？"顾西琛先开口。

一片沉默。

林意站在那儿，不敢看姜淑的表情，手指不安地搓动。顾西琛看到，大手毫不避讳地直接覆上。

这一动作落在了顾名和姜淑的眼里。

顾名叹了口气："什么时候开始的？"

"不知道。"顾西琛说。

"你这个浑蛋。"顾名难得激动起来，"这叫什么话？"

顾西琛默不作声，他看了一眼身边的林意，大手下的小手指尖在微微颤抖。

他没说谎，他的确不知道，岁月的长度已经让他忘却了感情最开始的模样。

良久没说话的姜淑，一直盯着面前的两人。

这是她最心爱的两个孩子，她的确没想过两个人会有这方面的情况。她把林意当作女儿看待，对两人的关系也自然用兄妹关系来定义，如今告诉她这样一个事实，任谁都不能立刻接受。

何况，她心里还有气，气这两个孩子不坦白。

"休息去吧，我要自己静一静。"姜淑的声音是从未有过的冷淡。

林意心里顿生寒意，姜淑没有歇斯底里，没有怒极狠骂，但是这种若无其事的语气让她瞬间明白了一个事情。

姜淑对她失望了，一直以来对她视如己出的姜淑，对她失望了。

林意忍住眼底的湿意，艰难地叫了一声："姜姨。"

姜淑没理她，径直回了房间。

"你别太较真，毕竟他们还是孩子。"顾名在一旁劝道。

姜淑靠在床上，一言不发。

顾西琛说要带回家的女朋友，原来就是林意。只是这么久了，不向自己坦白，姜淑怎么可能不气。

"你怎么想的？"姜淑问。

顾名寻思了一下："如果这两个孩子是认真的，咱们也就别管了。"他不是什么老古板，何况林意和顾西琛本来就没有血缘关系。

"可是林意……"

"我知道。"顾名打断她，安抚地摸着她的双手，"林意是你带大的，就像女儿一样，你一时无法接受我全都理解。但是你别忘了，西琛可是你亲生儿子，这么多年他都没交女朋友，这其中原因你还不明白吗？"

姜淑愣了，从没想到自己儿子不交女朋友，是另有原因。

顾名接着说："我作为父亲，我承认我的自私，这一刻我只想考虑我儿子的感受。如果西琛非林意不可，那我绝对不会反对他和林意之间的感情。"

姜淑瞪着眼睛，彻底说不出话了。

无论是家庭还是事业，在做抉择的时候，男人永远会比女人洒脱。

晚上，林意做了噩梦，醒来身上一层冷汗，然后就睡不着了。

她的梦很碎。

她梦见父母，梦见奶奶，梦见自己脚下悬空，梦见那个如噩梦般的女人，最后，她梦见了姜淑。

她捂住自己的脸，黑夜掩盖了她的狼狈，无限放大了她的悲伤。

淡淡的清冷月光从指缝中划过。

林意不知道以后要怎么面对姜淑，她还能像以前一样吗？

她不知道。

但是她知道，她即使再害怕和紧张，都不会放弃顾西琛了。

她说过，她会无条件选择顾西琛这个选项。

夜很深，同样睡不着的又何止一人。

近日来，家里的气氛一直很低气压。

林意给姜淑打下手做饭也是埋着头不吱声，姜淑只是循规蹈矩地做家务，不像往常一样热络地聊家常。

这就是一个很尴尬的境地，孩子犯了错，做家长的不打不骂，就是一直不搭理你。如果是小时候的话，林意会觉得很好，可以躲过一顿责骂，可是她现在只想让姜淑大声骂她一顿，以求个舒畅。

林意最近在思考要不要搬出去住。

"你最近脸色怎么这么不好？"坐在咖啡厅皮沙发上面的申盈盈涂着烈焰红唇抿着咖啡。

林意盯着面前浓稠的咖啡，修长的手指在咖啡杯的杯沿上打圈圈。

咖啡的香味围绕在鼻翼，香浓淳厚。她加了很多的糖块，但是喝着还是觉得苦，因为她心里是苦的。

"我想从家里搬出去住。"

申盈盈很敏感："你们的关系被发现了？"

林意点点头。

"家里人什么态度？"

林意寻思一下，好像说不上来是什么态度，没有极力反对，但是也没有同意。

"那西琛哥呢？"

"他怎么了？"

"他没表个态什么的？"

林意想起那天顾西琛当着家人的面牵着自己的手，心想，那已经是在表态了，只不过姜淑至今还没有给他们机会好好谈一谈。公安局最近又有了新案子，顾西琛忙得没时间回家，这件事情好像就被无限搁置了一样。

就像被封在箱子里的瓷器，既不会损坏，也暗无天日。

林意叹了口气。

"没事。"申盈盈安慰，"一定会好的，总要家里人用一段时间接受不是，毕竟你俩可是兄妹变情侣。"

林意无奈。

"你要是觉得搬出去住好受点就搬出去呗。"申盈盈接着耸耸肩，直言不讳，"但其实我觉得没必要，反正你还得嫁回去。"

林意闻言更无奈了。

落日铺洒了一道橘红的光线，街边的树木开始长出淡绿色的嫩叶，风一吹，极尽温柔。

林意打电话给顾西琛说了想要搬出去住的事情，顾西琛让她不要着急，等过一段时间后，姜淑开始逐渐适应这件事，再找个机会好好地和姜淑聊一聊。

林意听了顾西琛的话，但是找房子的事情也没有就此放弃，关于租房的信息广告她一直都有留意。

时间不慌不忙，三个月过去了。

城北刑侦队近三个月的时间里一直在办理一件大案子，临近国庆，顾西琛才真正地开始休息。

申盈盈和江涛最近在忙着婚礼的事情，林意也没闲着。新娘不是她，她却和新娘一样累，不是陪申盈盈一起去试婚纱，就是陪申盈盈去买床上用品。

　　婚纱挑来挑去的，最后申盈盈选了一件镂空设计，裙身上面是玫瑰的花纹，裙摆是小裙摆设计，坎肩的设计正好可以露出修长的胳膊，却又不失性感。

　　申盈盈和林意的身材不一样，林意偏瘦，而她是丰盈饱满，前凸后翘的，把整个婚纱的美感都衬托出来了。

　　"好看吗？"申盈盈拽着裙摆侧身照镜子。

　　江涛眼睛都直了，笑嘻嘻地夸赞："我媳妇最好看。"

　　"我可不相信你们直男的眼光。"她转过头问林意，"怎么样？"

　　林意点头："这件好看。"

　　申盈盈心血来潮地提议："林意你要不要去试试？"

　　林意拒绝："不用。"

　　这个时候，林意收到顾西琛的短信说要来接她，她告诉他自己在婚纱店陪申盈盈试婚纱。

　　没过多久，顾西琛就到了，他进了婚纱店没看见人，只有江涛坐在沙发上等着。

　　"哥，你来了。"江涛站起来打招呼。

　　"人呢？"顾西琛打量四周。

　　"在里面。"江涛指了指试衣间的门。

　　没过一会儿，申盈盈就拉着林意出来了，林意试穿的是简约风，不是婚纱，而是伴娘服。申盈盈特地给林意选了短款到膝盖的裙子，林意修长白嫩的大长腿衬托得恰到好处，偏瘦的腰身也因为紧身的设计显得更加有韵味。

　　顾西琛看得出神，下意识地捂嘴咳嗽了一声，脑子突然被一种想法填充得满满的。

　　他想，他们俩好像也到年纪了。

　　该结婚了。

　　解决了晚饭，顾西琛和林意才回家。

刚进门就看见姜淑坐在沙发上，面色严肃。

"妈。"

"姜姨。"

姜淑淡淡地说："林意，姜姨有话跟你说。"

林意很诧异，这是事情发生之后，姜淑第一次主动找自己说话。

姜淑把写着中介联系方式的纸条拿出来。那是前几天晚上，林意接到申盈盈的电话说是这家中介比较好，让她联系一下，因为她当时正在画画，所以匆匆记在纸上就压在了台灯底下，这几天陪着申盈盈试婚纱买东西，她早就已经忘了这个事情了。

"你跟姜姨说，这是什么意思？"姜淑脸上没有多余的表情，很平静。

林意不安地攥着手指，不知道怎么解释。

"妈。"顾西琛出声，"咱们单独聊聊行吗？"

林意不知道顾西琛到底和姜淑聊了什么，不过她隐约能感受到，姜淑好像逐渐开始软了态度。

申盈盈结婚那天，林意比新娘还累，全程都在忙活。

闹完新房都已经十一点了，她和顾西琛过了凌晨才到家。

"你到底和姜姨说什么了？"林意拉住要进卧室的顾西琛。

林意的伴娘礼服还没有换下来。因为凌晨低温，她现在披着顾西琛的西装外套，长腿依旧在裙摆下，被壁灯一照，仿佛透着白光。

"你觉得呢？"顾西琛突然搂上她的腰，动作和语气都隐藏着不怀好意。

林意抵着他的胸膛，明知故问："你干吗？"

顾西琛将她压在墙上，头埋在她的脖颈，声音有疲惫的嘶哑："你今天好漂亮。"

什么情况？

林意接受无能，顾西琛转变太快了。

她今天化了淡妆，与平常素面朝天的样子比的确别具一格，婚宴场上，顾西琛都盯她半天了。

耳边传来了均匀的呼吸声，带着浅薄的酒气。林意轻笑一下，然后伸手抱住他宽阔的身躯，喃喃自语："你说我们能走到最后吗？"

林意若有所思，随后又说："我真的很喜欢你。"

第二天早上，顾西琛还在睡，林意难得起了个大早，昨天累得腰都快折了，结果早上醒了之后就睡不着了。

太阳已经苏醒，柔和大地，有些在新生，有些在复苏。

"你最近工作忙不忙？"姜淑一边熬粥一边问旁边的林意。

"不忙。"

"那我们谈谈吧。"姜淑说。

林意心里打鼓，她最害怕的事情还是发生了。

两人走出厨房，坐在客厅的沙发上，面对面坐着，林意两只手的手指在不断搅动，这是她紧张的表现，她不知道姜淑会怎么对待她？

是从此切断名义上的母女关系？还是说狠心切掉这么多年的情分？

不管是哪一种，她都不想。

"你和西琛的事情，我全知道了。"姜淑双手交叉，轻微叹了口气。

"姜姨。"林意酸了眼睛。

"你先听我说。"姜淑打断她。

空气里有尘埃浮动，林意听见自己的呼吸都在轻微颤抖。

"从今天开始，你不再是我的女儿了。"姜淑缓缓道来，"当年你来我们家的时候，已经是个大姑娘了，虽然名义上收养了你，其实并没有个正式的手续，说起来，你和西琛本来什么关系都没有，我又何必固执呢？"

林意抬起垂着的头，眼睛通红，小声地再一次喊道："姜姨。"

"我知道您对我失望了。"林意解释，语气里有些着急，"我也知道您肯定不会原谅我，但是请您相信……"

"林意。"姜淑打断她，恢复往常的温柔，"我想告诉你，今天做的一切并不是我要放弃你，而是我打算接纳你。"

林意不可置信。

姜淑叹了口气，接着说："用新的身份。"

林意还没缓过神来。

姜淑又补充了一句："这也是西琛的意思。"

林意惊讶："您说这是哥的意思。"

"嗯。"姜淑淡淡地说，"是那天他和我谈话的时候提起的。"

林意回忆起那天顾西琛主动和姜淑单独聊聊的事情，原来他真的早就有所打算了。

"我从没想过原来我的儿子是这样的人，我一直以为自己很了解他，结果到头来，我作为母亲却一点都洞察不到他的心意。"

人的一生有很多难以忘记的画面，姜淑永远都忘记不了那一刻，顾西琛坐在面前对自己说出那番话的模样。

"为什么是林意？"姜淑问顾西琛。

顾西琛从兜里摸出烟点上，这是他第一次没有顾及姜淑的身体在她面前抽烟，他觉得只有这样他才能平稳说完自己想说的话。

"妈。"顾西琛喊她，语气里带有岁月沉淀的浓厚气息，仿佛天长地久，"您知道我是什么时候看上她的吗？"

这是顾西琛第一次对姜淑谈及感情问题，姜淑认真地听着。

他接着说，带点自嘲："其实我也不知道。"

"最开始我救她的那天，只觉得她是个可怜的姑娘。后来她来球场找我，身上全是伤，她那么瘦，感觉碰一下都会倒，可是她还是来找我了。"顾西琛回忆，"我也说不清这种感情。但是当她要逃离这里、离开我的时候，我会紧张，会心疼。她的过往背负了太多了，前半生过得太苦，我想救她的命，还想救她的心。"

姜淑听出端倪："你当年执意报警校是不是为了林意？"

顾西琛没有直面回答："我想保护她。"

当年林意被疯女人劫持，起初对什么都感到惧怕，即使是看绑架抢劫的新闻都会恐惧。当年她看着电视情不自禁地说了一句"如果有个警察能一直保护我该多好啊"。

就因为这一句话，顾西琛改变了意愿，放弃了决定好的经营管理决定报考警察。

他当时没有说原因还遭到了顾名的训斥，说他不好好地跟着自己经商，非要去做警察。

可是一切都是定数，林意比什么都重要，顾西琛自己最清楚。

"妈，不管您怎么反对，我都不能放弃她。"

他说的是"不能"而不是"不会"，会不会谁也说不准，能不能自己来定夺。

"你就那么喜欢林意？"姜淑已经无话可说了。

良久，顾西琛在烟雾中吐出清晰的字眼。

他说："我爱她。"

十月的晚风带着寒意。

林意站在小阳台上托着自己的脸看远景，车水马龙的街道，灯红酒绿的城市，为世界增添了一幕幕精彩。

她给顾西琛发了短信，她说会在小天台等他。

"你在这儿做什么？"顾西琛脱下自己的外套给她披上，"不冷吗？"

林意摇了摇头，伸手搂着顾西琛的腰，直接钻进他温暖的怀里。

顾西琛收紧双臂，然后轻笑："你今天怎么这么主动？"

林意不想跟他扯皮，认真地说："姜姨今天跟我说了很多。"

"嗯。"

林意对头顶只有一声淡淡的回应很不满，抱怨说："你怎么没有反应？"

顾西琛伸出一只手直接掐住她的下巴，迫使她抬头。不等林意反应，他直接亲了下去。

林意挣扎了两下推开他，又羞又气："你这是做什么？"

顾西琛挑眉，语气轻佻地反问："不是你让我给你点反应的吗？"

林意白他一眼："我和你说正事，你认真点。"

"你不是都知道了。"

"我听姜姨说这是你的意思。"

"嗯。"

"你是不是早就有想法了？"

"嗯。"

"你是不是以前就喜欢我了？"

"嗯。"

"你是什么时候喜欢我的？"

"那你呢？"

林意听到他的反问顿了一下。这个问题她也问过自己，但是她自己也说不清具体时间。她对他的感情，从最开始的悸动，到后来的隐藏，最后的爆发，就像坐过山车，完全可以用跌宕起伏来诠释。

迟迟没有得到林意的回答，顾西琛凑近她的耳畔，把热气全部吐了进去。

"我可知道你趁我醉酒向我告白的事情。"

林意瞪大眼睛。

好呀，敢情那天顾西琛是故意的，自己说的话他全都听到了。

顾西琛伸手从林意披着的外套里拿出一枚戒指，银色的圈，上面带有一颗简单的碎钻，在月色的照应下折射出清淡的光。

顾西琛攥着她的手指给她戴上，淡淡地说："我不知道走到最后的定义是走多久，但是有生之年我一定会在你身边。"

她那天喃喃自语自己能不能和他走到最后，顾西琛今天给了她答案。

这人真是一点也不浪漫，可是这样的真实却是林意此时最想确定的。

林意眼睛里泛起酸涩，故意扯上别的话题，看着无名指上面的戒指："为什么不是钻石戒指？"

顾西琛勾着嘴角，知道她在故意转移话题。

这个戒指的款式是林意最喜欢的，当年她和陈泽刚分手，路过珠宝柜台的时候瞅了半天，她曾经幻想的美好生活，如今顾西琛都给她实现了。

她的伤痛，他来治愈；她的恐惧，他来呵护；她的眼泪，他来擦拭。

她所有的一切，都有他来接手。

十几年的漫长岁月，经历了再多，命运还是成全了他们。

黑夜的长河在寂静中流淌，所有的一切可以重新开始，亦可以再度轮回。

全文完

独宠小青梅
duchong
xiaoqingmei

番外一
你是我的梦想

那是一年盛夏。

傍晚的气温依旧热得要死，林意吃过晚饭跑去水果店帮姜淑的忙。结果发现顾西琛不在，于是找了个借口又跑去球场。

林意还没看见人，便先看见了搭在篮球架上面的校服外套，蓝白相间的纹路，背后面还有几个英文字母。

顾西琛在球场上挥洒汗水，看见站在场外的林意便停了下来。

"找我有事？"顾西琛直接掀起衣服在脸上胡乱擦了擦，露出了小麦色紧致的肌肤。

她脸一红，低下了头。

"怎么了？"顾西琛发现她不对劲。

"没事。"她低头害羞的样子惹得顾西琛轻笑。

"我带你去吃冰。"顾西琛揽着她的肩膀，刚运动完的身体像热浪一样包裹着她。

那时候两人相处没什么顾及，林意的小心思都藏着。

两人拿着冰棒并肩走在回家的路上，太阳已经开始落到山头。

"你明天去学校填志愿吗？"林意舔着冰冰凉的冰棒问。

顾西琛咬了一口冰棒答应："嗯。"

"真打算去北京啊？"姜淑说顾西琛打算去北京学管理，都已经商量好了。

"怎么，舍不得我了？"顾西琛挑眉笑。

"臭美，谁舍不得你了。"林意白他一眼。

两人嬉笑着，路过一家文具店。林意临时起意想要逛逛，正好瞧见里面的电视机正播放着刑事案件的新闻，里面播报着警察已经出动拯救出人质了。

她挑着铅笔的手不自觉地停下，陷入了某段回忆里，不由自主地说了一句："如果有一个警察可以保护我就好了。"

她的声音很轻，几乎不可闻。

但是，顾西琛听见了。

夜晚，顾西琛因为心里装着事睡不着，起身出去倒水正好碰见起夜上厕所的姜淑。

"这么晚了不睡啊，明天还要去学校呢？"

顾西琛淡淡答应，在姜淑准备进卧室的时候叫住了她。

"妈。"

姜淑回头看他，夜色里的顾西琛五官很迷糊，但是挺拔的身躯很清晰。

"怎么了？"姜淑问。

"我要是不想去北京学管理了，您会同意吗？"他学习的方向一早就定好了，那几年顾名的事业正在起步，顾西琛自然是要跟着顾名经商的。

夜色掩盖了心事，模糊了心神。

姜淑根本没有在意到此时顾西琛认真严肃的说辞，只是一心觉得自己儿子在胡闹，留下一句"别瞎闹了，赶紧睡觉去吧"就转身回了屋。

第二天，太阳依旧炽热。

顾西琛背着书包去学校填志愿，林意那时还在准备期末考的最后冲刺，他透过班级的窗户看到那个瘦弱女孩正在埋头奋笔疾书。

好像是遇见不会的题了，林意用笔挠挠头。

顾西琛勾唇一笑，便离开了。

填完志愿的人陆续离开，只有顾西琛看着手中的志愿表，愣了神。

他高考估分的成绩很好，报考北京任何一所管理学院都没有问题。

"顾同学，你怎么了？"班主任敲桌子。

顾西琛回神，他轻声喊了一句："老师。"

他做决定一向很果断，但只要和林意有牵扯，他就会变得犹豫。

班主任看了顾西琛手中空白的志愿表。

"我听你父母说，你是打算去北京学商管经营的，你这是没想好去哪所学校，还是挑花眼了？"班主任笑着说。

"老师，我这成绩能上警校吗？"

班主任怔住了。好一会儿，他才说："你这成绩可以上警校，但是报省外的警校有风险，毕竟每个省市的录取分数和制度不一样。"

"也就是说我报考省内警校，基本是可以考上。"

班主任点头："十拿九稳。"

都说高考志愿代表人生的梦想，顾西琛那一刻意识到了，原来林意就是自己的梦想。

思考片刻，顾西琛抬起笔，在志愿表上填写。

他把志愿表交给老师的时候道了一声谢。

班主任拿起看了看。

他只报了一个学校。第一栏上面填写的是——中国刑事警察学院。

番外二
婚后那点事儿

　　时光易逝，江涛和申盈盈结婚都已经一年了。

　　最近申盈盈在控制饮食，同时还在吃各种补品。

　　因为她怀孕了。

　　林意翻着申盈盈最近的那些补品盒子，不由自主地感叹："你这会不会太夸张了？"

　　"不夸张。"申盈盈摆手，"你不知道江江最近管我管得多严。"她伸出十根修长的手指，"你看，最近我连指甲油都没涂。"

　　她忍不住一直抱怨："是不是当刑警的鼻子都和狗一样灵敏，我喷了那么多香水，他还是能闻出指甲油的味道来，你家那位也是这样吗？"

　　林意想起每次自己喝点牛奶洗完澡之后，顾西琛抱着她的时候都会小声抱怨说有膻味。嘴里是在念叨着，可是他随后吸了吸鼻子，双手搂得却更紧。

林意想了想，然后点头。

"你俩结婚也快半年了吧，不打算要个孩子？"申盈盈突然问起这一茬。

"没呢，我还没和他说这个事情。"

申盈盈一副过来人的口吻："孩子还是要趁早要的，不然女人年纪大了，不好生。"

林意静静地听着。

突然，申盈盈向她勾了勾手指。

林意会意凑了上去，申盈盈小声地吹气："你知道我是怎么怀上的吗？"

林意惊悚地瞅着她，这不就是顺其自然就怀上了吗？

难道还有别的原因？

申盈盈接收到她询问的眼神，接着吹气："我那天勾引他忘记做措施了。"

林意彻底无语了。

事情的起因是这样的。

由于工作不稳定的原因，江涛先不打算要孩子，他想等个两年，然后申请换警种，能够保证时间和安全后再准备要孩子的事情。

但是，申盈盈急。

她好商好量地和江涛提了很多次，江涛都没同意，于是一不做二不休，她便想来个先斩后奏。

说巧不巧，那天公安局聚餐，江涛喝了点小酒，神志不算太清醒，申盈盈主动出击，给本来就不清醒的江涛亲得是六亲不认了。

就在冲上云霄的最后一刻，江涛的手还试图伸到床头柜里面拿东西，结果被申盈盈一边亲一边给阻止了。

迷迷瞪瞪的一夜就这样过去了。

后来申盈盈就怀孕了，结果她自己还恶人先告状，说江涛喝多了，那天晚上不由分说地把自己往床上带,结果啥都忘了。

但是不管怎么说,孩子是怀上了。

申盈盈的这招先斩后奏总算是有了效果。

林意听完一时失语。

"怎么样,姐妹儿手段高吧?"申盈盈捅了一下林意的肩膀。

林意竖起一个大拇指。

"我跟你说,江江这人就是口是心非,我和他提了那么多次要孩子都不同意,现在怀上了一天到晚紧张兮兮的。"申盈盈的抱怨里都充斥着甜蜜,"现在我想化个妆出门,他都不让。"

林意劝说:"你就忍忍吧,反正只有十个月。"

申盈盈点头,随后又说:"如果西琛哥也这样,你就用强,强的不行,色诱保准好使。"最后她暧昧地眨眨眼睛,"相信我。"

林意被她眨得心颤了一下。

顾西琛不色诱她就不错了,她可没有那个胆。

此时天色变得深沉,余晖洒满半个天际,林意手机振动一下,她低头看,是顾西琛发来的短信。

他问:老婆,什么时候回家?

图书在版编目（ＣＩＰ）数据

独宠小青梅 / 程亦清著. －－ 贵阳：贵州人民出版社, 2019.1
ISBN 978－7－221－15083－7（2021.4重印）

Ⅰ.①独… Ⅱ.①程… Ⅲ.①长篇小说－中国－当代
Ⅳ.①I247.5

中国版本图书馆CIP数据核字(2019)第006546号

独宠小青梅

程亦清 / 著

出版统筹：陈继光
选题策划：大鱼文化
责任编辑：唐　博
特约编辑：杨吉晨
装帧设计：刘　艳　西　楼
封面绘制：vere
出版发行：贵州人民出版社（贵阳市观山湖区会展东路SOHO办公区A座
　　　　　邮编：550081）
印　　刷：北京时尚印佳彩色印刷有限公司
开　　本：880×1230毫米 1/32
字　　数：246千字
印　　张：9.125
版　　次：2019年3月第1版
印　　次：2019年3月第1次印刷
　　　　　2021年4月第2次印刷
书　　号：ISBN 978－7－221－15083－7
定　　价：46.80元

贵州人民出版社微信